행복한 죽음을 도와드립니다

Help with a happy death.

행복한 죽음 웰다잉 연구소

웰다잉 플래너 강원남

웰다잉 플래너 강원남이 말하는
인생학교의 졸업생들

누구나 죽음은 처음입니다

초판 1쇄 발행 ｜ 2018년 10월 1일
개정판 1쇄 발행 ｜ 2020년 4월 15일
개정판 3쇄 발행 ｜ 2024년 8월 1일

지은이 ｜ 강원남
펴낸곳 ｜ 메이드인
등　록 ｜ 2018년 3월 5일 제25100-2018-000014호
주　소 ｜ 서울특별시 은평구 연서로10길 15-6
전　화 ｜ 070-7633-3727
팩　스 ｜ 0504-252-6940
이메일 ｜ madein97911@naver.com
ISBN ｜ 979-11-90545-01-3　03810

누구나 죽음은

처음입니다

강원남 지음

MΛDE IN

웰다잉 플래너 강원남 님의 강의를 듣고 이 시대에 참 필요한 일을 하고 계신다는 생각을 했다. 호스피스·완화의료는 이미 말기가 된 환자를 돌보는 것이지만, 아직 건강한 때에 죽음을 성찰해보고 미리 준비하도록 하는 그의 이야기는 우리에게 어떻게 행복한 죽음을 맞이할 수 있는지 알려줄 것이다.

상여에 붙어 있는 꼭두 인형이 죽은 자들의 여정에 함께하듯, 이 책을 읽는 내내 꼭두 같은 저자의 따뜻한 마음을 느낄 수 있었다. 첫 장부터 마지막 장을 덮을 때까지, 중간에 손을 놓기가 쉽지 않을 것이다.

- 이창걸, 한국호스피스 완화의료학회 회장

죽음은 피할 수 없는 삶의 과정이지만 사람들은 죽음을 애써 외면한다. 그래서인지 한국 사회는 죽음에 대한 이야기를 꺼내놓는 데 서툴다. 이런 분위기에서 이 책은 죽음에 관한 이야기를 주섬주섬 꺼내놓으며 말을 건넨다. 나 자신의 죽음, 가족의 죽음, 또는 누군가의 죽음에 대해 무엇인가 이야기하고 싶을 때, 이 책은 쉽게 꺼내놓지 못했던 우리 주변 사람들의 가슴을 저미면서도 어깨를 토닥이며 삶과 죽음의 이야기를 시작한다. 죽음을 동행하는 '꼭두' 같은 웰다잉 플래너와 가슴을 맞대고 삶과 죽음의 이야기를 나눠보자.

- 박진옥, 나눔과나눔 사무국장

일찌감치 사회복지 현장에서 죽음을 성찰하고 한 길을 걸어온 저자의 직업은 웰다잉 플래너이며, 의미 있는 삶과 아름다운 마무리를 돕는 죽음교육 최고의 전문가이다. 삶과 죽음이 하나이며 사람은 살아온 대로 죽는다고 말하는 그의 철학은 그가 만나는 사람들과의 따뜻한 동행의 모습으로 이 책 속에 그대로 나타난다. 현장의 이야기와 죽음교육의 본질이 이렇듯 잘 어우러진 책은 찾아보기 힘들다. 저자의 진실한 마음과 겸손함이 묻어 있어 너욱 향기로운 책이다.

- 윤득형 박사, 각당복지재단 삶과죽음을생각하는회 회장

몇 년 전, 강의시간에 정말 열심히 귀 기울여 듣는 한 젊은이를 만났다. 그리고 그 다음해에는 내가 그의 강의를 들었다. 자기 삶의 목표를 타인의 삶을 풍요롭게 해주고 좋은 이별을 만들어주는 일에 헌신하기로 결심한 강원남 선생은 이제 나의 학생도 아니고 스승도 아닌, 더 귀한 인생의 동반자로 함께 이 길을 걸어가고 있다. 그의 삶과 열정과 미래의 꿈이 담긴 이 책을 많이 이들이 읽어 더 많이 행복해지기를 바란다.

- 손영순 까리따스 수녀
(메리포터호스피스영성연구소 기획실장, 마리아의작은자매회)

알지 못하면 좋아할 수 없고 좋아하지 않으면 즐길 수 없는 성격 탓에 죽음 곁에 둥지를 틀고 살아온 세월이 있다. 책의 모든 구절에서, 모든 구절마다 그를 통해 나를 본다. 죽음에 대해 알고자 발버둥치면서 알게 되고, 좋아하게 되고, 즐기게 된 것은 죽음이 아니라 삶이었다.
나는 아직도 죽음을 모른다. 죽어보지 않고 어찌 죽음을 알까. 죽은 뒤에도 죽음을 알 도리는 없을 것이다. 우리가 겪게 되는 죽음은 결국 타인의 죽음뿐이다.
그런데도 우리는 잘 죽는 법을 공부하고 준비해야 한다. 살아있는 동안 이 아름다운 삶을 축제처럼 살기 위해.

- 이해루, 서울추모공원 장례기사, 최초 여성 화장로 화부

살면서 크고 작은 자잘한 것들을 알아나가지만, 그리하여 어느 순간 혜안이니 지혜니 하는 것이 생기겠거니 하지만, 죽는 순간까지 끝끝내 죽음 그 자체만은 알 수 없다고 우리는 믿는다. 그렇지만 삶은 죽음의 연속이고, 잘 산다는 것은 잘 죽는다는 것과 같은 의미일 수밖에 없다. 저자는 우리가 외면해온 이 진실을 나직하고 따뜻한 목소리로 들려준다.
잘 죽겠다는 말은 다시 말해 잘 살겠다는 말. 그 두렵지만 선명한 진실이 이 책 안에 있다.

- 박사, 북칼럼니스트

《누구나 죽음은 처음입니다》의 두 번째 이야기

2018년 《누구나 죽음은 처음입니다》가 출간되고 나서 생각지도 못한 많은 사랑에 깜짝 놀랐다. 나의 짧은 경험과 부족한 생각이 과연 책으로 나와도 되는 걸까 전전긍긍했는데, 많은 분이 책을 읽어주시고 격려해주신 덕에 그나마 근심을 조금 내려놓을 수 있었다.

무엇보다도 감사한 점은 책을 통해 평소 죽음에 대한 고민에 답을 찾을 수 있었다고, 앞으로 죽음에 대한 공부를 시작하고 싶다고 말씀해주신 분들을 만난 것이다. 책을 읽고 먼 길을 달려와 수업에 참여하신 분들도 계셨다. 이 책을 통해 사랑하는 자녀를 잃은 슬픔에서 위로받고 앞으로 살아갈 힘을 얻게 되었다는 말씀을 해주신 분도 계셨다. 이런 말씀을 듣고 한동안 마음이 먹먹해져 아무 말도 할 수가 없었다. 삶이 힘들고 지쳐, 포기하고 싶다는 마음에 극단적인 선택을 생각하기도 했지만, 이 책을 통해 다시 한번 생각해볼 계기가 되었다는 소감을 전해주신 분도 계셨다.

가장 많이 전해주신 소감은 '앞으로 어떻게 살아가야 할지 고민하는 계기가 되었다. 잘 살고 싶다'는 말씀이었다. 몇몇 독자분은 주위에 이 책이 '잘 사는 법을 알려주는 책'이라고 소개하기도 하셨다. 어쩌면 가장 듣고 싶은 소감이었는지 모른다. 결국 나는 이 책을 통해 삶을 이야기하고 싶었던 것 같다. 내 짧은 뜻을 잘 받아들이고 품어주셔서 감사할 따름이다.

그랬던 책이 다시 개정되어 세상에 나오게 되었다. 분량 문제로 1판에서 다 담지 못했던 내용이 수록되었고, 이야기의 흐름이 바뀌면서 전혀 새로운 내용의 책으로 다가왔다.

1판은 참 어렵게 나온 책이었다. 출판 계약 후 좌절, 이후 다시 30여 곳에서의 출판 거절, 그러나 노력 끝에 한국출판문화산업진흥원 우수출판콘텐츠 지원사업에 선정되어 많은 분의 사랑을 받았다. 이후 2019년 11월 파주 물류센터의 화재로 인하여 책들이 전소되는 어려움을 겪었다. 우여곡절 많은 책이 아닐 수 없다.

그렇게 사라질 뻔했지만 많은 도움과 격려로 이렇게 다시금 독자 여러분들을 찾아뵙게 되었다. '기억하는 한 살아있다'라고 마음 한켠에 새겨두었던 글귀처럼, 잊지 않고 기억해주셔서 이 책이 다시 새롭게 살아있게 되었다.

책 출간 이후에도 내가 하는 일은 크게 변한 것이 없다. 여전히 전국을 누비며 사람들과 함께 죽음을 꺼내놓고 이야기하며 다닌다. 죽음을 보고 듣고 배울 수 있는 곳들을 찾아다니고, 먼저 떠나간 인생 선배들의 이야기에 귀를 기울이고 수집한다. 죽음과 관련된 글을 쓰고, 유튜브를 통해 죽음에 대해 생각해볼 수 있는 영상을 올리기도 한다.

그럼에도 여전히 죽음은 어렵다. 죽음은 쉽다가도 어렵고, 두려우면서 신비로우며, 슬프면서 때론 아름답다. 다만 나처럼 죽음에 대해 고민하고 답을 찾아가시는 분들이 이 책을 읽고 작은 이정표 하나라도 발견하셨다면 여전히 그것만으로 감사할 따름이다.

무엇보다 이 책의 탄생에서부터 두 번째 다시 태어나기에 이르기까지 손을 잡아주시고 애써주신 메이드인 출판사에 다시 한번 감사드린다.

2020년 봄을 앞두고,
강원남 웰다잉 플래너 드림

거꾸로 된 수업

- 강원남

잘 죽겠습니다 말하면

잘 살겠습니다 인사를

자신의 죽음을 그리며

임종을 앞둔 남편을, 아내를,

아들을, 오빠를 위하며

먼저 떠나간 부모를 그리며

살아갈 앞 날을 위하여

저울에 달고

자로 재며

거울 하나를 앞에 두고

찬찬히 일기장을 넘겨보는 시간

굽이진 길은 아득한데

함께 걷던 이도

길가에 꽃도

파란 하늘도

따스한 바람도, 물길도

생각나지 않던 그 날에

심호흡 한번

놓쳤던 손을 잡고

짐가방을 추려 담고

그리운 이를 눈에 담고

천천히 사뿐사뿐 걸어가는 길

잘 죽겠습니다 말하면

잘 살겠습니다 인사를

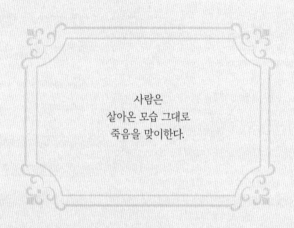

사람은
살아온 모습 그대로
죽음을 맞이한다.

01 나는 웰다잉 플래너, 그리고 꼭두

"잘 죽겠습니다."

"잘 살겠습니다!"

나의 수업은 이렇게 시작하고 끝을 맺는다. 잘 죽겠다고 인사 드리면, 어르신들은 반대로 잘 살겠다고 대답하신다. 이런 인사 법에 처음엔 멋쩍어하시지만, 짧게는 한 번, 길게는 스무 번의 만 남이 끝나면 어르신들은 활짝 웃으며 대답하신다.

웰다잉 플래너는 나의 직업이다. 사회복지사로 사회생활을 시 작해 살아가고 있지만, 지금의 나를 표현하는 데는 웰다잉 플래너라는 명칭이 더 제격이다. 웰다잉 플래너라는 직업은 사실 우리나라에 없었지만, 이런저런 궁리로 스스로 만들어냈다. 언젠가 앞으로 하고 싶은 일을 친구에게 말했더니, "그럼 죽음 플래너, 뭐 그런 거야?"라고 했던 말에서 착안했다. 사람들 대부분 듣도 보도 못한 직업이겠지만, 결혼식을 준비해주는 웨딩 플래너, 자산을 관리하는 금융 플래너 같은 직업도 있는데 이런 직업 하나쯤 더 생긴다고 무슨 문제가 있을까 하는 생각도 들었다. 그때부터 웰다잉 플래너라는 직함으로 활동하고 있다. 처음 만든 2012년 당시 아무도 쓰지 않고 있었으니 아마 내가 전국 최초의 웰다잉 플래너가 아닐까 싶다.

웰다잉 플래너는 사람들이 행복한 죽음을 맞을 수 있도록 도와주는 직업이다. 사람들이 조금 덜 아프고 덜 고통스럽게, 조금 더 편안하고 더 행복하게 죽음을 맞을 수 있도록 돕는다. 이렇게 설명하면 사람들은 '죽고 나면 염을 해주는 사람이나 장례식을 치러주는 사람은 들어봤어도, 잘 죽는 걸 도와주는 사람은 처음'이라고 말한다. 또 어떤 이는 "하루하루 먹고살기도 힘든 마당에 죽는 것까지 미리 준비해야 하느냐"며 의아해한다. 하지만 사람이라면 언젠가는 반드시 죽는다. 누구도 나 대신 죽어줄 수 없다. 오직 혼자 가는 길이나. 그래서 출산, 육아, 진로, 취업의 계획을 세우듯, 죽음을 준비하는 것은 반드시 필요하다. 하지만 어떻게 준비해야 하는지, 무엇을 준비해야 하는지 아무도 가르쳐주지 않는다. 나는 그런 일을 돕고 싶었다. 어쩌면 나의 고객은 어린아이에서부터 노인에 이르기까지, 살아있는 사람이라면 누구나 다 해당한다.

내 이름 석 자는 특이하다. 강원남. 학창 시절에는 이름 때문에 고민이 많았다. 가수 강원래 동생이냐는 질문은 지금까지 천 번도 더 넘게 들어봤다. 강원도 춘천 출신으로 강원고, 강원대에 다니기도 했다. 하지만 고민거리였던 내 이름은 웰다잉 플래너로 활동하며 큰 장점이 되었다. 주로 만나는 대상이 어르신들이다 보니, "어르신, 저는 강원도에서 온 남자, 그래서 강원남입니다"라고 말씀드리면 웃으시며 쉽게 기억해주신다. 물론 두세 달 지나면 강원도 선생님, 김강원 선생님, 강남원 선생님이 되기도 하지만, 그래도 '강원'이라는 두 글자는 쉽게 새겨진다.

오래전 대학로에 연극을 보러 갔다가 우연히 꼭두 박물관이라는 곳을 발견했다. 죽음이라는 말만 보이면 어디든 찾아다니는 나는 홀린 듯 상여가 그려진 꼭두 박물관으로 향했고, 다양한 꼭두의 모습을 넋을 잃었다.

우리가 잘 아는 '꼭두각시'라는 말의 '꼭두'는 상여의 부속물로 인물, 혹은 동물과 식물의 형상을 하고 있다. 나무로 만들어졌기 때문에 '목우(木偶)'라고 하기도 한다. 처음 수업을 시작할 때면, 어르신들께 상여 그림을 보여드리며 마지막으로 언제 상여를 보셨는지 여쭤본다. 그나마 시골에서는 최근에 보셨다고 하는 어르신도 있지만, 도시 어르신들은 어렸을 적에 봤거나 혹은 아주 오래전 일이라 기억이 가물가물하다고 말씀하신다. 그 말씀처럼 이제는 상여를 찾아보기 어렵다. 대신 영화에 나올법한, 재벌들이나 탈 법한 크고 화려한 리무진 차량이 고인을 모신다.

상여에 왜 꼭두를 붙여 놓았을까? 저승길은 혼자 가는 길이다. 혼자 가는 길은 외롭고 두려우며, 무섭고 쓸쓸하다. 그래서 고인의 저승길에 함께 가는 친구가 되어 힘든 일, 어려운 일을 도와주고 슬픈 마음을 달래줬으면 하는 마음으로 꼭두를 놓았다고 한다. 꼭두의 모습은 다양하다. 창을 들고 지키는 호위무사에서부터, 시중과 수발을 드는 하녀, 춤추고 재롱부리며 묘기를 보이는 놀이꾼까지, 알록달록하고 어여쁜 색의 꼭두들이 망자의 저승길을 위로하며 함께 간다. 이를테면 서양의 수호천사라고도 할 수 있을 것이다.

꼭두 박물관을 둘러보며 꼭두가 가진 의미를 깨닫게 된 순간, 사람들의 행복한 죽음을 돕고 싶은 나의 꿈과 비슷하다는 생각이 들었다. 그리고 나도 사람들이 죽음을 맞이할 때 힘든 일, 어려운 일, 슬픈 일을 돕는 '꼭두' 같은 사람이 되자고 다짐했다.

이후 꼭두는 나를 소개하는 하나의 상징이 되었다. 사람들을 만날 때 전해드리는 명함과 인터넷 홈페이지에 꼭두 사진을 넣어서 보여드린다. 수업을 시작할 때면 꼭두 사진과 함께 "어르신, 저는 강원도에서 온 남자, 강원남인데요. 저는 꼭두 같은 일을 하고 있습니다"라고 인사드린다. 그러면 오랜 시간이 지나도 꼭두와 함께 나를 기억해주시곤 한다. 그렇게 나는 꼭두 같은 모습으로 사람들이 죽음을 맞이하는 길에 동행하는, 행복한 죽음을 돕는 웰다잉 플래너로 살아가고 있다.

서른여덟의 나이, 웰다잉 플래너라는 이름으로 들여다보았던 죽음과 삶의 이야기들을 써보려 한다. 물론 어설프고 서툴고 넘어질 때도 많았지만, 그래도 꿋꿋이 전국을 돌아다니며 사람들과 함께 죽음을 이야기했던 기록을 함께 나눠보고자 한다.

02 행복한 죽음
웰다잉 연구소

2014년, 7년간 근무했던 노인종합복지관에서 퇴사했다. 보람으로 일했던 안정된 직장을 떠나기는 쉽지 않았다. 하지만 마음 한구석에 품고 있던 웰다잉 연구소 그리고 웰다잉 플래너라는 꿈을 이루고 싶었다. 대학 시절부터 놓지 않았던 죽음에 대한 궁금증과 사람들과 함께 죽음에 관해 이야기를 나누고 싶다는 꿈 하나만 들고 그렇게 연구소를 열었다.

대학 강단에서 죽음과 철학을 전공하신 교수님이나 정년퇴직 후 사회공헌 활동을 하시는 선생님, 교회 목사님, 수많은 전문가 사이에서 웰다잉 강사로 활동하기엔 내가 아직 어리고 실력이 부족하다는 우려도 있었다. 그러나 삶의 황혼기에서 바라보는 죽음이 아닌, 청춘이 바라보는 죽음에 대해 말해보고 싶었다.

　행복한 죽음 웰다잉 연구소, 내가 운영하는 회사다. 연구소라고 하지만 직원 한 명 없고, 나 혼자 소장 및 연구원, 사무원, 회계 등 모든 것을 담당하고 있다. 물건(?)이 잘 팔려야 생계가 유지되는데, 죽음은 썩 잘 팔리는 물건은 아니다. 물건을 보여주면 사람들은 깜짝 놀랐다. 불편하다며 얼굴을 찡그리기도 하고, 무서운 마음에 도망치기도 하고, 재수 없다며 화를 내기도 했다. 모두가 한 번씩 꼭 필요함에도 아직은 아니라고, 나중에 때가 되거든 찾겠다며 꺼려했다. 젊은 사람이 할 일이 없어 이런 일을 하냐며 정신 차리라고, 돈 되는 일을 하라고 혀를 끌끌 차기도 했다. 어르신 한 분은 한참 나를 바라보시더니 젊은 사람이 귀신에 씌였다며, 자신이 잘 아는 목사님께 함께 가 안수기도를 받자고 하셨다.

　안 팔리는 물건만 들고 다녀서일까? 아니면 실력과 언변이 부족해서일까? 개업한 지 수년이 지난 지금도 연구소 운영은 적자에, 대출로 허덕이고 있다. 하지만 '우리나라 5천만 인구 누구나 한 번쯤 죽을 일이니 언젠가 팔릴 때가 있겠지' 하며 무지갯빛 미래를 꿈꿔본다. 사업하는 사람들이 이렇게 망하는구나 하는 생각이 들 때도 있다.

　행복한 죽음 웰다잉 연구소의 미션은 "웰다잉을 통하여 웰빙을 완성합니다"이다. 너무 거창한 것 아닌가 부끄러울 때도 있지만, 연구소가 하는 일을 한 문장에 잘 담아낸 것 같다. 말 그대로 우리 연구소는 사람들이 잘 죽을 수 있도록 도울 뿐 아니라, 죽음이라는 거울을 통하여 잘 살 수 있도록 돕는다. 그래서 다양한 죽음의 모습을 찾아보고, 공부하며, 이야기 나눈다. 또한 개인의 죽음 준비를 넘어서 사회의 죽음에 대해서도 연구한다. 자살, 고독사, 안락사, 장례문화 등 죽음과 관련된 다양한 현상들을 관찰하며 탐구한다. 그러다 보니 늘 남들이 꺼리는 곳을 찾아다닌다. 강의실, 호스피스, 병원, 장례식장, 화장시설, 절, 성당, 교회는 물론이거니와 책장에는 죽음과 관련된 책들, 컴퓨터 외장 하드디스크는 죽음과 관련된 영화, 다큐멘터리, 영상물로 가득 차 있다. 어느 날 만약 내가 의문의 원인으로 사망한다면 사건을 수사하던 경찰관은 내 방을 샅샅이 뒤져본 다음, 죽음에 심취하여 실습하러 간 걸로 결론 내릴지도 모른다. 가끔 스스로도 너무 빠져 있는 게 아닌가 싶을 때도 있지만 스포츠, 애니메이션, 장난감, 자동차에 열광하는 사람들도 있는데 나 하나쯤 죽음에 빠져 있다고 크게 잘못된 일은 아니라고 스스로를 위로한다.

사실 행복한 죽음 웰다잉 연구소의 가장 큰 목표는 사람들의 행복한 죽음을 돕는 것도, 죽음을 연구하는 것도 아니다. 우리 연구소의 숨겨진 가장 큰 목표는 '강원남이 잘 죽는 것'이다. 어떻게 하면 내가 잘 죽을 수 있을지 고민하며 연구한다. 그래서 매일 아침 욕실에서 세수하기 전 거울을 마주 보며 질문을 던진다. '오늘 죽으면 잘 죽을 수 있을까?' 대답은 늘 '아니오'다. 오늘 죽으면 나는 잘 죽지 못할 것 같았다. 아직 부모님께 제대로 된 효도도 못 했고, 사랑하는 가족, 지인들과 더 많은 시간을 보내고 싶었다. 용서하지 못한 이도 있었고, 사과하고 싶은 사람도 있었다. 티베트의 천장 가보기, 일본 여행 가기, 스킨 스쿠버 배우기 등 마음에만 적어두고 행동으로 옮기지 못한 일도 많았다. 사랑, 행복, 나눔의 선물을 충분히 누리고 나누지 못했다. 그래서 아쉬움이 많았다.

질문에 대한 답은 결국 '오늘은 또 어떻게 살아갈 것인가'로 되돌아왔다. 그래서 행복한 죽음 웰다잉 연구소는 비록 망하더라도, 내가 다른 직업을 갖게 되더라도 활동을 계속할 것이다. 그리고 창업주가 눈을 감는 그 날에야 비로소 기업의 창립 목적이 달성되었는지 알 수 있을 것 같다.

고등학생 시절 방송부원으로 활동하며 PD를 꿈꿨다. 하지만 성적이 부족했던 나는 고배를 마셨고, 담임 선생님의 권유로 경제학과에 진학했다. 경제학과에 입학했지만 역시나 다시 샛길로 빠졌다. 공부는 미뤄둔 채 선배들을 따라 노동조합의 시위 현장과 재개발 철거 현장을 쫓아다녔다. 철없던 스무 살 청춘은 그곳에서 대한민국의 현실을 목격했고, 인간다운 삶이란 무엇인지 고민하게 되었다. 군 복무를 마치고 배낭여행을 다니던 중에는 우연히 치매 어르신들을 모시는 요양시설을 방문하게 되었다. 그곳에서 지내며 치매 어르신들을 수발드는 자원봉사를 했다.

그러던 어느 날, 어르신 한 분께서 손가락을 까닥거리며 나를 부르셨다. 몸이 불편해서 늘 누워만 계시던 어르신이었다. 평소 눈길 한 번 주시지 않을 정도로 무뚝뚝하셨는데, 내가 곁으로 가자 손으로 엉덩이를 가리켰다. 대변을 봐서 불편하니 기저귀를 갈아달라는 의미였다. 심장이 두근거렸다. 손가락 하나 들힘도 없는 분께서 힘겹게 손을 들어 도움을 청했고, 내가 도움이 될 수 있다는 사실에 가슴이 뛰었다. 세상을 바꿀 수는 없어도, 한 사람을 행복하게 바꿀 수는 있었다. 복학 후에도 요양시설에서의 여운은 계속 마음에 맴돌았다. 젊었을 때 해보고 싶은 일을 해보자는 생각이 들어 수업 도중 강의실을 나와 휴학계를 제출했다. 다시 고등학교 교과서를 펼쳐 공부를 시작했고, 수능시험을 보고, 원하던 사회복지학과에 입학했다. 사회복지를 전공하며, 죽음과 자살에 대해서도 관심을 두고 공부했다.

결국 내 바람대로 몇 년 뒤 나는 사회복지사의 꿈을 이뤘다. 사회복지사로 첫발을 내디디며 제출했던 이력서의 첫 줄은 '누구나 인간다운 삶과 죽음을 누릴 수 있는 아름다운 세상을 꿈꾸며'였다. 인간다운 삶과 인간다운 죽음을 돕는 사람이 되고 싶었고, 먼 훗날 언젠가 웰다잉 센터를 세우겠다는 꿈을 갖게 되었다.

선택의 순간마다 소중하다고 생각하는 가치를 쫓아다녔다. 발길을 멈추고 주위를 둘러보니 어느새 행복한 죽음 웰다잉 연구소를 운영하고 있다. 비록 남들보다 늦게 출발했고 먼 길을 돌아 더디게 걸어왔지만, 지난 시절을 낭비했다고 생각하지 않는다. 경제학과에서 사회적 약자의 현실에 대해 눈을 뜰 수 있었고, 요양 시설에 머무르며 봉사의 의미를 깨달았으며, 사회복지사로 근무하며 사람을 돕는 전문적인 방법을 배울 수 있었다.

몇 년 전 컴퓨터에 저장된 파일을 뒤적거리다가 대학교 재학 시절 적어둔 메모를 발견했다. 웰다잉 센터를 건립하고 싶다는 계획과 연도별 목표, 실천 방법들이 적혀 있었다. 돌이켜 보니 계획대로 하나둘 경력을 쌓아왔고, 목표를 이뤄 나갔다. 비록 영세하지만 웰다잉 연구소 개소의 꿈도 이루었다. 아직 가야 할 길이 멀지만, 그래도 계속 꿈을 향해 걸어가고 있다. 그 끝에 나의 행복한 죽음도 함께 하리라 생각한다. 잘 나가는 스타트업도, 청년의 성공 신화도, 높은 매출을 올리는 벤처기업도 아닌 작은 연구소지만 현재까지 행복한 죽음 웰다잉 연구소는 목적대로 잘 운영되고 있다.

03 왜 하필 죽음?

사람들은 수많은 주제 중 왜 하필 죽음이냐고 묻는다. 죽음에 대한 고민은 어느 날 불현듯 내 곁에 찾아온 것이 아니라 태어난 순간부터 시작된 숙제인지도 모르겠다. 가장 솔직한 대답은 '내가 죽는 게 두렵기 때문'이 아닐까 싶다. 웰다잉 플래너로 활동하게 된 지금도 잊지 못할 세 가지 기억이 있다.

#장면 하나

어린 시절, 밖에서 놀다가 울면서 들어왔다. 그리고 엄마 품에 안겨 한참을 울었다. 영문을 모르던 어머니는 "너 왜 울어? 애들이 때렸어? 형들이 돈 뺏었어? 누가 괴롭혔어?"라고 물어보셨지만 나는 아무 대답도 하지 않은 채 떼를 쓰며 울기만 할 뿐이었다. 한참이 지나서야 훌쩍거리며 고개를 들고 "엄마, 죽지 마. 엄마 죽으면 안 돼" 하고 떼를 쓰며 목 놓아 울었다. 어린 나이였지만 어느 순간 죽음에 대해서 생각하게 되었고, 끝에는 엄마의 죽음까지 생각이 닿았던 것 같다.

'엄마가 죽으면 어떡하지? 다시는 엄마를 볼 수 없으면 어떡하지?'

두려움과 공포감이 밀려왔고, 겁에 질려 울음을 터트렸다. 그 당시 어머니는 30대 중반이셨다. 지금 생각해보면 얼마나 당황하셨을까? 코흘리개 아들이 갑자기 엄마 죽지 말라고 울며 자지러졌으니, 무슨 말을 해줘야 할지 난감하셨을 것이다. 아마 지금의 나라도 마찬가지였을 것이고, 모두 당황할 것이다. 30년이 지난 지금도 당시의 두려움이 생생히 기억날 만큼, 나한테는 잊지 못할 첫 번째 죽음에 관한 기억이었다.

#장면 둘

고등학생 시절이었다. 늦은 밤 잠들기 위해 이불에 누워 눈을 감으면, 어느 순간 나는 관 속에 있었다. 관 속에 누운 나의 모습이 또렷이 보였다. 곧 관 뚜껑이 닫히고, 못 박히는 소리가 들리며, 흙이 뿌려지는 장면이 3D 영화처럼 생생하게 나를 덮쳤다. 두려움에 잠에서 깨어 방에 불을 켰고 한동안 잠을 이루지 못했다. 죽음에 대한 생각을 지워내기 위해 안간힘을 썼다. 하지만 두려움은 쉽게 사라지지 않았다. 생각의 끝에서 더 두려웠던 건, 지금이야 잠을 안 자고 생각을 안 하면 그만이지만, 언젠가는 그 순간이 반드시 찾아오리라는 것이었다. 그때는 도망치거나 피할 수도 없었다. 오히려 그것이 나를 더 두렵게 했다. 죽게 되면 나는 어떻게 될까? '나'라는 존재가 사라진다는 것이 두려웠다. 종교에서는 사후세계가 있다고 했지만, 이번 생의 아무것도 기억하지 못한다면 다음 생이 무슨 의미가 있을까. 전혀 위로가 되지 않았다. 죽음은 이상적인 문제가 아닌 현실적인 문제였다. 그렇게 죽음에 대한 두려움은 밤마다 곁에서 함께 자리에 누웠다. 감수성이 예민한 사춘기 청소년들이 죽음에 대해 진지하게 고민할 때가 있는데, 아마 나 역시도 그럴 때가 아니었나 싶다. 당시의 두려움이 아직도 생생히 느껴질 만큼, 나한테는 잊지 못할 두 번째 죽음에 관한 기억이었다.

#장면 셋

대학생 때였다. 외할아버지께서 암으로 투병하시다가 세상을 떠나셨다. 장례식장에 빈소를 차렸고 조문객들이 찾아오기 시작했다. 나 역시도 한쪽에서 조문객 접대를 거들었다. 그러던 중 가족들에게 건네지는 위로의 말이 어깨너머로 들려왔다.

"아휴, 그래도 그 성노년 호상(好喪)이지 뭐. 사실 만큼 사셨고, 병치레 오래 하신 것도 아니고, 병원비 많이 쓰신 것도 아니고,

니들이 똥오줌 받아낸 것도 아니고……. 니들 살라고 그렇게 가신 거니까 너무 상심하지 마. 너희들도 모신다고 모셨잖니? 그러니까 괜찮아. 호상이야, 호상."

찾는 이마다 비슷한 위로를 건넸지만, 속으로는 선뜻 이해가 되지 않았다. 이게 왜 호상이지? 단순히 오래 살았단 이유만으로, 병치레 오래 안 했다는 이유만으로, 똥오줌 안 받아냈다는 이유만으로 이게 왜 호상일까? 외할아버지는 죽음을 맞이할 때 얼마나 두렵고 고통스러웠을지 생각해본다면 그런 말을 할 수 없을 텐데, 이게 왜 호상일까? 유족들을 위로하기 위해 건넨 말이겠지만 공감하기 어려웠고, 위로는 되지 않았다.

외할아버지께서 마지막 가시는 길. 묘지에 흙을 덮으며 다시 고민은 시작되었다. 나한테는 잊지 못할 세 번째 죽음에 관한 기억이었다. 죽음이 다시 한 걸음 내게로 다가왔다. 하지만 이번에는 물러서고 싶지 않았다.

어린 시절부터 이어져 삶을 관통하고 있던 고민에 대해, 이제는 답을 찾아야 한다고 생각했다. 도대체 죽음이란 무엇일까? 나는 왜 죽음을 두려워하고, 사람들은 왜 고통스럽게 죽음을 맞이해야 할까? 이에 대한 질문이 꼬리를 물고 이어졌다. 답을 찾지 못하면 앞으로도 평생 죽음에 대한 두려움을 안고 살아갈 것만 같았다. 그래서 이제는 내가 죽음에 다가서기로 했다.

대학을 다니며 죽음에 관한 수업을 찾아 공부하기 시작했다. 하지만 공부 머리가 부족했다. 조금 더 가까이에서 죽음과 마주하고 싶었다. 어디서 더 배울 수 있을지 고민 끝에 호스피스를 찾아가 자원봉사 활동에 참여했다. 학교를 졸업한 뒤 사회복지사로 근무하면서 틈틈이 죽음과 관련된 교육을 받을 수 있는 곳이라면 어디든 찾아다녔다. 죽음이란 단어만 있으면 무엇이든 펼쳐보고, 죽음과 관련된 이야기라면 무엇이든지 귀 기울였다. 20대 중반에 펼쳐본 죽음은 10여 년이 지났건만 아직 표지도 넘기지 못했다. 아직도 죽음은 어렵고, 또 두렵다. 조금이나마 보인다고 생각한 순간, 고작 작은 티끌 한 조각이었다. 아마 평생을 공부해도 다 배우지 못할 것이고, 죽고 난 다음에야 겨우 알아차릴 것이다.

사람들은 자신이 죽는다는 사실을 알았지만, 믿지는 않았다. 죽음에 대한 공부는 나 역시도 죽는다는 것을 인정한 순간 시작되었다. 그것은 남들의 문제가 아닌 곧 나의 문제였다. 고민은 주변 사람의 죽음에서, 모든 사람의 죽음으로 퍼져 나갔다. 모두의 죽음은 다시 나의 죽음으로 되돌아왔다. 사람들은 먹고살기도 힘든 마당에, 죽지 못해 안달 난 사람처럼 왜 하필 죽음이냐고 묻는다. 그런 질문에 나는 유럽의 공동묘지에 적혀 있는 라틴어 한 구절로 대답을 대신하고 싶다.

Hodie mihi, Cras tibi(오늘은 나, 내일은 너).

04 죽음이 죽었다

사람들은 죽음에 대해 말하는 것을 꺼린다. 서점에만 가봐도 시, 소설, 수필, 인문학 등 다양한 책을 찾아볼 수 있지만, 죽음에 관한 책은 쉽게 찾아보기 힘들다. 건강, 재테크, 자기계발, IT, 어학, 인문학 등의 강좌는 전국 어느 곳을 가더라도 배울 수 있지만, 죽음에 관한 수업은 찾아보기 어렵다. 한국 사람들은 엘리베이터의 4층 버튼조차 F로 바꿔버렸다. 죽을 死가 연상된다는 이유에서였다. 결혼식이나 출산 같은 좋은 일을 앞둔 사람은 장례식장에 가지 말라고 한다.

말하는 순간 마치 현실로 이루어지는 건 아닐까 하는 두려움 때문인지, 사람들은 죽음에 대해 말하기를 꺼리고 두려워한다.

한 복지관의 교육 담당자는 내게 교육을 의뢰하며 어르신들이 불편해하실지 모르니 수업 중에 '죽음'이라는 단어는 가급적 자제해달라고 요청하기도 했다. 잘 죽는 법을 공부하는 수업인데 죽음이라는 단어를 말하지 말라니, 마치 자동차에 핸들을 빼고 운전하라는 말처럼 들렸다.

어느 날 악마가 찾아와 거래를 제안했다고 하자.

"네가 죽기 전 마지막 3개월의 수명을 나에게 팔아라. 그 대신 100억을 주지. 그때 너는 치매에 걸려 아무것도 기억하지 못하고 똥오줌도 못 가리면서 요양원에 누워 있을 수도 있어. 아니면 중환자실에 누워 인공호흡기를 꽂고 숨만 쉬고 있을 수도 있고. 상상해보면 썩 유쾌한 장면은 아니잖아? 어차피 그럴 바에 3개월 일찍 죽으나 나중에 죽으나 무슨 상관이 있겠어? 그렇다면 차라리 나한테 100억을 받고 팔아서 남은 인생을 떵떵거리며 사는 거야. 그러면 앞으로 먹고사는 데도 급급할 필요 없잖아. 그 돈 쓰기에 찝찝하면 어려운 사람들 도와주며 살아도 되고, 다 못 쓰면 자식들한테 물려주면 얼마나 도움이 되겠어?"

대학생을 대상으로 한 수업에서 이 질문을 던졌더니, 80% 이상이 거래에 응하겠다고 손을 들었다. 헬조선이라 불리는 대한민국의 현실 속에서 평생 돈 걱정 없이 살 수 있다는 점은 젊은이들의 마음을 흔들어놓는다. 물론 나에게도 역시 솔깃한 제안으로 느껴진다.

그러나 어르신들께 같은 질문을 드리면 손을 드는 분은 거의 없다. 이유를 여쭤보면, 악마가 제안했기 때문에 우리가 모르는 속셈이 숨어 있을 것 같다고 하신다. 그러면 질문을 바꿔 다시 어르신들에게 여쭤본다.

어느 날 천사가 찾아와 이렇게 이야기한다.

"어르신, 돌아가시기 전 3개월의 수명을 저한테 나눠주시겠어요? 만약 나눠주신다면, 하느님께서 그 목숨을 씨앗 삼아 기아나 전쟁, 질병으로 죽어가는 어린아이들을 살리겠다고 하십니다. 보답으로 100억을 드리겠습니다. 임종의 순간도 편안하실 수 있도록 돕겠습니다."

질문을 마치면 어르신들의 손이 반 이상 올라간다. 다시 이유를 여쭤보면, 악마도 아니고 하느님께서 좋은 곳에 쓰신다고 하므로 응할 수 있다고 하신다. 임종도 편안하도록 도와준다고 하니 더할 나위 없다. 나의 생명을 나누어 많은 생명을 살릴 수 있다면 기꺼이 나누겠다고 말씀하신다. 결국 청년이든 노인이든 모두 이 거래에 응하게 된다.

하지만 이 두 가지 질문에는 함정이 있다. 거래에 응하는 순간, 우리는 100억의 돈을 만져보지 못하고 지금 당장 죽을 수 있다. 왜냐하면 우리가 언제 죽을지는 정해져 있지 않기 때문이다. 죽음의 순간은 바로 다음 달, 다음 주, 그리고 내일이 될 수도 있다.

남은 삶이 한 달보다, 3개월보다 모자란다면 돈을 만져보지도 못한 채 우리는 지금 당장 죽음을 맞을 수 있다.

한 기업의 부장이 건강이 좋지 않아 병원을 찾아갔다. 검사 결과 말기 암으로 밝혀졌고, 삶이 얼마 남지 않았다는 사실을 통보받았다. 직원들은 부장님이 입원한 병원으로 병문안을 갔다. 평소 온유한 성품과 성실함으로 존경받던 부장님이 얼마 살지 못한다고 하니 믿어지지 않았다. 병문안을 마친 직원들은 속상한 마음을 달래기 위해 술잔을 기울였다. 모두 부장님을 걱정하며 안타까워했고 슬퍼했다. 귀가하던 중, 직원들은 음주운전으로 큰 사고를 당했고 그 자리에서 모두 숨을 거두었다. 말기 암으로 먼저 죽을 것이라 생각했던 부장보다 그들이 먼저 죽을 거라고는 아무도 예상하지 못했다. 오는 데 순서 있어도 가는 데 순서 없다는 우스갯소리처럼, 익은 감이든 떫은 감이든 떨어지는 데 순서 없다는 말처럼, 죽음에는 순서가 없다.

사람들은 죽음을 자신과는 상관없는 일로 여긴다. 평생을 살다가 삶의 끝에서 마주할 먼 미래의 일로만 생각한다. 하지만 삶의 끝에 죽음이 있다는 생각이야말로 인간의 가장 큰 착각이다. 죽음은 삶의 끝에 있는 것이 아니라 삶의 사이사이에 있다. 올해와 내년, 이번 달과 다음 달, 이번 주와 다음 주, 오늘과 내일, 시간의 분침과 시침 사이에 자리 잡고 있다. 들숨과 날숨이 오고가는 코끝, 종이 한 장이 스쳐 지나가는 순간, 그 사이에 문득 찾아올 수 있는 것이 죽음이다.

옛날 어느 고을 부자에게 아들이 태어났다. 모두가 기다리던 아들이기에 기쁨은 더할 나위 없었다. 아들의 탄생을 축하하기 위해 부자는 큰 잔치를 벌였다. 잔치에는 수많은 사람이 찾아와 함께 축하했고, 용하다는 점쟁이들도 초대되었다. 잔치가 무르익자 부자는 점쟁이들에게 아들의 미래에 관해 물어보았다. 첫 번째 점쟁이가 말했다.

"아드님의 점괘를 보아하니 아버님보다 더 큰 부자가 될 것입니다."

이에 부자는 기뻐하며 좋은 술과 음식, 복채를 내놓았다. 두 번째 점쟁이가 말했다.

"아드님의 점괘를 보아하니 높은 관직에 오를 것입니다."

이에 부자는 기뻐하며 또한 좋은 술과 음식, 복채를 내놓았다. 세 번째 점쟁이가 말했다.

"아드님의 점괘를 보아하니 아드님은 반드시 죽을 것입니다."

이에 화가 난 부자는 세 번째 점쟁이를 매질한 후 집 밖으로 내쫓았다.

부자가 될지 높은 관직에 오를지는 확실하지 않지만, 죽는다는 것만은 확실하다. 가장 정확한 예언이었다. 그러나 인간은 이를 받아들이지 않는다. 몇백만 분의 1 확률인 복권에는 희망을 가지면서, 우리 삶에 100% 확률로 일어나는 죽음에는 아무런 준비도 하지 않는다.

인간이라면 반드시 죽는다. 누구도 대신해줄 수 없다. 도망칠 수조차 없고, 순서조차 알지 못한다. 언제 어디서 누가 어떻게 죽을지 모르는 불확실성 속에서 우리는 살아간다.

야속하기만 한 이 자연 법칙은 모두에게 동등하다. 그래서 탄생은 불평등할 수 있지만, 죽음은 평등하다. 어떻게 태어날지 선택할 수 없지만, 어떻게 죽을지는 선택할 수 있다. 그러나 사람들은 이러한 진실을 불편해하며 피하려고만 한다. 죽음에 대해 생각하지 않고 말하지 않는다. 다음 달에 갈 해외 여행을 위해 교통편·관광지·맛집을 알아보면서도, 죽음을 맞이하는 순간 어떤 일이 일어나고 무슨 일을 겪을지, 어디로 가게 될지는 알아보지 않는다.

한 목사님은 설교 도중 사람들의 모습이 교도소에서 사형 집행을 기다리는 죄수 같다고 말했다. 언제 집행이 이루어질지 모르는데도 감옥에 모인 사람들끼리 좋은 방, 좋은 죄수복, 높은 지위를 뽐내고 있는 것처럼 보인다고 말씀하셨다. 죽음은 물질 만능과 소비 제일의 시대에 걸림돌이 되었다. 모든 것을 잊고 마음껏 쇼핑만 하도록 없애버린 백화점의 시계와 창문처럼, 죽음을 감추고 숨겨버렸다. 행복과 아름다움은 영원할 것처럼 환상을 심어주었다. 하지만 거기에 죽음을 비춰보면 실체가 드러나고 삶은 또렷해진다. 손에 쥔 모래처럼 가진 것들은 흩어져 내리고, 빛은 바랜다.

그래서 사람들은 죽음을 죽였다. 그리고 죽음이라는 빨간 신호등을 꺼놓았다. 보고 듣고 말하고 생각하지 않으면 모를 것이라 생각했다. 죽음이라는 이름을 지우고, 검은 천으로 둘둘 말아, 산속 깊은 곳에 묻어 버렸다. 다시는 꺼내지 못하도록 그 위에 높은 빌딩과 넓은 도로를 세웠다.

하지만 죽음은 죽지 않았다. 썩지도 않았다. 흙으로 돌아가지도 못했다. 지울수록 선명해졌고, 잊을수록 또렷해졌으며 숨길수록 드러났다. 결국 죽음은 살지도 못했고 죽지도 못했다.

나는 그런 죽음을 꺼내보고 싶었다. 죽었던 죽음을 살려내고 싶었다. 까만 비닐봉지에 묶여 썩지도 못한 죽음을 꺼내 햇볕에 널어놓고 싶었다. 죽음을 자세히 들여다보면 그 안에 삶의 비밀이 숨겨져 있음을 말하고 싶었다. 다시 뿌리를 내리고 잎을 틔워 열매를 맺도록 하고 싶었다.

죽음은 두려운 것도, 무서운 것도, 아름다운 것도 아니다. 다만 죽음일 뿐이다. 천 명의 사람이 있다면, 천 개의 죽음이 있다. 죽음의 모습은 각자 다르다. 문제는 늘 감추고 숨기려 할 때 일어난다. 죽음을 꺼내어 이야기하도록 돕는 것이 웰다잉 플래너로서의 사명이다. 그래서 조금은 어색하고 두렵지만, 피하지 말고 죽음을 좀 이야기해 보자고 말하고 다닌다. 그래서 죽음을 자세히 들여다볼 수 있도록 돕고 싶다. 어찌 보면 나의 역할은 그것만으로도 충분하다. 죽음을 이야기하며, 죽음이 잘 살고, 잘 죽도록 돕는 것이 나의 일이다.

05 죽음을
  말하지 못했다

장면 하나

어릴 적 아빠가 편찮으셨어요. 지금 생각해보면 암이셨던 것 같아요. 그러던 어느 날 엄마가 울면서 나를 끌어안더니, 저를 외 갓집에 맡기고 어딘가로 가시더라고요. 며칠 뒤 수척해진 얼굴로 돌아온 엄마는 아빠가 다른 나라로 유학을 가셨다고 말씀하셨어요. 급하게 가느라 저에게 인사를 못 하고 가서 미안하다고, 엄마 말 잘 듣고, 공부 열심히 하라고 하셨대요. 지금이야 믿지 않았겠지만, 어릴 때였으니 엄마 말 듣고 그냥 그런 줄 알았어요. 언젠가 아빠가 돌아오겠지, 하는 믿음을 갖고 있었죠.

한 살 한 살 나이를 먹어갈수록 아빠가 보고 싶었지만 또 한편으론 원망스럽기도 했어요. 하지만 엄마가 힘들어할까봐 아빠의 안부를 물어보진 못했어요. 그 당시 엄마는 혼자 저를 키우시느라 늘 힘들어 보였거든요. 전화번호도 모르고 통화도 못했지만, 간간이 엄마가 아빠의 안부를 말해주셔서 그런가 보다 하고 참았어요.

그러나 사춘기가 지나면서, 뭔가 이상하다는 걸 깨달았죠. 아무리 유학이라지만 연락 한 번 없는 아빠가 이상하게 느껴졌어요. 혹시나 했지만, 그렇다고 아빠가 곁에 없다는 사실은 바뀔 게 없었어요. 특히 고등학생 시절엔 입시 준비를 하느라 고민할 겨를도 없었어요.

대학에 입학하고 얼마 뒤 엄마가 할 이야기가 있다고 저를 부르시더군요. 한참 뜸을 들이던 엄마는 사실 아빠가 제가 어렸을 때 돌아가셨다고 말씀하셨어요. 제가 아빠를 너무 좋아해서 아빠가 돌아가셨다는 사실을 알게 되면 충격을 받을까봐 숨겼고, 숨기다 보니 언제 말을 해야 할지 고민하다가 때를 놓쳤다고 하시더라고요. 그래서 어른이 된 지금에서야 말할 수밖에 없었다고, 미안하다고 사과하셨어요. 물론 어느 정도 예상은 하고 있었지만, 막상 엄마 입에서 아빠가 돌아가셨다는 이야기를 들으니 배신감이 느껴졌어요. 돌아가신 건 그렇다 하더라도 아빠와 마지막 작별인사조차 하지 못하고 헤어졌다는 게 너무나 마음이 아팠어요. 아무리 어렸어도 그 정도 기회는 줄 수 있지 않았을까요? 그래서 한동안 엄마에 대한 배신감과 알 수 없는 허무함 때문에 엄마와 마주하는 걸 일부러 피했어요.

지금 생각해보면 물론 엄마도 힘들었겠죠. 당시의 엄마도 이해되고, 일부로 저를 속이려고 한 게 아니라는 것도 알아요. 그렇지만 그래도 아빠를 생각하면 엄마가 원망스러워요. 지금도 가끔 아빠가 보고 싶을 때가 있거든요.

장면 둘

선생님, 연구소 홈페이지를 보다가 조심스럽게 글을 올려봅니다. 제가 어렸을 적 우리집은 아빠, 엄마, 언니, 저까지 이렇게 네 가족이 부족함 없이 행복하게 살았어요. 그러던 어느 날 언니가 아파서 병원을 찾았고 안타깝게도 백혈병 진단을 받았어요. 부모님은 언니를 살리기 위해 온갖 노력을 다하셨지만, 언니는 결국 먼저 세상을 떠났어요. 저도 마음이 참 아팠어요. 언니와 사이가 좋았던 터라 언니가 죽는다는 건 상상할 수도 없었거든요.

장례식 중에도 부모님은 오열하시며 정신을 잃을 만큼 힘들어하셨어요. 결혼하지 못한 자식은 돌봐줄 사람이 없다며, 시신은 화장해서 강에 뿌렸지요. 그렇게 언니는 우리 곁을 떠나갔어요.

하지만 그 후로 우리 집은 언니의 빈자리를 메우지 못하고 지금까지 침묵으로 살아가고 있습니다. 우리 가족은 언니가 떠난 이후로 누구도 언니의 이야기를 꺼내지 않아요. 엄마 아빠가 상처받으실까봐 저도 이야기를 꺼내지 못하겠고요. 제사도 지내지 않아요. 언니 사진, 언니가 쓰던 물건조차 남아있지 않아요. 원래 존재하지 않았던 사람처럼 어떤 흔적도 발견할 수 없습니다.

그리고 저는 대학생이 되었어요. 지금도 문득 언니가 보고 싶을 때가 있어요. 하지만 우리집에선 누구도 언니를 기억하면 안 돼요. 누군가 언니 이야기를 꺼내면 또 다시 상처가 될까봐 아무도 이야기를 꺼내지 않아요. 하지만 저는 엄마, 아빠와 함께 언니를 떠올리며 함께 이야기도 하고 추억하고 싶어요. 방법이 없을까요?

장면 셋

노인복지관 겨울방학을 마치고 복지관에 와보니 건강 체조 수업에 함께 다니던 김씨 할머니가 보이질 않는다. 사회복지사 선생님께 물어보니 겨울방학 기간에 심장마비로 쓰러져 사망한 지 일주일 만에 발견되었다고 한다. 심장이 철렁 내려앉았다. 아들 가족을 미국에 보내놓고 혼자 지내더니, 결국 이렇게 혼자 가버렸다. 복지관 근처에 맛있는 추어탕 집을 발견했다고 다음 달에 복지관 개학하면 꼭 함께 가자고 약속하더니, 결국 같이 밥 한술 못 뜨고 세상을 떴다. 마지막 인사도 못 하고 보내서 마음이 더 아프다. 언제 죽었는지, 장례식 다녀온 사람은 없는지, 자식들 연락처 아는 사람은 없는지 물어보니 다들 관심 없다는 듯 말을 돌리거나 하나둘 자리를 피한다.

집에 돌아와 잠자리에 누워 생각을 하니, 남의 일 같지가 않다. 괜히 뒤숭숭하고 무섭기도 하다. 나도 그렇게 떠나면 어쩌나 걱정이 된다. 그러고 싶진 않아 뭔가 준비를 좀 해야 할 듯 싶지만 어디서부터 준비를 해야 할지, 뭘 준비해야 할지, 괜히 주책 부리는 건 아닌지 찝찝하다. 멀리 사는 아들이 왔을 때 이야기를 좀 해둬야 할 것 같아 몇 가지를 당부했다. 쓰러지면 인공호흡기 같은 거 씌우지 마라, 장례식은 검소하게 하라는 말을 했더니, 들으면서 짐짓 불편한 내색을 한다. 오랜만에 얼굴 보러 온 아들한테 왜 그런 말을 하냐며. 생각하기 싫다, 편찮으시면 저희가 다 알아서 하겠다고 짜증을 낸다. 괜한 이야기를 한 건가 싶어 더 이상 입 밖으로 꺼내기 어려웠다. 그렇지만 외롭고 비참하게 죽고 싶지는 않다. 더구나 자식들에게 폐를 끼치며 죽고 싶지도 않다. 그러지 않으려면 준비를 해야 하는데, 말할 사람도, 물어볼 곳도, 배울 곳도 없다.

웰다잉 플래너로 활동하면서 접한 사연들이다. 이처럼 사람들은 쉽게 죽음을 말하지 못했다. 입 밖으로 꺼내는 순간, 마치 당장에라도 벌어질 일처럼 아무도 말하지 않았다. 타인의 죽음뿐 아니라, 나의 죽음, 가족의 죽음, 부모의 죽음도 말하지 않았다.

오래전 대부분의 장례식은 집에서 진행되었다. 의료기술이 발달하지 않았던 그 당시 어르신은 집에서 눈을 감았고, 가족은 곁에서 임종 과정을 모두 지켜봤다. 돌아가시고 나면 가족은 모든 장례 절차를 직접 준비했다. 이웃은 품앗이로 함께 도우며 유족들을 위로했다. 아이는 자연스럽게 죽음을 보고 듣고 배우고 생각할 수 있었다. 모두 죽음의 슬픔을 느낄 수 있었다. 이처럼 죽음은 일상에서 이루어지는 삶의 한 과정이었기에 따로 배울 필요가 없었다.

하지만 오늘날 죽음의 과정은 대부분 병원에서, 장례 절차는 장례식장에서 진행된다. 가족은 과거와 달리 지켜보기만 하는 참관인이 되었다. 어른들은 더 이상 아이를 장례식장에 데리고 가지 않는다. 아이에게 좋지 않은 영향을 줄까봐 굳이 보여줄 필요가 없다고 여긴다. 고3 자녀를 둔 한 학부모는 아이를 할머니의 장례식에도 데려가지 않았다.

사람들은 죽음을 보고 배우고 접할 기회를 잃어버렸다. 학교에서도 죽음을 배울 수 없었다. 그래서 아이들은 TV, 게임, 인터넷, 영화 등을 통해 죽음을 접한다. 모니터로 배우는 죽음은 아프지도, 슬프지도, 고통스러워 보이지도 않는다. 몇 년 전 고등학생들이 마을의 강아지 18마리를 죽여 구속된 사건이 있었다. 아이들에게 강아지를 죽인 이유를 물어보니 단지 심심해서 한 일이라고 말했다. 죽음이 가벼워지니 생명도 의미를 잃었다.

사람들은 죽음을 마주하지 못했다. 그래서 죽음에 대해서 말하는 것을 꺼려했다. 가려지니 실체를 알 수 없었고, 막연해지니 더 두려워했다. 두렵기 때문에 망각하려 한다. 그래서 사람들은 죽음을 말하는 나의 수업을 어색해하고 불편해한다. 끝내 몇 사람은 견딜 수 없다는 듯 문을 열고 밖으로 나간다.

김 할머니의 소천

— 강원남

다음 달이면 저기

무지개 다리를 건널 수 있을까?

해맑은 미소에

나도 모르게 숙여진 고개

성경과 묵상, 기도로

암과 싸워냈던 병상에서

차가워진 발을 주물러도

따스해지지 않는 그 순간

여전한 미소로

하느님 품속에 안기셨다.

사실 때도 그렇게 사시더니

가실 때도 그렇게 가시네요

우는 사람 눈물 닦아주시고

힘든 사람 안아주시고

없는 사람 나눠주시고

사실 때도 그렇게 사셨는걸요

눈물을 닦던 아들의 한마디

어지럽던 생의 길목에

꽂혀진 이정표 하나

사람은 살아온 모습 그대로

죽음을 맞이한다

눈감은 할머니는

열쇠 하나를 쥐여주신 채

여전히 웃고 계셨다

06 사람은 살아온 모습 그대로 죽는다

　죽음에 대해 고민하던 나는 대학교 여름 방학 동안 호스피스 봉사 활동에 참여하기로 했다. 학교에서 죽음에 관한 수업들을 찾아다녔지만, 책 속의 죽음이 아닌 실제의 죽음을 마주하고 싶었다. 사회복지학과 입학 전후로 여러 곳에서 자원봉사를 했지만, 그래도 호스피스 자원봉사는 사뭇 두려운 마음이 들었다. 하지만 어떤 끌림처럼 뜨거웠던 여름날 호스피스로 발길을 향했다.

　호스피스의 첫인상은 여느 요양원과 다를 바가 없었다. 다만 산속 깊숙이 자리 잡고 있었고(사람들의 반대 때문인지), 앞으로는 과수원이 넓게 자리 잡고 있었다(건물을 가리기 위해서인지). 조용하고 평화로운 풍경이었다. 사무실의 안내를 받아 자원봉사자 등록을 하고 건물로 들어섰다. 직원분께서 시설을 소개해주셔서 이곳 저곳 둘러보았다. 투병 중인 환자분들은 주무시거나, 창밖을 바라보거나, 조용히 휴식을 취하고 계셨다. 이분들이 죽음을 앞두고 있다는 사실이 믿기지 않았다. 두려움은 조금씩 사라지고, 마음은 차츰 평온해졌다. 잘하는 게 없다면 부지런히 움직이는 것 외에는 방법이 없었다. 병실을 쓸고 닦고, 빨래를 개고, 설거지를 도왔다. 환자분의 목욕을 도왔고, 치료와 수발을 거들었다. 일이 한가한 오후에는 병실을 찾아가 이야기를 나눴고, 주무시는 분들의 손을 말없이 잡고 있기도 했다.

가끔 통증을 호소하는 분도 계셨다. 아픈 데 장사 없다는 말처럼 통증이 계속되면 화를 내거나 짜증을 내기도 하셨다. 그냥 빨리 하느님께 데려가 달라고 눈물로 하소연하는 분들도 계셨다. 암 환자가 겪는 고통은 무엇을 상상하든 그 이상이다. 진통제 약효가 퍼지면 조금씩 안정을 찾으셨지만, 통증과의 싸움은 곁에서 보는 것만으로도 두렵고 고통스러웠다.

호스피스에서 지내며 유독 인상 깊은 할머니 한 분이 계셨다. 권사님으로 불리던 할머니는 자그마한 체구에 늘 단정한 머리셨는데, 그 모습이 마치 소녀 같았다. 간암 말기로 더는 치료가 어려워지자 호스피스에서 조용히 임종하고 싶다는 뜻을 밝히셨다고 한다.

권사님이 고통을 마주하는 모습은 지금도 잊히지 않는다. 암 통증이 오면 진통제를 맞더라도 한동안 계속되는데, 권사님은 무릎 꿇고 두 손 모아 기도하거나 묵상하셨다. 아니면 말없이 성경책을 읽으셨다. 늘 침착하고 평온하셨으며, 얼굴을 찡그리거나 목소리 높인 적도 없으셨다. 한번은 저녁 식사를 마치고 권사님을 부축하여 뒤뜰로 산책을 나섰다. 함께 걸으며 이런저런 야생풀을 설명해주셨고, 어릴 적 추억들도 말씀해주셨다. 그러던 중 갑자기 고개를 들어 노을로 물든 하늘을 한참 바라보시더니 나를 보고 방긋 미소를 지으며 말씀하셨다.

"다음 달에는 저기 무지개다리를 건널 수 있을까?"

마치 남의 죽음을 이야기 하듯 담담히 자신의 죽음을 꺼내보셨던 그 모습이 내겐 큰 충격이었다.

이후 시간이 날 때마다 권사님께 말씀을 청했고, 권사님은 삶의 지혜를 나눠주셨다. 정은 점점 쌓여갔지만, 한편으론 마음도 점점 무거워졌다. 병세는 계속 악화되었고 끝이 가까워지기 시작했다. 침대에 눈을 감고 누워계신 권사님을 위해 할 수 있는 건, 곁에 앉아 말없이 차갑게 식어가는 발을 주물러드리는 것뿐이었다. 한참을 주물러도 온기는 쉽게 돌아오지 않았고 꺼져가는 생명의 빛이 손끝에서 느껴졌다. 믿기지 않았다. 두렵고 무서웠다. 하지만 권사님은 죽음이 다가옴을 담담히 받아들이시는 듯, 마치 편안하게 주무시는 것처럼 입가에는 살짝 미소를 띠신 채, 새

근새근 고운 숨을 넘기셨고, 결국 뱉지 않으셨다. 그리고 하느님의 품에 안기셨다.

권사님의 임종을 지키기 위해 자리를 지켰던 아드님은 어머니 곁에서 찬송가를 부르셨고, 돌아가신 후에야 비로소 멈추셨다. 그리고 그제야 눈물을 흘렸다. 긴 침묵이 이어졌고 나는 아드님께 위로의 말씀을 건넸다.

"어머님께서 편안하게 하느님 품 안에 안기신 것 같네요."

그러자 아드님은 눈물을 닦으며 나를 보고 미소지었다. 그리고 돌아온 아드님의 한마디에 나는 한참을 아무 말도 할 수 없었다.

"어머니는 사실 때도 그렇게 사셨어요. 우는 사람 있으면 눈물 닦아주시고, 힘든 사람 있으면 안아주시고, 없는 사람 있으면 나눠주시고……. 어머니는 사실 때도 그렇게 사셨는데요, 뭐. 분명 좋은 곳에 가셨을 거예요."

망치로 머리를 한 대 얻어맞은 것처럼 큰 충격을 받았고, 한동안 멍하니 서 있었다.

어머니에 대한 자랑 같은 한마디가, 내게는 큰 충격으로 다가왔다. 짙은 어둠 속에 한 줄기 빛이 사방을 밝혔다. 얽힌 실타래가 풀리듯 죽음은 곧 명료해졌다. 죽음이란 무엇이고, 나는 왜 죽음을 두려워하며, 사람들은 왜 고통스럽게 죽어야만 하는가에 대한 대답이 한순간에 정리되었다. 권사님의 임종을 지켜보며 깨닫게 된 사실은 "사람은 살아온 모습 그대로 죽음을 맞이한다"는 것이었다. 짧지만 단순한 이 진리는 그동안 죽음을 찾아 헤매던 질문에 답이 되었고, 앞으로의 삶을 바꾸어놓을 좌우명이 되었다. 세상을 바라보는 공식이 되었고, 삶을 살아가는 신념이 되었다.

임종을 눈앞에 두신 분 중 미움과 원망, 분노, 두려움, 욕심이 많은 분들은 마음의 짐을 쉽게 내려놓지 못하고 힘겨워하셨다. 반면 사랑하는 사람들과 함께 행복한 시간을 보내며, 기쁘고 즐겁게 나누고 봉사하며 사신 분들은 조금은 가볍고 편안하고 밝게 돌아가셨다. 이러한 모습을 보며 사람은 살아온 모습 그대로 죽음을 맞이한다는 것이 피부에 와닿기 시작했다. 막연하고 두렵기만 했던 죽음이 보다 명확해졌으며 뚜렷해졌다.

세계적인 불교 지도자인 달라이 라마는 죽음에 대해 이렇게 말했다.

"사람들은 평화롭게 죽기를 바랍니다. 우리의 삶이 폭력으로 가득 차 있거나 성냄, 집착, 공포 같은 감정으로 크게 혼란스럽다면, 평화롭게 죽을 수 없음 또한 자명한 일입니다. 죽음을 평온하게 맞이하고자 한다면 올바르게 사는 법을 배워야 합니다. 평화로운 죽음을 희망한다면 우리의 삶 속에서 평화를 일구어야합니다."

가톨릭 성녀인 테레사 수녀님 역시 마찬가지였다.

"죽음이 무엇인지 안다면 죽음을 두려워하지 않을 것입니다. 죽어가는 사람은 '좀 더 좋은 일을 했어야 하는데……'라는 식의 자책을 합니다. 우리는 그가 살아왔던 방식 그대로 죽어가는 사례를 볼 수 있습니다. 죽음은 삶의 계속이고 완성입니다."

종교를 막론하고 사람은 자신이 살아왔던 모습 그대로 세상을 떠난다는 사실을 알 수 있었다.

사람들은 내게 묻는다. "당신은 죽음을 연구한다던데, 그렇다면 당신이 생각하는 죽음이란 도대체 무엇입니까?" 이런 질문에 나는 거리낌 없이 "죽음은 곧 삶입니다"라고 대답한다. 사람은 살아온 모습 그대로 죽음을 맞이하기 때문이다. 심오한 종교의 교리로 증명하지 않아도, 철학적 논증 방법까지 가지 않아도, 내가 보고 듣고 느끼고 깨닫게 된 죽음은 곧 삶이었다. 불교에서 말하는 생사일여(生死一如)의 의미를 두 눈으로 보고 깨달을 수 있었다. 두 개의 꼭짓점이 연결되면 직선이 되듯이, 탄생과 죽음의 두 점을 이으면 곧 죽음의 모습이 되었다. 시신을 염습하는 장례지도사는 고인의 얼굴만 봐도 어떤 삶을 살아왔는지 보인다고 한다. 홀로 쓸쓸하게 죽음을 맞이한 분들의 유품을 정리하는 유품정리인 역시 고인의 유품만 봐도 어떤 삶을 살아왔는지 보인다고 한다. 이처럼 죽음이란 거울을 들여다보면 곧 삶의 모습이 보였다.

나는 웰다잉 플래너로 활동하면서 웰다잉 수업, 말 그대로 잘 죽는 법을 이야기하고 다닌다. 어떻게 하면 잘 죽을 수 있을까? 식상한 대답 같지만, 잘 죽고 싶다면 우리는 잘 살아야 한다. 사람은 살아온 모습 그대로 죽음을 맞이하기 때문이다. 수업을 마칠 때 "잘 죽겠습니다" 인사드리면 "잘 살겠습니다"라고 대답하시는 이유가 바로 여기에서 출발한다.

"삶은 개떡같이 살다가 잘 죽을 수는 없어요. 왜냐하면 삶하고 죽음은 같이 붙어 있어서. 그래서 삶을 잘 살아야 죽음도 잘 사는 것 같아요."

임종하는 분들을 보살펴주시는 호스피스 수녀님의 말씀처럼 삶을 잘 살아야 죽음도 잘 살 수 있다. 어떻게 하면 잘 죽을 수 있냐는 질문에 대답은 다시 삶으로 돌아온다. 나는 진정 잘 살고 있는가? 어떻게 살아가고 있는가? 그리고 어떤 모습으로 죽음을 맞을 것인가? 죽음은 다시 삶과 계속 꼬리를 물었다.

수업을 마치고 돌아오는 길, 가끔 삶과 죽음의 비밀을 알려주셨던 권사님의 모습이 떠오른다. 이제는 성함조차 잘 기억나지 않고, 얼굴조차 흐릿해졌다. 하지만 싸늘히 식어가던 발가락의 감촉을 손은 아직도 기억한다. 따뜻했던 미소와 목소리도 함께 남겨주셨다. 권사님은 나에게 죽음을 쫓아갈 수 있는 용기를 주셨고, 죽음과 함께 살아갈 힘을 주셨다. 권사님과의 만남은 죽음을 배우는 이번 생에 무엇보다 큰 가르침이었다.

07 사람들은
그렇게 죽음을 맞이했다

장면 하나

암으로 투병하시던 할머니의 임종이 다가왔다. 가족들은 할머니의 임종을 지켜보기 위해 병실을 지키고 있었다. 의사는 할머니께서 위독하시니 마음의 준비를 하라고 했다. 조금씩 죽음이 가까워지고 있었다. 그러던 중 갑자기 할머니의 의식이 잠시 돌아왔다. 의식이 돌아온 할머니는 장남을 찾았다. 장남은 어머니께서 마지막 유언을 하실지 모른다는 생각에 서둘러 곁으로 가 손을 꼭 잡았다. 그리고 어머니의 입가에 귀를 가져다 대었다. 할머니는 더듬거리는 목소리로 아들에게 천천히 말씀하셨다.

"애비야, 집에 송아지 나왔니?"

평생 농사를 지어 자식들을 대학 보내시고, 시집 장가 보내신 할머니께선 병원에서도 못다 한 농사일을 염려하셨고, 송아지가 태어나면 누가 돌볼지를 걱정하셨다. 그리고 돌아가시기 전날 아들에게 끝까지 송아지의 안부를 물으셨고, 이튿날 할머니는 눈을 감으셨다. 평생 농사만 지어 오셨던 할머니는 그렇게 죽음을 맞이하셨다.

장면 둘

자식들과 연락이 끊긴 채 홀로 사시던 할머니는 하루의 대부분을 경로당에서 보내셨다. 동네 할머니들과 10원짜리 고스톱을 치는 게 삶의 유일한 낙이었다. 그러던 중 할머니는 말기 암 진단을 받고 병원에 입원하게 되었다. 병원에서 적적히 보내시던 어느 날 경로당 할머니들이 병문안을 왔다. 할머니는 반갑게 친구들을 맞이했다. 그리고 침대 매트리스 아래를 뒤적거리며 무언가를 꺼내셨다. 화투장이었다. 할머니는 병원에 있으니 심심해 죽겠다고, 죽을 땐 죽더라도 고스톱이나 한번 치고 죽자면서 기뻐하셨다. 병실은 한순간에 화투판으로 변해버렸다. 한참을 깔깔거리며 신나게 고스톱을 치셨고, 모두가 즐거워했다. 이튿날 할머니는 조용히 눈을 감으셨다. 고스톱으로 외로움을 달래 오셨던 할머니는 그렇게 죽음을 맞이하셨다.

장면 셋

중견기업의 간부로 정년퇴직하신 할아버지는 소문난 미식가셨다. 제철인 특산물을 드시기 위해 먼 거리도 마다하지 않으셨고, 유명한 맛집은 빼놓지 않고 찾아다니셨다. 맛있는 음식을 먹는 것이 할아버지의 가장 큰 취미이자 삶의 낙이었다. 그러던 어느 날 할아버지는 갑자기 시작된 통증에 병원을 찾았고, 위암 판정을 받았다. 암 수술로 위를 잘라낸 할아버지는 유동식으로 식사를 대신하셨다. 까다로운 입맛을 만족시키기엔 역부족이었다.

그 후 할아버지는 병실에 누워 리모컨을 쥐고 온종일 음식 프로그램만 보셨다. "저 회 싱싱한 거 봐라." "한우 색깔 봐라." "저 치킨 고소하겠다." 중얼거리며 온종일 침만 삼켰다. 빨리 나아서 맛있는 음식을 먹어야지 다짐했지만, 유동식도 쉽게 소화하지 못하는 자신의 몸을 보며 우울해했다. 결국 할아버지는 어느 가을 날, 음식 프로그램을 켜놓고 리모컨을 쥔 채로 그렇게 죽음을 맞이하셨다.

장면 넷

평생을 근검절약하며 살아오신 할아버지는 말기 암 선고를 받고 병원을 나섰다. 자신의 죽음을 예상했다는 듯, 하나둘 주변 정리를 시작했다. 그러나 유산은 생각만큼 쉽게 정리되지 않았다. 자식들에게 미리 넘겨주면 아무것도 남을 것 같지 않아, 유산만큼은 될 수 있는 대로 천천히 나눠주자고 생각했다. 할아버지의 건강은 점점 악화됐고, 기력도 떨어져 갔다. 하지만 자식들에게 유산을 나눠주면 자신을 들여다보지도 않을 것 같아, 끝까지 말을 아꼈다.

할아버지는 결국 유산에 대해 아무런 유언도 남기지 못하고 그렇게 죽음을 맞이하셨다. 안타깝게도 할아버지가 돌아가신 후 자녀들은 유산을 두고 법정싸움을 벌였다.

영화나 드라마처럼 눈을 감기 전 마지막 유언을 남길 수 있으리라 생각하지만, 실제로는 혀가 말려 들어가 말을 하는 게 불가능하다.

장면 다섯

불교 경전에는 죽기 전 간절하게 "관세음보살"을 열 번 염불하면 극락왕생할 수 있다고 한다. 기독교에서는 신앙을 갖지 않은 사람이라 할지라도 죽기 전 하느님을 믿는다고 신앙고백 하면 하느님 나라에 갈 수 있다고 한다. 이 말이 사실이라면, 굳이 평생 종교를 믿으며 살아갈 필요가 뭐가 있을까? 일생을 남을 미워하고 괴롭히며, 욕심을 채우기 위해 멋대로 살다가 죽기 전 "관세음보살" 열 번만 외치면 될 것이고, 하느님을 믿는다고 고백하면 그만 아닐까?

호스피스 시설에 말기 암 선고를 받은 목사님이 입소하셨다.

목사님이 오신 후 병실에서는 밤마다 기도 소리가 들려 왔다. 사람들은 죽음 앞에서 기도를 놓지 않는 목사님의 훌륭한 모습에 감동했다. 그러던 어느 날 병실을 지나던 한 간병인이 목사님의 기도를 듣게 되었다.

"하나님, 저 좀 제발 살려주십시오. 아직 못다 한 일들이 많습니다. 더 많이 전도하겠습니다. 더 많은 성전을 쌓겠습니다."

평생을 수행하며 살아온 스님이라 할지라도 임종 직전 평정심을 갖고 관세음보살을 염불하기는 쉽지 않다고 한다. 사람들은 신앙인이라면 죽음 앞에서도 초연하며, 신의 뜻에 따라 기쁘게 눈을 감을 것으로 생각한다. 하지만 그들도 인간이므로 결코 쉽지 않다.

이들의 모습이 잘못된 것은 아니다. 다만 살아온 모습 그대로 죽음을 맞이할 뿐이다. 평소와 다른 행동을 하는 사람을 보면 우리는 "쟤가 죽을 때가 다 됐나 보다. 안 하던 짓을 하고……"라고 말한다. 하지만 죽음을 자세히 들여다 보니 사람들은 죽음 앞에서도 결코 바뀌지 않았다. 본인이 살던 모습 그대로 가진 것들을 더 움켜쥐었다. 습관을 고집했고, 고집은 삶이 되었다. 삶은 또 그렇게 죽음이 되었다. 삶에 시간이라는 가속도가 붙으면 방향을 바꾸기가 쉽지 않다. 죽음은 냉혹하고 단호하며 거짓이 없다. 그래서 살아온 모습 그대로 문장은 완성되었다. 물음표로, 줄임표로, 쉼표로 삶을 마쳤다. 또 반면 누군가는 느낌표로 삶을 완성했다.

그렇다면 나는 어떻게 살고 있을까? 죽음을 들여다보며 나의 죽음을 상상해본다. 내가 고집하고 있는 것들은 무엇일까. 나의 신앙은 진리에 가까운 것인가. 삶을 합리화하기 위한 논리인가. 중요한 것들을 놓치고, 중요하지 않은 것들에 몰두하진 않는가. 무의미한 삶을 살아가고 있지는 않은가? TV를 틀어놓고, 스마트폰을 쥔 채 SNS에 몰두하며, 치킨과 맥주를 손에 든다. 순간의 쾌락에 쉽게 빠져든다. 작은 것에 감사하지 못한다. 쉽게 불평불만을 한다. 남들과 비교하며 그들을 부러워한다. 세상을 원망하며, 후회 끝에 죽음을 맞이할지도 모른다. 왜 세상은 나에게 이렇게 모질었냐며 끝까지 악을 쓸지 모른다. 삶을 대하는 태도는 곧 죽음을 대하는 태도다. 삶에 의미를 찾지 못한다면, 죽음의 의미도 찾지 못할 것이다. 죽음 앞에서 방황할 것이다. 하지 못한 일들을 후회할 것이다. 죽기 전 나는 지금의 모습 그대로 그렇게 죽음을 맞이할 것이다.

08 죽음을 받아들이는 다섯 가지 모습

#부정

 40대 중반의 회사원이 소화불량과 복통으로 병원에 갔다. 병원에서는 정확한 검진을 해봐야 알 수 있다며 내시경과 초음파, CT 촬영을 권했다. 의사의 권유에 따라 검사에 응했고, 일주일 뒤 검사결과를 듣기 위해 다시 병원을 찾았다.

의사: 혹시 보호자는 같이 안 오셨나요?

회사원: 네. 아직 결혼을 안 해서요. 보호자는 따로 없습니다. 결과가 좀 안 좋은가요?

의사: 아, 그러시군요. 그러면 직접 말씀드릴 수밖에 없겠네요. 검

사결과 췌장암 말기로 판단됩니다. 너무 늦게 발견이 된 것 같습니다. 물론 저희도 최선을 다해보겠지만, 췌장암의 예후가 워낙 좋지 않아서요. 지금 이 상태라면 길게 봐서 3개월밖에 남지 않으신 것 같습니다.

회사원: 뭐라고요? 다시 한번 말씀해주세요. 췌장암 말기라고요? 제가 석달밖에 못 산다고요? 아니, 이거 정말이세요? 오진이면 어떻게 하실 겁니까? 이 병원 잘한다고 소문 듣고 왔는데 제가 잘못 알았나 보네요. 하여튼 오진이기만 해봐요. 내가 가만히 있지 않을 겁니다. 멀쩡한 사람을 죽을 사람으로 만들어 버리다니 이 무슨 말도 안 되는⋯⋯.

그는 문을 박차고 진료실을 나선다. 믿기지 않는다. 말도 안 된다. 분명 오진이다. 아직 창창한데 내가 췌장암이라니. 병원 문을 열고 나서자 정원 벤치에는 노인들이 앉아 있다. 저렇게 나이 드신 분들이 먼저 돌아가셔야지, 하필 내가 먼저 죽는다는 것이 믿어지지 않는다. 분명 오진일 거라고, 다시는 이 병원에 오지 않겠다고 다짐한다. 스마트폰을 꺼내 유명한 병원들을 다시 검색해본다.

자신이 죽는다는 사실을 알게 될 때, 우리는 어떤 생각을 하세될까? 누구도 자신이 죽는다는 것을 쉽게 인정하지 않을 것이다.

뭔가 잘못됐을 거라며 자신의 죽음을 부정한다. 임종이 닥쳐올 때까지 자신의 죽음을 믿지 않고 부정하는 환자도 있다. 인간이 죽음을 맞이하는 첫 번째 모습은 '부정'이다.

#분노

유명하다는 병원을 다 찾아다녔다. 하지만 검사결과는 모두 같았다. 결국 한 가닥 희망을 품고 치료를 위해 병원에 입원했다. 생각할수록 화가 났다. 세상이 원망스러웠다. 열심히 신앙생활을 했지만 다 부질없는 짓이었다. 신에게 소리질렀다.

"왜 하필이면 접니까? 누구한테 피해준 적도 없고 열심히 믿고 열심히 살았을 뿐인데, 왜 저를 이렇게 만듭니까? 이제라도 꿈이라고 말해주십시오. 제게서 이 고통을 거둬주십시오."

호스피스 병동에서 위암 말기로 투병하던 환자가 있었다. 그는 침대에 누워 자신의 신세를 한탄했다. 그러던 어느 날 침대 곁에서 밥을 먹고 있던 일곱 살 어린 아들을 물끄러미 바라보았다. 그리고 그는 갑자기 손을 들어 아이의 뺨을 때렸다. 아이는 울음을 터트렸고 엄마는 깜짝 놀라 아이를 품에 안으며 소리 질렀다.

"아니 여보, 갑자기 애를 왜 때려!"

환자가 말했다.

"나는 이렇게 물도 한 모금 못 마시고 하루하루 말라가는

데……. 저 쪼끄만 놈은 지 살겠다고 꼬물꼬물 밥 먹는 게 너무 얄미워서, 나도 모르게 화가 나네."

그는 살아 숨쉬는 모든 것들이 밉다고 했다. 부럽다고 말했다.

"아무리 힘든 일이 있어도, 괴롭고 고통스러워도, 그래도 당신들은 살아있잖아. 살 수 있는 거잖아. 나는 이렇게 죽어가는데……."

인간이 죽음을 맞이하는 두 번째 모습은 '분노'다.

#타협

며칠 동안 화를 냈더니, 이젠 진이 빠졌다. 혹시 모른다는 생각에 인터넷으로 새로운 치료방법과 민간요법을 찾아본다. 완치 사례들을 보며 희망을 품는다. 나에게도 기적이 일어날지도 모르니, 조금이라도 더 살고 싶은 마음에 다시 기도한다.

"하느님, 두 달만 더 살게 해주십시오. 앞으로 착하게 살겠습니다. 말씀하신 대로 베풀며 살겠습니다. 열심히 기도하겠습니다."

이렇게 죽음을 앞둔 이들은 간절히 타협한다.

"우리 막내아들이 올해 말에 결혼하는데 그때까지만 살게 해주세요."

"우리 며느리가 내년 봄에 손주를 낳는데, 손주만 안아보고 가게 해주세요."

많은 사람이 이처럼 기적이 일어나기를 바란다. 그리고 바람대로 타협이 이루어진 분들은 임종이 다가올 때 편안한 모습으로 눈을 감는다. 아쉽긴 하지만, 그래도 바라던 대로 조금이라도 더 살 수 있어서 이제는 여한이 없다고 말한다.

말기 암으로 투병하시던 할머니의 임종이 가까워졌다. 그러나 할머니는 아들의 결혼식을 꼭 보고 싶어 하셨다. 3주 뒤였다. 할머니는 3주 동안 현대 의학으로 설명할 수 없는 기적 같은 힘으로 버텨내셨다. 할머니는 한없이 야위었고, 거동하기도 힘들었다.

그리고 마침내 아들의 결혼식이 다가왔다. 그러나 결혼식이 시작되자 할머니는 고운 한복을 입고 혼주석에 앉아 흐뭇한 표정으로 아들을 바라보셨다. 임종이 가까운 분이라고는 믿기지 않을 만큼 밝은 모습이었다. 아들은 결혼식을 마치고 신혼여행을 떠났지만, 할머니는 끝내 아들이 신혼여행에서 돌아오는 모습을 보지 못했다. 사람들은 안타까워했지만, 할머니는 그래도 아들의 결혼식을 봤으니 여한이 없다고 말씀하셨다.

인간이 죽음을 맞이하는 세 번째 모습은 '타협'이다.

#우울

하지만 누구에게나 기적이 일어나는 것은 아니다.

'신은 내 기도를 들어주지 않는구나. 역시 기적 같은 건 없구나.'

이내 낙담하게 된다. 병세는 악화되고, 남은 삶은 점점 줄어든다. 살아온 시절이 주마등처럼 스쳐 지나간다. 누구나 한 번 태어나고 죽는다지만 그래도 아직 이르다. 허무하다. 시간은 늘 충분한 줄 알았는데, 이제 보니 늘 부족했다. 무엇을 위해 이렇게 아등바등 살아왔을까. 결국 아무것도 가지고 갈 수 없고, 누구도 함께 가주지 않는다. 쫓아다녔던 모든 것들이 부질없이 느껴진다. 이렇게 죽어야 한다고 생각하니 삶이 허망하게 느껴진다.

인간이 죽음을 맞이하는 네 번째 모습은 '우울'이다.

#수용

죽음을 맞이하는 다섯 번째 모습은 '수용'이다. 죽음을 수용하며 마음을 비우고, 세상에 대한 미련을 버린다. 분노와 우울함이 사라진다. 그리고 자신의 죽음을 준비한다. 하지만 죽음을 수용하는 이들의 모습을 찾아보기란 쉽지 않다. 대부분은 이전 단계인 우울의 상태에서 죽음을 맞는다. 생명의 근본적인 두려움을 받아들이는 것은 결코 쉽지 않다. 죽음을 수용한다는 것은 삶의 매 순간을 소중히 살았을 때 비로소 가능하다. 삶을 수용하지 못했던 이들은 죽음 역시 수용하지 못했다.

미국의 정신과 의사이자 죽음학자였던 엘리자베스 퀴블러 로스는 저서 《죽음과 죽어감(On Death and Dying)》에 죽음을 받아들이는 다섯 가지의 모습에 대해 설명했다. 사람들은 죽음을 맞이할 때 다섯 가지 심리 단계를 보인다. 부정-분노-타협-우울-수용. 그러나 수학 공식처럼 모두가 이 순서대로 변하는 것은 아니다. 각 단계에 머문 상태로 죽음을 맞기도 하며, 수용의 단계로 갔다가도 다시 부정의 상태로 돌아가기도 한다. 운명을 받아들이고 초연히 죽음을 받아들이겠다 다짐하지만, 그래도 혹시 기적이 일어나지 않을까 하는 생각으로 삶의 고삐를 움켜잡는다. 조금이라도 더 살 수 있다면 착하게 살겠다, 나누고 베풀며 살겠다 다짐한다. 하지만 기적이 일어나면 언제 그랬냐는 듯, 다짐 따윈 잊은 채 다시 일상으로 돌아간다.

이처럼 태어난 모습이 다르듯, 죽어가는 이들의 모습 역시 다르다. 다만 죽음의 모습은 삶의 모습 그대로 이어질 뿐이다.

09 그리고 희망의
　　　죽음을 맞이하다

엘리자베스 퀴블러 로스는 사람들이 죽음을 맞이할 때의 심리상태가 부정-분노-타협-우울-수용의 단계로 바뀐다고 주장했다. 그러나 또 다른 죽음학자 알폰스 데켄(Alfons Deeken)은 이에 대해 반론을 제기했다. 죽음을 통해 삶을 완성하며, 삶의 의미를 되새기고, 남은 이들에게 추억을 전해주며 기쁘게 죽음을 맞이하는 사례도 있다고 주장했다. 그래서 '수용' 다음 '희망'의 단계를 추가하자고 말했다.

장면 하나
개그우먼 박지선 씨는 고등학교 때까지 할머니와 같은 방을 쓰며 친구처럼 사이좋게 지냈다. 그러던 어느 날 학교에서 야간 자율학습을 하던 도중 선생님께서 이름을 불렀는데, 그 순간 자신도 모르게 눈물을 흘렸다. 불길한 예상대로 선생님은 박지선 씨에게 할머니의 부음 소식을 전했다. 박지선 씨는 집으로 향하던 도중 할머니가 평소에 하셨던 말씀이 생각났다.

"지선아, 나 죽거든 내 서랍 속에 있는 치부책을 열어봐라. 그러면 네가 아마 눈물이 쏙 빠질 거다."

집에 도착해서 서랍장을 열어 할머니의 치부책을 본 순간, 박지선 씨는 터져나오는 웃음을 참을 수 없었다. 할머니의 치부책에는 다음과 같은 내용이 적혀 있었다.

'애비가 만두를 사왔는데 지선이가 다 뺏어먹었다. 썩을 년.'

'오늘 화투치는데 지선이가 지 할매 편 안 들고, 아랫집 할매 편만 들었다. 망할 년.'

'내 아들이 버는 돈 5만 원씩 용돈 주면서 애미가 생색낸다. 망할 년.'

'지선이가 내 손톱을 너무 바싹 깎아서 손이 아프다. 썩을 년.'

'애미가 내 옷을 잘못 빨아서 오그라뜨렸다. 망할 년.'

가족들의 흉과 함께 욕이 가득 쓰여 있던 치부책을 보며 박지선 씨와 가족들은 슬픔이 아닌, 웃음과 추억으로 할머니를 기쁘게 보내드릴 수 있었다.

장면 둘

성우 송도순 씨의 어머니는 조용하며 내성적인 성격이었다. 그러던 중 암 판정을 받고 2년간 딸의 집에서 투병하시다가 세상을 떠나셨다. 장례식을 마치고 어머니가 쓰던 방을 정리했지만, 신기하게도 유품은 남아있지 않았다. 성경책, 안경, 지갑, 가위, 신발한 켤레, 독사진 3장, 손주와 찍은 사진 몇 장 외에는 아무것도 발견할 수 없었다.

어머니는 치매 초기 증상이 있으셨는데, 돈을 좋아하셨다고 한다. 그래서 어머니에게 현금 100만 원을 드렸는데 그 돈도 4만 원밖에 남아있지 않았다. 의아한 마음에 어머니를 돌봐주시던 간병인에게 물어보았다. 간병인은 어머니께서 병문안을 오는 친구들에게 2만 원과 당신이 입던 블라우스 한 장, 2만 원과 핸드백 하나, 2만 원과 코트 하나 등을 선물하며 본인의 유품을 모두 정리하셨다고 한다. 자신이 세상을 떠난 다음, 홀로 남은 딸이 유품을 정리며 슬퍼할 것이 걱정되었던 어머니는 모든 흔적을 스스로 지우며 떠날 준비를 하셨다. 이후 송도순 씨는 어머니의 마지막 모습처럼, 평소 가진 것들을 정리하고 나누는 습관을 갖게 되었다고 한다.

장면 셋

미국 워싱턴 주에서 살던 브랜든 포스터(Brenden Foster)는 열한

살의 나이에 백혈병 선고를 받는다. 치료를 위해 노력했지만, 결국 의사로부터 2주밖에 남지 않았다는 이야기를 듣게 된다. 시간이 얼마 남지 않았다는 사실을 알게 된 엄마는 눈물을 머금고 아들에게 마지막 소원을 묻는다. 그러자 브랜든은 또래 아이들과 달리 전혀 뜻밖의 소원을 말했다. 병원을 오가면서 보았던 길거리의 노숙자들, 자신보다 더 불행해 보이는 그들에게 샌드위치를 만들어주고 싶다는 소원이었다.

브랜든의 마지막 소원은 인터넷에 올라오면서 많은 이들의 심금을 울렸고, TV 뉴스를 통해 미국 전역에 소개됐다. 브랜든의 마지막 소원을 이뤄주기 위한 도움의 손길이 이어졌고, 주민들은 함께 힘을 모아 노숙자들을 위한 샌드위치를 만들기 시작했다. 그렇게 2주 동안 3500여 명의 노숙자들은 '사랑해, 브랜든'이라고 적힌 샌드위치를 받았다. 수많은 노숙자들이 샌드위치를 받았다는 사실을 알게 된 브랜든은 방송사와의 마지막 인터뷰에서 기쁜 소감을 말했다.

"행복한 시간이었어요. 숨이 멈추는 순간까지, 저는 행복할 것 같아요."

브랜든은 얼마 후 엄마의 품에 안겨 세상을 떠났다.

장면 넷

한국교회 처음으로 7남 1녀 중 네 명의 아들을 신부님으로 길러낸 이춘선 마리아 할머니. 사제서품을 받은 막내아들 오세민 신부님이 첫 부임지인 홍천 본당으로 떠나던 날, 할머니는 작은 보따리를 들려주며 힘들고 어려운 일이 있을 때 풀어보라고 말씀 하셨다. 부임지에 도착한 오세민 신부님은 궁금증을 참지 못하고 그 자리에서 보따리를 풀어 보았다. 그러나 보따리에는 뜻밖의 물건이 들어 있었다.

태어난 지 백일 되던 날 입었던 저고리와 세 살 때 입었던 저고리, 그리고 다음과 같은 내용이 적힌 어머니의 편지 한 장이 들어 있었다.

"사랑하는 막내 신부님! 당신은 원래 이렇게 작은 사람이었음을 기억하십시오. 1996. 8. 27. 옷짐을 꾸리며…… 엄마가."

편지를 읽던 신부님은 결국 감동의 눈물을 흘렸다. 이처럼 할머니는 40여 년 동안 네 아들 신부님에게 수백 통의 편지를 보내며 참된 사제로 살아갈 것을 당부했다.

할머니는 2015년, 95세의 나이로 주님의 품 안에서 영면에 이르게 되었고, 네 아들이 모인 가운데 장례 미사가 봉헌되었다. 그런데 장례 미사 중 고별사를 하던 막내 신부님이 갑자기 선글라스를 꺼내 썼다. 영문을 알 수 없던 사람들은 의아해하며 웃음꽃을 피웠다. 고별사가 끝나자 신부님은 선글라스를 벗으며 말씀을 전했다.

"어머니께서 '내 장례 미사에 오신 분들이 슬퍼하지 않게 두 번 웃겨드리라'고 부탁하셨습니다."

하느님 나라로 가는 장례가 슬프기만 한 자리가 아닌 기쁜 자리가 되길 바라셨다고 한다. 그래서 생전에 장례 미사곡도 스스로 골라두셨고, 영정사진 앞에 국화보다 장미를 놓아달라고 말씀하셨다. 아들 신부님은 어머니와의 약속을 지켰으며, 함께 모인 이들은 할머니를 기쁘게 하느님 품으로 보내드릴 수 있었다.

장면 다섯

한국독립영화계의 대표적 인물이자 인도 전문가이며 〈오래된 인력거〉 등의 독립영화를 제작해온 이성규 감독. 그는 인도를 배경으로 한 영화 〈시바 인생을 던져〉의 촬영을 마치고 후반 작업 도중 간암 말기 판정을 받게 되었다. 병세는 급격히 악화되었고, 결국 그는 춘천의 호스피스 병원으로 거처를 옮겼다. 투병 중에도 그는 죽음을 맞이하는 자신의 생각을 담담히 SNS에 올려 많은 이들의 심금을 울렸다.

'부탁입니다. 저를 도와주세요. 무슨 치료가 좋다더라, 뭐가 암에 즉효라더라, 긍정의 힘을 믿고 끝까지 놓지 마라, 신앙의 힘에 의탁하라는 식의 이야길 하지 말아주시길. 저는 제 가족과 함께 마지막을 추억하며, 존엄하게 이승의 삶을 정리할 겁니다.'

'신촌세브란스 병원의 권유에 따라, 호스피스 병동으로 옮기는 걸 결정하고 아내와 끌어안은 채 한참을 울었다. 그리고 울음을 털었다. 울어서 달라질 건 없다. 일상처럼 웃었다. 이제 우리 가족의 일상에 나의 죽음이 들어왔다. 죽음은 나를 존엄하게 한다. 죽음은 존엄의 동반자다. 아내와 나는 그 죽음을 웃으며 맞이한다. 오늘 신촌 세브란스 1653호엔 그 환영식으로 시끌벅적할 것이다. 환영한다.'

'허락된 시간이 그런대로 충분한 줄 알았어요. 그러나 아니네요. 내가 살아갈 하루의 숫자가 줄어든 기분. 아직은 훌쩍훌쩍 울곤 합니다만, 임종이란 현실을 받아들이고 있습니다. 인간에게 죽음이 두려운 건, 죽음 그 자체가 아니라 죽음의 과정일 겁니다. 죽음의 과정이 내게 축제일 수 있게 도와주세요. 나는 축제현장에서 놀고 있어요. 재미나게 놀고 싶어요. 그리고 안녕이라 님들에게 인사하고 싶어요.'

이성규 감독은 평소 자신의 영화를 보러 온 관객들이 객석에 가득 찬 모습을 보는 것이 소원이라고 말했다. 몇 달 뒤 〈시바 인생을 던져〉 시사회를 앞두고 있었지만 이성규 감독이 참가하는 것은 불가능한 일이었다. 이성규 감독의 건강이 급격히 악화되자, 지인들과 팬클럽은 이성규 감독을 위한 시사회를 개최하기로 계획하였다. 시간이 촉박했던 나머지, 서둘러 춘천의 극장을 섭외하였고, 이틀 만에 전국에서 500여 명의 시사회 관객들이 모였다. 시사회 전까지도 이 사실을 알지 못했던 이성규 감독은 휠

체어를 타고 극장으로 들어섰고, 자리에 모인 관객들은 응원 메시지를 적은 종이비행기를 일제히 그에게 날려 보냈다. 이 장면을 본 이성규 감독은 감동의 눈물을 흘렸다. 그리고 관객들과 함께 자신의 영화를 관람했고, 한국독립영화를 사랑해달라는 마지막 당부를 남겼다. 시사회를 마치고 이틀 뒤, 이성규 감독은 결국 눈을 감았다. 화장을 한 그의 유골 일부는 그가 사랑한 인도의 갠지스 강에 뿌려졌다. 그 후 춘천에서는 이성규 감독의 뜻을 기려 매년 독립 영화제를 개최하고 있다.

절망스러운 죽음의 순간을, 희망의 순간으로 기꺼이 받아들이는 이들의 모습에 절로 고개를 숙이게 된다. 죽음의 의미를 찾아내며, 삶을 끝이 아닌 완성으로 매듭 짓는 인간의 모습은 존엄하기까지 하다. 꼭 특별한 사람이 아니더라도 삶의 마지막 순간에 남은 시간의 소중함을 되새기며, 용서와 화해를 통해 매듭을 풀고, 사랑하는 이들이 지켜보는 가운데 멋진 모습으로 눈을 감는 사례들도 있다. 그들의 죽음은 하루아침에 일어난 기적이 아니라 삶의 매 순간을 소중히 살아온 이들의 모습이다.

사람들의 행복한 죽음을 돕는 것이 웰다잉 플래너로서의 일이다. 사람은 살아온 모습 그대로 죽음을 맞이하므로, 잘 죽기 위해서는 잘 살아야 한다고 말하고 다닌다. 희망찬 삶이 희망찬 죽음으로 이어진다고 믿는다. "잘 보낸 하루가 행복한 잠을 가져오듯이, 잘 보낸 삶은 행복한 죽음을 가져온다"는 레오나르도 다빈치의 말처럼, 행복한 삶과 죽음이 점점 더 많아지기를 바란다.

그리고 나 역시도 희망의 모습으로 죽음을 맞이할 수 있도록 잘 살아가고자 노력할 뿐이다.

10 죽어가는 이들의 이야기에 귀를 기울여라

"아침에 일어나서 물 한 잔 먹는 것 감사해보셨어요? 정말 감사한
   거야. 그 물 한 잔도 못 넘기는 거야, 내가. 내가 이렇게 될 줄은
   상상도 못했거든."

대장에서 전이된 암 덩어리가 위까지 차오른 그녀의 몸은 물 한
   잔도 받아들이지 못합니다.

"지금 내가 물에 너무 집착을 해요. 소원이야, 소원. 물 한 잔 시
   원하게 먹고 가고 싶어요. 다른 것도 없어. 입이 마르니까. 다른
   먹고 싶은 것도 없고. 빗물이라도 받아먹었으면 좋겠어."

다시 한번 삶이 허락된다면 그녀는 할머니처럼 늙어보고 싶답니
   다. 그래서 모진 세월을 넘겨보고 싶고, 자글자글한 주름살을

지닌 채 늙어간다는 평범한 축복을 누려보고 싶습니다.

"딱 한 가지 후회한다면, 좀 더 감사하면서 살걸. 즐기면서 살걸. 작은 일에도 기뻐하며 살걸. 아웅다웅 하지 말고 없으면 없는 대로, 있으면 나누고……. 남보다 모자라면 어때. 그렇게 살았어야 하는데……."

2010년 KBS 다큐멘터리 '호스피스 병원에서의 3일' 중 대장암 말기로 투병 중이던 37세 서은진 씨의 인터뷰 내용이다. 수업 시간 중 영상자료로 활용하곤 하는데 볼 때마다 돌아서서 몰래 눈물을 닦아내곤 한다. 회사 생활에 한참 지쳐 있던 어느 날 이 영상을 처음 접했다. 일은 계획대로 되지 않았고, 사람들과의 갈등은 점점 커졌다. 그러던 중 우연히 이 영상을 보게 되었고 망치로 머리를 한 대 맞은 것처럼 큰 충격을 받았다. 모니터를 마주하고 책상에 엎드려 한참을 울었다. 그리고 나의 삶을 돌아보았다. 죽음 앞에 선 그녀는 자신의 인생을 돌아보며 나에게 삶의 비밀을 말해주었다. 잘 살아달라고 부탁하고 있었다.

삶의 갈림길에서 중요한 선택을 해야 할 때도 있다. 지나간 과거를 후회하고 오지 않은 미래를 미리 걱정하기도 한다. 스스로가 한없이 초라하게 느껴지는 날들도 있다. 사람에게 받은 상처가 유난히 아픈 날도 있다. 그럴 때마다 서은신 씨는 나에게 어떻게 살아야 할지를 말해 준다. 가볍고 단순하게, 무엇보다 행복하게 살라고 그녀는 말한다.

죽음학자 엘리자베스 퀴블러 로스는 말했다.

"죽어가는 이들의 이야기에 귀를 기울여라. 그러면 그들은 당신이 어떻게 살아야 할지를 알려줄 것이다."

그들은 죽음이란 시험을 앞두고 자신의 오답 노트를 우리에게 건넸다. 죽어가는 이들이 전하는 메시지는 단순했다. '자신이 원하는 삶을 살라. 스스로를 사랑하라. 사랑하는 이들과 많은 시간을 함께 보내라. 해보지 못한 일들에 도전하라. 나누고 사랑하라.' 쉽고 명료했다. 어디선가 한 번쯤 들어봤을, 다 아는 내용일지 모른다. 진리는 늘 단순하다. 그러나 단순한 만큼 실천하기는 쉽지 않다.

중국 한룽그룹의 류한 회장은 조직폭력배 재벌로 7조 원의 부를 쌓으며 중국 부호 148위에 오른 인물이다. 하지만 그는 기업을 운영하며 살인과 협박으로 범죄를 저질렀고, 결국 구속되어 사형을 선고받았다. 형이 집행되기 전 후회의 눈물을 흘렸다.

"다시 한번 인생을 살 수 있다면 노점이나 작은 가게를 차리고 가족을 돌보고 싶다."

영국의 12세 소녀 아테나 오처드(Athena Orchard)는 10남매의 장녀로, 늘 동생들을 보살피던 믿음직스러운 딸이었다. 그녀는 쾌활하고 밝은 성격으로 많은 사람의 사랑을 받았다. 어느날 그녀는 안타깝게도 골수암 말기 진단을 받는다. 그렇지만 그녀는 투병 중에도 오히려 가족들을 위로할 만큼 씩씩하고 긍정적인 성격을 갖고 있었다. 열세 번째 생일이 지난 얼마 뒤, 그녀는 가족들이 지켜보는 가운데 눈을 감았다.

장례식을 마친 아빠는 딸의 방에서 유품을 정리하던 중 깜짝 놀라고 만다. 방 한구석에 붙어 있던 거울의 뒷면에 딸이 적은 메시지가 가득했기 때문이다. 그리고 그녀가 남긴 메시지는 열두 살 어린 소녀가 썼다고 믿기 어려울 만큼 감동적이었다.

"삶의 목적은 목적 있는 삶일 거예요. 평범함과 특별함의 차이는 사실 아주 약간의 특별함일 뿐이에요. 행복은 목표가 아닌 방향이에요. 함께해 주셔서 감사합니다. 행복하세요. 그리고 자유로워지시길. 믿음을 가지고, 늘 젊은이의 마음으로 살아가세요. 제 이야기가 아니라, 제 이름을 기억해주세요. 제가 겪었던 아픔보다 제가 해왔던 일을 기억해주세요. … 매일 매일이 특별한 날들이니, 늘 최선을 다해 살아가야 해요. 당장 내일이라도 죽을병에 걸릴 수 있으니 매일 최선을 다해야 해요. 삶은 당신이 제대로 살지 못할 때 실패할 뿐이에요. 사랑은 흔하지 않고, 삶은 낯설죠. 영원한 것은 없고, 사람들도 변해요. 삶은 모두에게 게임과도 같고, 그 게임이 주는 유일한 상은 사랑일지도 몰라요. … 삶은 기쁨과 슬픔의 연속이고 슬픔이 없다면 기쁨은 아무런 의미가 없으니까요."

인생의 선배는 먼저 태어난 이가 아니라 먼저 세상을 떠난 이라는 것을 우리는 아테나가 남긴 마지막 이야기를 통해 깨달을 수 있다.

   죽음을 앞둔다면 무엇이 후회될까? 더 많은 돈을 벌지 못하고, 더 좋은 집에서 살지 못한 것, 더 좋은 차를 타지 못한 것, 유명한 맛집에 가보지 못한 것을 후회하는 사람은 거의 없을 것이다.

   "애들 데리고 어디 좋은 데 가서 바람이나 한번 쐬고 올걸."

   "아내와 함께 분위기 좋은 곳에서 밥 한 끼 먹고 올걸."

   "어느새 애들이 저렇게 커버렸네. 애들하고 시간을 많이 보낼걸."

   이런 것들을 후회하게 된다. 성철 스님의 말씀처럼 우리는 '소중하지 않은 것들에 미쳐 칼날 위에서 춤을 추듯' 살아간다. 그리고 마음만 먹으면 언제라도 할 수 있다고 생각한다. 그러나 죽음이 다가오면 언제라도 할 수 있다고 생각했던 것들이, 그때가 아니면 할 수 없는 것들이었음을 깨닫고 후회한다. 사랑하는 사람에게 비싸고 맛있는 음식을 사주고 싶어 바쁘게 뛰어다니지만, 정작 얼굴을 마주하고 밥 한 끼 함께할 시간도 갖지 못한다.

   중요한 것은 음식이 아니라 함께하는 시간이다. 더 갖지 못하고, 더 미워하지 못하고, 더 낭비하지 못한 걸 후회하는 사람들도 없다. 용서하지 못하고, 사과하지 못하고, 더 사랑하지 못함을 후회했다. 임종이 다가올수록 짐으로 남은 건 마음이었고, 가져

갈 수 있는 건 추억뿐이다.

죽음을 마주하면 나는 무엇을 후회할까? 그리고 무슨 말을 남기고 싶을까? 아마도 스스로에게 너그럽지 못했던 것을 가장 후회할 것 같다. 늘 다른 사람과 스스로를 비교하며, 부족하다고 생각했다. 그래서 모질게 대했다. 아프고 힘든 날에도, 마음 한번 다독여준 적이 없었다. 빨리 일어나라고 다그치기만 할 뿐, 눈물 한번 닦아주지 않았다. 죽기 전까지도 스스로를 못마땅해하지 않을까 괜히 마음에 걸린다.

사람들에게 친절하게 대하지 못했던 일들도 후회된다. 스스로에게 모질었으니, 사람들에게 너그럽지 못한 건 당연한 일이었다. 자신만의 기준으로 사람들을 평가하고 구분지었다. 아니라고 생각하는 사람들은 피했다. 그 사람들을 보면 화가 나고 괴로웠다. 주기적으로 인간관계를 정리했다. 돌아보면 별것 아닌 일인데도 왜 그렇게 예민하게 굴었는지 지금도 선뜻 이해가 되지 않는다. 마음껏 사랑할 수 있었지만, 내 생각에 옳은 이들만 사랑했다. 그리고 받은 만큼만 사랑했다. 조건을 따지는 사랑은 사랑이 아니었다. 참된 사랑을 배우기엔 지금도 멀었다. 앞으로도 살아가며 풀어야 할 숙제다.

누구도 그러라 한 적 없는데 혼자 삶의 테두리를 그었고, 그 선 하나를 넘지 못한 채 답답하게 살았다. 마음만 먹으면 많은 것들을 보고 배우며 즐길 수 있는 시대지만, 그 흔한 해외여행 한번 다녀오지 못했다. 버킷리스트는 늘 가득 채웠지만, 지우는 것은 1년에 고작 한두 개였다. 무엇보다 예측 불가능한 상황을 싫어하고, 낯설고 새로운 환경을 피하는 성격 때문이 아닐까 싶다. 앞으로 조금 더 용기 내어 하나둘씩 넘어서고 싶다.

가족과 많은 시간을 함께 보내지 못했다. 앞으로 살아갈 삶에서 일, 교제, 수면, 여가 등의 시간을 빼면 비로소 가족과 함께 보낼 시간이 남는다고 한다. 평생이라는 시간은 충분한 것 같지만, 일상을 지우고 미래를 덮으면 지금의 시간은 늘 부족하다. 가족과 함께할 시간은 지금밖에 없다. 그래서 앞으로도 가족들과 더 많은 시간을 함께하고 싶다.

슬프고 두려울 때도 있지만, 그래도 죽어가는 이들의 이야기에 귀를 기울인다. 그래서 나를 돌아보고, 불필요한 것들을 덜어내고, 가는 발길을 바로잡았다. 그들이 건네준 죽음이란 상자를 열어보니, 결국 삶이 들어 있었다. 잘 산다는 건 단순했다. 마음껏 행복하고, 사랑하며, 기쁘게 살라고 말했다. 어두운 밤 별이 스쳐 지나가는 소리에 귀 기울이듯, 그래서 그들의 이야기에 귀를 기울인다.

11 잘 살고 계신가요?

잘 죽는 법에 관해 묻는다면 이렇게 세 문장으로 말하고 싶다.

"사람은 살아온 모습 그대로 죽음을 맞이한다."

"죽음은 곧 삶이다."

"잘 살아야 잘 죽을 수 있다."

잘 죽는 법을 알려준다고 했지만, 결국은 삶이었다. 웰다잉 수업을 마치면 참여한 분들에게 소감을 여쭤본다. 대부분은 난감한 표정을 지으면서, 어떻게 살아야 할지 고민된다고 하셨다. 어르신들은 젊은 사람들이 들어야 한다고 하셨다. 이 사실을 조금이라도 일찍 깨닫고 앞으로의 삶을 잘 살았으면 좋겠다고 하셨다. 몸에 좋은 음식이나 건강관리가 웰빙인 줄 알았는데, 죽음을 생각하며 잘 살기 위해 노력하는 웰다잉이 진정한 웰빙이라고 말씀하셨다. 죽음을 통해 삶을 들여다볼 수 있도록 돕는 것, 그것만으로 웰다잉 플래너로서의 목적은 달성했다고 생각한다.

어느 날 문득 강의실이 아닌 거리에서 죽음을 이야기해보면 어떨까 하는 생각이 들었다. 사람들은 죽음에 대해 어떻게 생각할까? 그리고 어떤 반응을 보일까? 짧은 시간 동안 어떻게 하면 죽음을 통해 삶을 돌이켜보게 할 수 있을까? 생각이 나면 실행에 옮겨야 직성이 풀리는 성격이었다.

문득 웰다잉 강사 과정에 참여했을 때가 생각났다. 가톨릭 신부님의 진행으로 자신의 죽음을 떠올리며 관에 들어가 보는 입관체험을 했다. 관에 들어가기 전 자신의 영정사진을 보며 인생을 돌아보는 과정이 있는데, 참여자 모두의 영정사진을 준비하기 어려우니 거울에 근조 리본을 달아 영정사진으로 대체했다. 거울을 보고 있으면 자연스럽게 본인의 영정사진이 되었다. 나 역시도 스스로의 영정사진을 바라보며 낯설었고, 자연스럽게 살아온 삶을 돌아보게 되었다.

거기에서 문득 아이디어가 떠올랐다. 사람들은 자신의 영정사진을 보면 어떤 기분일까? 죽음을 떠올리면 어떤 생각이 들까? 죽음을 통해 소중한 것들을 돌아볼 수 있지 않을까 하는 생각들이 스쳐 지나갔다. 곧바로 준비에 들어갔다. 인터넷 쇼핑으로 근조 리본과 거울을 구입했고, 장례식장에 들러 상주 완장도 구입했다. 하얀 장갑과 검은 양복을 준비했고, 조금은 낯가림이 있어 선글라스도 준비했다. 거울에 근조 리본을 둘러 영정사진을 만든 다음, 거울 한가운데에는 하얀색 유성 매직으로 다음과 같은 메시지를 적었다. '잘 살고 계신가요?'

하늘이 유난히도 푸르렀던 10월의 가을날, 가방에 준비물을 넣고 광화문으로 발길을 옮겼다. 광화문에는 다양한 분들이 자신의 주장을 담은 피켓을 들고 서 있었다. 예전에도 가끔 자살 예방 캠페인을 하기 위해 찾았던 곳이라 크게 어색하지는 않았지만, 그래도 역시 긴장되었다. 이곳저곳을 둘러보며 장소를 물색한 후, 상주 복장을 갖추고, 가방에서 영정사진을 꺼내어 이순신 장군 동상 곁에 자리를 잡았다. 곧바로 경찰 한 분이 왔고 혼자 왔는지, 어떤 취지의 활동인지를 물어보았다. 활동을 설명하자 의아한 표정을 짓더니 무전기로 무언가를 보고하고 곧 자리를 떠났다. 처음에는 조금 어색하고 떨리기도 했지만 곧 익숙해졌고, 선글라스 너머로 사람들의 반응을 살피기 시작했다. 대부분 뭐 하는 사람인가 궁금해하는 표정을 지었다. 가까이 다가와 내가 든 거울을 보니 자기 얼굴이 영정사진으로 나와 깜짝 놀랐고, 고개를 돌리며 도망치듯 자리를 피했다. 불편해했다. 아이들은 그래도 신기한 듯이 앞을 기웃거렸다. 어떤 어르신들은 이게 뭐하는 짓이냐며 큰소리로 불편함을 드러내셨다. 몇몇 분들은 내 앞에 서서 자신의 영정사진을 한참 바라보시더니, 고개를 끄덕거리며 무언가 생각에 잠긴 듯 발길을 옮기기도 했다. "잘 살겠습니다!" 웃으며 인사를 건넨 분도 계셨고, 일행에게 "너는 만약 내일 죽으면 오늘 뭐 하고 싶어?"라고 물으며 자연스럽게 죽음에 관해 이야기 나누는 사람들도 있었다. 장소가 장소인지라 외국인 관광객들도 많았는데, 한국어를 모르는 외국인들도 본능적으로 불편함을 느꼈는지 빠른 걸음으로 내 곁을 지나갔다. 중국이나 일본 관광객은 우리나라 사람들처럼 도망치듯 자리를 피했다. 서양 관광객들은 신기하다는 듯 한참을 지켜보고 사진도 찍었다. 굳이 말을 하지 않아도, 무엇을 의미하는지 그들도 아는 것 같았다. 사람들의 다양한 표정을 보니 시간 가는 줄 몰랐다. 재미있었다.

　오후에는 대학로로 자리를 옮겼다. 시끌벅적한 축제 공간인 마로니에 공원에서 영정사진을 들고 서 있었다. 역시나 반응은 다채로웠다. "어머, 이거 뭐야, 재수 없어"라며 뛰어가는 아주머니, 비명을 지르며 도망치는 여학생들, 한참 바라보다가 휴대폰으로 사진 찍어도 되냐고 물어보는 고등학생, 알콩달콩 장난을 치다가 나를 보며 표정이 굳어진 연인이 스쳐 지나갔다. 흥겨운 노래와 춤과 웃음이 끊이지 않던 토요일, 나는 상주가 되어 사람들의 영정사진을 들고 죽음을 펼쳐놓은 채 길 한가운데 서 있었다.

왜 이런 일을 하느냐고 묻는다. 혹은 관심병 환자냐고 묻기도 한다. 화창한 주말에 굳이 이렇게까지 해야 하냐고 말한다. 다만 사람들과 함께 죽음에 대해서 이야기 나누고 싶었을 뿐이다. 죽음을 통해서 삶의 이야기를 나누고 싶었다. TV에서는 매일 수많은 사람의 죽음을 보도한다. 하지만 우리는 무덤덤하다. 남의 일일 뿐이다. 그러나 오랫동안 길러온 반려견이 어느 날 죽는다면 견딜 수 없이 슬플 것이다. 하지만 타인의 죽음에서 우리의 죽음, 나의 죽음으로 초점이 옮겨지는 순간, 죽음은 환상이 아닌 현실이 된다. 보다 더 선명해지며 날카로워진다.

자기 영정사진을 볼 기회는 흔하지 않다. 부모님, 배우자, 자식의 영정사진을 보는 것도 편하지 않은데 자신의 영정사진을 본다면 마음은 더욱 더 불편할 것이다. 죽음을 마주하는 일은 이처럼 두려운 일이다. 하지만 두렵더라도 죽음을 마주하며, 후회 없을 만큼 오늘 하루를 잘 살고 있는지 묻고 싶었다. 우리는 정말 잘 살아야 한다고 말하고 싶었다.

죽음을 생각하면 우울해지지 않을까? 그러나 반대로 죽음은 삶을 풍요롭게 만든다고 한다. 자신의 죽음을 떠올리는 것만으로 사람은 타인에게 조금 더 관대해진다. 선한 의지를 가지며, 봉사와 나눔을 실천한다.

이와 관련된 실험이 있었다. 지하철 입구에 자신의 숙음을 떠올리는 포스터를 붙여놓았다. 그리고 포스터의 끝에 복지단체의 모금함을 설치해두었다. 실험을 마친 후 모금액을 집계해보니 평소보다 훨씬 많은 금액이 모금되었다.

다이어트를 희망하는 참가자를 모집하여 두 집단으로 나누었다. A 집단은 자신의 죽음을 떠올리며 유언장을 작성하였고 그 후 헬스클럽에서 운동을 시작했다. B 집단은 별다른 과정 없이 헬스클럽에서 운동을 시작했다. 그리고 몇 달 뒤 A, B 집단 중 어느 집단이 헬스클럽에서 계속 운동하고 있는지를 추적했다. 그 결과 유언장을 작성하고 다이어트를 시작한 A 집단의 헬스클럽 이용률이 B 집단에 비해 상대적으로 높았다.

이처럼 죽음은 좀 더 나은 삶을 위한 원동력이 되기도 한다. 죽음을 떠올리는 것만으로 이타적이고 긍정적으로 삶이 바뀌는 효과, 이것을 스크루지 효과(Scrooge effect)라고 한다.

거울 영정사진은 지금도 벽에 걸려 있다. 누군가는 섬뜩하지 않으냐고 묻는다. 가끔 지친 하루를 마무리하며 집으로 돌아와 영정사진을 들여다본다. 그리고 스스로에게 묻는다. 나는 정말 잘 살고 있는 걸까. 내가 웃으니 영정사진도 웃었고, 찡그리니 영정사진도 찡그렸다. 흐릿하고 막연했던 삶이 조금은 또렷해지고, 다시 또 하루를 살아갈 힘을 얻는다.

12 인생학교의 졸업생들

장면 하나

수업에는 대체로 어머님들이 많이 참여하신다. 아버님들은 다섯 손가락 안에 꼽을 정도로 적은 편이다. 다섯 번째 정도 수업을 진행하다 보면 처음에 가졌던 죽음에 대한 경계심을 조금씩 내려놓고 자연스럽게 이야기를 나누신다. 그리고 편안하게 수업을 들으실 만큼 친근감도 형성된다.

하지만 유독 한 아버님은 경직되고 긴장된 표정이셨다. 맨 뒷줄 구석 자리에 앉아 열심히 메모하면서 자꾸 눈물을 훔치시다가, 나와 눈이 마주치면 바로 고개를 숙이셨다. 남들이 볼까 부끄러우셨던지 고개를 돌리며 연신 흐르는 눈물을 닦으셨다. 수업이 끝나고 교실을 나가는 어르신들에게 인사를 마치고 아직 자리에 앉아계신 아버님의 옆자리로 가 앉았다. 수업 내용은 어떠셨는지, 불편한 점은 없으셨는지 여쭤보자 한동안 말씀을 잇지 못하셨다. 잠시의 침묵이 흐르고 아버님은 입을 떼셨다.

"강 선생, 내가 이 수업을 왜 듣는지 아나?"

"아니요, 아버님. 잘 모르겠습니다. 어떻게 수업을 듣게 되셨어요?"

"내가 이 수업을 왜 듣느냐 하면…… 우리 딸 편하게 보내주고 싶어서……"

그리고 다시 떨어지는 눈물. 애지중지 길렀던, 이제는 40대 중반이 된 딸의 대장암 판정 사실을 알게 되었다고 한다. 딸을 살리기 위해 좋다는 병원은 모두 찾아다녔고, 약과 민간요법 등 할 수 있는 것들은 모두 해봤다. 하지만 더는 호전이 어렵다는 의사의 말 한마디에 억장이 무너져내렸다. 그래도 혹시 기적이 있지 않을까 하고 희망을 놓지 않던 중, 우연히 복지관 게시판에서 웰다잉 교육 홍보지를 보게 되었다. '만약 딸을 살릴 수 없다면, 조금이라도 편하게 보내줘야 하지 않을까?' 이런 마음이 들어 수업에 참여하게 되었다고 하셨다. 하지만 수업 내내 딸이 떠올라 눈물을 참을 수가 없었다고, 미안하다고 말씀하셨다.

나 역시도 눈물을 애써 참으며 혹시 도움이 될지도 모를 자료와 호스피스 시설을 알려드리고 두 손을 꼭 부여잡고 위로해드렸다. 그것밖에는 해드릴 수 있는 게 없었다. 이후에도 아버님은 열심히 수업에 참여하셨고, 10번의 수업이 끝날 때까지 손수건은 늘 젖어 있었다.

수업을 종강하고 몇 달 뒤, 문득 아버님은 잘 지내실까? 소식이 궁금하여 전화를 드렸다. 아버님은 밝은 목소리로 함께 저녁식사를 하자고 말씀하셨다. 모락모락 김이 나는 국밥을 앞에 두고 마주한 초췌한 얼굴. 따님은 끝내 암을 이기지 못하고 안타깝게 먼저 세상을 떠났다. 떠나기 전날, "아빠, 나 살고 싶어. 나 좀 살려줘" 하며 애원했다고 한다. 아무것도 할 수 없었던 아버님의 마음은 찢어졌고, 결국 그렇게 따님은 눈을 감았다.

자식을 먼저 보낸 아비가 무슨 낯으로 살아야 할지 면목이 없다고 하셨다. 그래서 밖으로 나오지 않고 집에서만 계신다고 하셨다. 한강 다리 위에서 몸을 던지고 싶다고도 했다. 딸을 살려달라고 무릎 꿇고 기도했던 날들이 부질없게 느껴졌고, 왜 딸을 데려가야 했는지 하느님이 원망스럽다고 했다. 그러다 문득 하나밖에 없는 아들을 잃은 하느님의 마음이 이제야 이해가 된다고도 했다. 수업시간 중 나눠드린 '천 개의 바람이 되어' 노래 가사를 여전히 벽에 붙여두고 불러보며, 딸이 바람이 되어 고통 없이 지냈으면 좋겠다고 말씀하셨다.

따님을 먼저 보낸 아버님의 우울증에 혹시나 하는 생각으로 걱정이 되어 가끔 만나 뵙자고 했고, 그렇게 하기로 약속했다. 집으로 돌아오는 길에 아버님의 뒷모습을 보며 마음이 무거웠다.

장면 둘

"강 선생님, 작년에 수업 들었던 할머니예요."

이른 아침 걸려온 전화 한 통. 반가운 마음에 안부를 여쭈었다.

"아휴, 잘 지냈으면 좋겠는데, 내가 이번에 심장 수술을 받게 됐어요. 그런데 수술을 받아도 죽을지 모르고, 안 받아도 죽을지 모른다네?"

철렁 마음이 내려앉았다. 어떻게 이런 말씀을 아무렇지 않은 듯 웃으면서 하실 수 있을까? 어머님은 심장에 이상이 생겨 수술을 받아야 한다고 하셨다. 하지만 의사는 연세가 많아 수술할 경우 회복될 확률이 낮고, 그렇다고 수술을 받지 않으면 점점 더 악화될 거라 했다고 한다.

"그런데 예전부터 생각해 왔지만, 만약에 못 깨어나서 의식 없이 인공호흡기 같은 거 하고 중환자실에 누워 있긴 싫어요. 그렇게 살아서 뭐해, 애들한테 폐만 끼치지. 그래서 이번에 애들이 모였기에 한마디 했어요. 혹시 나중에 내가 못 일어나면 인공호흡기 같은 거 하지 말고 깨끗이 보내주라고 그랬더니, 자식들이 화를 내더라고요. 아직 수술도 안 하셨는데 왜 그렇게 부정적인 생각을 하느냐, 분명 회복될 거니까 걱정하지 말아라, 자기네가 알아서 하겠다고 하더라고요.

근데 내가 생각하는 것만큼 하겠어요? 지들이 대신 죽어줄 것도 아니고. 그래서 그런 거 안 하게 써놓는 거 있잖아요. 그거를 좀 써놓고 싶은데, 종이도 잃어버리고 어떻게 쓰는 건지 기억도 가물가물해서 물어보려고 전화했어요. 써놔도 자식들이 내 말을 들어주려나 모르겠어."

뇌사나 말기질환의 경우 무의미한 연명 치료로 단순히 생명만을 연장하는 것을 거부하고자 할 때 작성해두는 '사전연명의료의향서'를 말씀하셨다. 어머님께 사전연명의료의향서 작성을 도움받을 수 있는 곳을 안내해드리고 위로의 말씀을 건넸다. 나 역시도 희망의 끈을 놓고 싶지 않았다.

"어머님, 수술 마치시면 꼭 전화주세요. 아셨죠? 괜찮으실 거예요. 마음 편히 잡수시고요."

혹시 이 통화가 끝은 아닐까, 마지막으로 듣는 목소리가 아닐까 생각하자 심장이 두근거리고 울컥 감정이 솟구쳤다. 전화를 끊고 어머님이 회복되시기를 기도드렸다. 얼마의 시간이 지난 뒤 걱정되는 마음에 어머님께 전화를 드렸지만, 받지 않으셨다. 전해 들은 바로 어머님은 아직 의식이 없다고 했다.

장면 셋

복지관에서 10주간의 수업을 마치고 교육 담당자와 마지막 인사를 나누었다. 그러던 중 작년에 이어 올해도 왜 다시 웰다잉 수업을 개설하게 됐는지 말했다.

"작년에 선생님과 웰다잉 수업을 하면서 어르신들을 모시고 영정사진도 촬영했어요. 어르신들도 잘 참여해주셨고, 저희도 보람 있었는데…… 수업이 끝나가고 수료식이 다가올 때쯤 전화 한 통이 왔어요. 웰다잉 수업을 들으셨던 아버님 한 분의 며느리라고 하더군요. 대뜸 화를 내셨어요. 노인들 대상으로 할 게 없어서 많고 많은 수업 중에 하필 이런 수업을 하냐 하시더군요. 아버님께서 이런저런 장례식 준비를 해놓겠다 말씀하셔서 언짢다고, 이런 거 하지 말라고 항의성 민원을 넣으셨지요. 프로그램 취지를 말씀드렸지만 선뜻 받아들이지 않으셨어요. 자식된 입장에서 그럴 수도 있겠다, 속상한 마음을 누르며 있었는데…… 수료식이 끝나고도 아버님은 영정사진을 안 찾아가시더라고요. 며느님이 불편해하셔서 그런가 싶었죠.

그리고 몇 달이 지났는데, 복지관으로 여자 한 분이 찾아오셨어요. 알고 보니 그 아버님의 며느리시더군요. 또 무슨 맘에 안 드는 일이 있으신가, 무슨 일로 오셨나 여쭤봤더니, 시아버님께서 돌아가셨다고 하시더군요. 아마 미리 예감하셨던지 장례식에 관해 당신의 생각을 적어두셨고 영정사진은 복지관에 맡겨두었다고 하셨대요. 그리고 내내 어쩔 줄 몰라 하는 표정을 짓더니 죄송하다는 말과 함께 영정사진을 찾아가셨어요. 그런 일이 있고

난 뒤, 웰다잉 수업이야말로 어르신들에게 꼭 필요한 수업이라는 생각이 들어서 올해도 부탁을 드리게 됐어요. 고맙습니다."

웰다잉 수업을 들으셨던 어르신 중, 인생 학교를 졸업하는 분이 한 분 두 분 늘어간다. 전국 방방곡곡을 돌아다녔으니 아마 기억하지 못하는 어르신까지 생각하면 그 숫자는 더 많을 것이다. 졸업 가운 대신 수의를, 졸업장 대신 영정사진을, 꽃다발 대신 국화꽃에 둘러싸여 마지막 인사를 나눈다. 다른 학교와 달리 졸업하신 분들을 더 이상 만날 수 없어 더 슬프다. 영원한 작별이다. 수업을 마치면 늘 교실 문 앞에 서서 한 분 한 분의 손을 꼭 잡고 "감사합니다, 어르신. 잘 살겠습니다" 하고 인사를 드린다. 때론 그게 마지막 작별인사가 될 수도 있기 때문이다. 다음 번에 다시 같은 곳을 찾았을 때, 뵙지 못할 어르신들도 계실 것이다.

어르신들은 죽음이라는 졸업 시험을 잘 치르셨을까? 애석하게도 죽음이라는 과목은 벼락치기로는 좋은 성적을 받기에 어렵다. 대리시험도 불가하고 커닝조차 할 수 없다. 준비하신 만큼, 살아오신 만큼 그대로 실력발휘를 하셨을 것이다. 웰다잉 플래너라는 직업은 그래서 과외 선생 같기도 하다. 자신보다 한참 어린 젊은 선생의 가르침이 시험에 도움이 되었을까? 어르신들께서 좋은 성적으로 밝고, 기쁘고, 편안하게 졸업하실 수 있었으면 좋

겠다. 그리고 이제는 다시, 먼저 떠난 어르신들이 남긴 이야기에
귀를 기울인다.

13 나의 신앙은 곧 죽음이다

 죽음을 이야기할 때 결코 빼놓을 수 없는 것 중 하나는 바로 사후세계다. 하지만 사람들은 사후세계, 영혼, 귀신, 빙의, 천국, 지옥, 윤회 등에 대해 이야기하면 고개를 가로젓는다. 과학적으로 검증되지 않은 미신이라고 생각한다. 하지만 죽음을 연구하는 직업을 갖고 있는 나로서 사후세계는 아주 흥미로운 분야다. 하지만 수업 중 사후세계에 대해 이야기하는 건 조심스럽다. 교육생 각자의 종교가 다르고, 또 교육 장소가 종교시설인 경우도 있기 때문이다. 종교 법인에서 운영하는 시설에서는 기관 성격과 부합하지 않는 내세관은 빼달라고 요청하기도 한다. 혹은 내세에 대하여 이야기하면 사이비 종교 또는 특정 종교를 전도하는 사람으로 오해하기도 한다. 그래서 내세라는 주제는 죽음이란 주제보다 더욱 더 꺼내놓기가 어렵다. 이렇듯 사람들은 사후세계를 비과학적인 미신으로 여긴다. 그러면서도 점, 사주팔자, 타로 등을 찾아다니는 것을 보면 참 아이러니한 모습이 아닐까 싶다.

사후세계는 인류 역사에 가장 큰 궁금증이자 두려움이다. 만약 사후세계가 과학적으로 검증된다면 어떤 일이 일어날까? 조사 결과 사후세계란 인간이 만들어낸 허상에 불과하며, 죽음 이후에는 아무것도 존재하지 않는다고 밝혀졌다고 가정해보자. 영혼은 존재하지 않으며 시신은 분해되어 흙으로 돌아간다고 결론이 내려졌다. 그렇다면 종교는 더 이상 존재할 이유가 없게 된다. 그리고 굳이 종교적 규율에 따라 양심을 지키며, 도덕적으로 살 필요도 없게 된다. 범죄를 저지르고 죄책감을 가질 필요도 없다. 사는 것이 힘들 땐 자살해도 아무 문제가 없다. 적자생존만이 유일한 삶의 진실이 된다. 아이러니하게도 삶은 지금보다 명료하고 단순해질 것이다.

그렇다면 반대의 경우는 어떨까? 조사 결과 사후세계란 실제로 존재하며, 육신을 벗으면 영혼은 다른 차원으로 이동한다고 결론이 내려졌다. 이제 사람들은 더 이상 죽음을 두려워하지 않는다. 죽음은 마치 해외로 여행을 떠나는 것과 다를 바가 없기 때문이다. 그래서 슬퍼할 이유도 없다. 역시 삶은 지금보다 명료하고 단순해질 것이다.

하지만 인간은 아직 사후세계의 비밀을 밝혀내지 못했다. 죽고 나면 어떤 일들이 일어나는지 아무것도 알지 못한다. 그래서 이러한 이유로 죽음을 두려워한다. 명확한 실체가 있을 때 공포감을 느낀다면, 실체를 알지 못할 때는 두려움을 느낀다. 그런 점에서 죽음은 공포의 대상이 아닌 두려움의 대상이다.

그렇다면 사람들은 왜 죽음을 두려워할까? 일본의 죽음학자인 알폰스 데켄의 말에 따르면 다음과 같은 이유로 사람들은 죽음을 두려워한다고 한다.

1. 통증에 대한 두려움
2. 외롭게 죽는 것에 대한 두려움
3. 죽음에 대한 좋지 못한 무서운 경험
4. 가족과 사회에 짐이 된다는 두려움
5. 죽음이라는 미지의 세계에 대한 두려움
6. 삶에 대한 두려움
7. 미완성의 삶을 살아왔다는 것에 대한 두려움
8. 자신의 존재가 사라진다는 것에 대한 두려움
9. 죽은 후의 심판과 죄에 대한 두려움

사람들은 두려움을 이겨내고 싶었다. 죽음의 실체를 알길 원했고, 납득할 수 있는 설명을 원했다. 두려움을 없애줄 수 있는 논리가 필요했다. 여기에 종교가 답하기 시작했다. 종교는 각자의 논리로 사람들에게 죽음에 대해 설명했다. 신을 믿으면 죽고 난 뒤 신의 세계에서 영원히 함께 살아간다고 했다. 또 현생의 업보에 따라 다음 생에 다시 태어난다고도 했다. 죽고 난 다음 영혼이 되어 후손들과 함께 살아간다고도 했다. 사람들은 이러한 설명을 통해 죽음에 대한 두려움을 덜었고 위로받았다. 그리고 내세를 기약했다.

하지만 과학기술의 발달과 산업혁명의 시작은 종교와 대립하기 시작했다. 신은 세상의 중심에서 내려왔고, 그 자리를 인간이 대신했다. 이성 중심의 사고와 과학기술의 발달, 물질 만능주의가 팽배하며 종교는 점점 설 자리를 잃어갔다. 종교는 더 이상 답이 될 수 없었다. 그래서 종교는 이제 죽음에 대한 해답보다 삶에 대한 해답을 내놓기 시작했다. 기도의 대상이 내세에서 현세로 옮겨졌다. 종교시설은 알 수 없는 내세보다 현세의 고통을 덜어주거나 소원을 들어주는 곳, 복을 주는 곳으로 점차 바뀌어갔다. 교회는 높아지고 사찰은 넓어졌지만, 강론과 법문에서 죽음과 내세는 점점 사라지고 흐릿해져 갔다.

그렇지만 나는 사후세계가 궁금했다. 죽고 나면 겪게 될 일이 궁금했다. 그래서 종교의 경전과 예언자의 이야기들을 뒤적거렸다. 임사체험자의 증언을 살펴보기도 했으며, 전생의 이야기에 귀를 기울이기도 했다. 남들의 눈에는 허무맹랑하게 보일지 모르지만, 사후세계를 들여다보면 왠지 죽음의 비밀을 풀 수 있을 것만 같았다. 죽음에 대한 두려움을 극복할 수 있을 것 같았다.

 나의 신앙생활은 조금 복잡하다. 우리 집안은 내가 태어나기 전부터 가톨릭을 믿었다. 그래서 어린 시절과 학창 시절 성당에서의 추억이 많다. 자연스럽게 세례를 받았고, 미사 중 신부님을 도와드리는 복사(服事)로 활동하기도 했다. 성인이 되어서는 견진성사(堅振聖事)를 받았으며, 잠시 수도원 생활을 꿈꾸기도 했다. 그러나 사회생활을 시작하며 신앙생활과는 점점 멀어져 갔다. 필요할 때만 찾았던 신앙은 필요하지 않을 때는 거추장스러웠다. 지친 심신을 달랠 방법은 많았다. 그렇게 신앙생활과는 점점 거리가 멀어졌고, 긴 냉담의 길로 들어섰다.

 꿈을 찾아 길을 나섰던 사회복지사 생활은 보람도 컸지만, 스트레스도 컸다. 더욱이 선천적으로 예민한 성격인지라 스트레스를 견디지 못했고 결국 마음의 병을 얻었다. 자존심은 하늘을 찔렀지만, 자존감은 늘 바닥에 쏟아져 있었다. 긴 손톱으로 늘 마음을 할퀴었다. 괜찮아지겠지 생각했지만, 마음의 병은 점점 깊어졌고, 결국 감당할 수 없는 시경에 이르게 되었다. 매일 밤이면 내일 아침 눈뜨지 않기를 바랐다. 다음 날 아침이면 또 하루가 시작된다는 생각에 깊은 한숨을 쉬었다. 일상적인 생활이 어려웠다. 하루를 버티는 것조차 힘겨웠다. 이대로는 안 되겠다 싶어 용기를 내어 신경정신과를 찾아가 약을 복용하고, 보다 근본적인 치료를 위해 심리상담도 함께 시작했다. 더디지만 그래도 조금씩 안정을 찾아갔다. 그러던 중 우연히 TV에서 템플스테이를 알게 되었다. 절에 가본 적이 없어서 낯설었지만, 그래도 치료에 도움이 될까 하는 마음에 참가 신청을 했다. 절에 머무르며 오직 나 자신만을 들여다보았고, 그동안 알지 못했던 스스로의 모순을 깨닫게 되었다. 그리고 내가 왜 괴로웠는지 이유를 알게 되었다.

템플스테이를 다녀온 후 자연스럽게 불교에 관심을 갖게 되었다. 그리고 얼마 뒤 나는 법당에서 무릎을 꿇고 절을 하고 있었다. 부처님 말씀을 통해 마음을 돌이키고 명상을 통해 나를 들여다보니, 조금씩 주위도 둘러볼 수 있었다. 어느 순간 신기하게도 다시 성경 말씀이 마음 깊이 와닿았다. 그래서 주일이면 성당을 찾아 미사에 참석했고, 주중에는 절을 찾아 법문을 들었다. 가끔 교회에서 열리는 웰다잉 교육에 참여할 때도 있었다. 어느새 일주일 내내 종교 순례를 다니고 있었다. 가끔은 이것저것 사후세계 보험을 많이 들어놓은 것은 아닐까 생각하며 혼자 웃기도 했다.

사람들은 어느 한 종교도 제대로 알지 못해서 그런 것 아니냐고 물었다. 교리와 불법에 해박하지 못해서인지, 딱히 아니라고 말하기도 어려웠다. 무식한 사람이 용감하다는 말처럼 걸림도 없었다. 이곳에 가면 이곳이 편했고, 저곳에 가면 저곳이 편했다. 십자가상이나 불상이 한가운데 있고, 두 손을 모으고 무릎을 꿇으니 별반 차이가 없었다.

하지만 두 손을 모으고 무릎 꿇을 때, 예수님과 부처님 앞에서 하는 기도는 다르다. 불상을 마주하면 수행자의 마음으로 무릎을 꿇는다. 무언가를 바라는 마음으로 엎드리지 않는다. '제 문제는 제가 해결하겠습니다' 되뇌인다. 다만 모든 것이 마음에서 시작되어 마음으로 끝남을 깨닫고 참회한다. 내 생각이 옳다는 고집과 분별로 가득 찬 습관을 바꾸겠다고 다짐한다. 주어진 모든 것에 감사하며 세상 낮은 곳, 나를 필요로 하는 곳에 잘 쓰이겠다고 다짐한다. 그렇게 매일 108배를 시작했고, 하루도 빠짐없이 3년이 넘는 시간을 보냈다.

성당에서 십자가상을 마주하면 주님의 자녀로 무릎을 꿇는다. 다시 성당을 찾았을 때 나를 위한 기도는 하지 않겠다고 다짐했다. 다만 죽어가는 모든 이들을 위하여 기도한다. 지금 이 순간 죽음을 맞이하는 이들과 그들 곁에서 슬퍼하는 가족들을 위해 기도한다. 홀로 쓸쓸히 죽음을 맞이하는 이들을 굽어살피시길 기도한다. 세상을 떠난 이들이 주님의 품 인에서 영원한 안식을 얻을 수 있도록 기도한다. 가난과 전쟁, 기아로 죽어가는 이들과 삶의 벼랑 끝에서 스스로 목숨을 끊는 이들을 살펴주시기를 기도한다. 그리고 나 역시 그들을 도울 수 있는 작은 일에라도 쓰일 수 있기를 기도한다. 주위에 돌아가신 분들을 위해 기도드린다. 그렇게 나는 신앙 안에서 삶을 바라며 죽음을 기도한다. 식사 전에는 불교의 공양게송을 외우고, 식사 후에는 천주교의 식사 후 기도를 외운다.

누군가 나의 신앙이 무엇이냐 묻는다면, 나의 신앙은 죽음이라고 말하고 싶다. 신앙은 죽음 앞에서 참됨과 거짓을 드러낸다. 신의 가르침대로 살아온 신앙이라면, 죽음은 기쁨의 순간이 될 것이다. 사람은 살아온 모습 그대로 죽음을 맞이하기 때문이다. 그리고 사후세계가 존재한다면 그곳 역시 살아온 모습 그대로일 것이다. 내세를 안다면 우리는 삶을 알 수 있다. 어떤 종교도 돈을 우선하고 사람을 미워하며 혼자서만 잘 먹고 잘 살아온 이에게 좋은 내세를 마련해주지 않는다. 많기보다는 적게, 쌓기보다 나누며, 높은 곳보다 낮은 곳에서, 혼자보다는 함께, 구분 짓기보다 서로 끌어안으며, 미워하기보다 용서하며 살아가는 이에게 좋은 내세를 마련해둔다. 그것은 곧 죽어가는 이들이 남긴 말과 다를 바가 없었다. 그러하기에 나는 죽음을 믿는다. 그리고 곧 삶을 믿는다.

14 내일이 먼저 올지,
다음 생이 먼저 올지

나는 내세를 믿는다. 죽음을 공부할수록 죽음이 끝이 아니라는 생각을 갖게 된다. 사후 세계는 존재하는 것 같다. 하지만 믿음이 곧 진실은 아니다. 그건 별개의 문제다. 그래서 사람들에게 사후세계에 대해 강요하지 않는다. 강요는 폭력이 될 수 있다.

종교단체에서 운영하는 호스피스 시설이 있었다. 그곳에는 종교단체에서 자주 자원봉사를 왔다. 그런데 어느 날, 갑자기 한 봉사자가 투병 중인 환자의 침대 위로 올라갔다. 그러고는 주머니에서 불길이 훨훨 타오르는 지옥 사진을 꺼내 보여주며, 빨리 신앙을 갖지 않으면 죽어서 지옥에 갈 서라고 협박했다. 물론 한 개인의 행동이었지만, 그것은 종교를 가장한 폭력이고 협박이었다. 죽어가는 이의 멱살을 끌고 가는 것이 정녕 그들이 믿는 신의 뜻인지, 아니면 자신의 신념인지 알 수 없었다.

그래서 사후세계를 주제로 수업을 할 때는 다른 주제들보다 조금 더 신중해진다. 사후세계가 있다고 주장하는 이들과 없다고 주장하는 이들의 이야기를 함께 제시하며 균형 잡힌 시선을 갖기 위해 노력한다. 그리고 현세와 내세의 연관성에 대해 이야기한다.

최근 연구에 의하면 종교 신자와 무신론자 중 누가 더 죽음을 두려워하는지 비교 분석한 결과, 큰 차이가 없는 것으로 조사되었다. 또 종교를 가진 사람과 사후세계가 없다고 생각하는 사람을 비교한 결과 역시 죽음에 대한 두려움에서 큰 차이가 없었다. 그러나 사후세계의 존재 여부에 대해 별다른 생각을 갖고 있지 않는 사람들이 죽음에 대한 두려움이 큰 것으로 조사되었다. 또 다른 연구에 의하면 종교를 갖고 있는 사람들이 죽음 이후의 심판을 걱정하기 때문에, 종교를 갖고 있지 않은 사람보다 오히려 사후세계에 대한 두려움이 더 크다는 조사도 있었다. 개인적으로는 깊은 신앙심을 가진 분들이 사후세계를 확신하며 행복하게 눈을 감는 사례들을 접하기도 한다. 이처럼 종교의 여부가 반드시 좋은 죽음으로 이어지는 것은 아니다. 다만 그것이 참된 신앙이었는지가 더욱 중요하다.

종교는 오래전부터 사후세계에 대해 말해왔다. 대부분의 종교에서 죽음은 끝이 아니라고 말한다. 가톨릭은 죽음은 끝이 아니며 부활이고 새 생명의 시작이라고 말한다. 요한 복음서에는 "나는 부활이요 생명이다. 나를 믿는 사람은 죽더라도 살고, 또 살아서 나를 믿는 모든 사람은 영원히 죽지 않을 것이다"라고 적혀 있다. 예수님은 신의 아들이었지만, 한편으로는 인간이었기에 그 역시 죽음의 고난을 두려워했다. 피땀을 흘리며 겟세마네 동산에서 마지막 기도를 올렸다. 잔을 거두어달라고 부탁했으나, "아버지의 뜻대로 하소서"라고 기도했다. 그리고 결국 인류의 죄를 대신해 십자가에 못 박혀 죽음을 맞이한다. 그러나 예수님은 죽음의 순간에도 인간을 원망하지 않고, 그들은 그들이 하는 일을 모른다며 아버지께 인간을 용서해달라고 청한다. 그리고 숨을 거둔 지 3일 뒤에 죽음을 이겨내고 부활한다. 이처럼 예수님의 삶에서 죽음은 인간에서 신으로 거듭나는 완성의 순간이었다.

　불교 역시 죽음은 끝이 아니라고 말한다. 다만 가톨릭과는 조금 다르다. 불교는 우리가 다시 태어난다고 말한다. 죽음은 윤회의 과정이며 현생의 삶에 따라 다음 생이 정해진다고 말하고 있다. 착하게 살면 천상·인간·수라도에 태어나고, 악하게 살면 축생·아귀·지옥에 태어나는데 이와 같이 여섯 곳으로 다시 태어나는 것을 육도 윤회라고 말한다. 그러나 어느 곳에 태어나도 괴로움이 빈복되기 때문에, 어느 곳에도 다시 태어나지 않는 것이 제일 좋다. 그래서 윤회에서 벗어나는 것을 해탈이라고 한다. 석가모니 부처님은 어머니의 옆구리에서 태어난 뒤 일곱 발자국을 걸었는데, 이는 육도 윤회에서 벗어난 존재라는 것을 의미한다. 티베트 불교에서는 오랜 수행을 거친 고승들이 죽음 이후 다시 태어나는데, 이를 '린포체'라고 부르며 추앙한다. 달라이 라마가 대표적인 존재이다.

죽음학자인 엘리자베스 퀴블러 로스에게 어느 날 시한부 삶을 선고받은 일곱 살 아이가 찾아왔다.

"선생님, 어른들이 제가 죽는다고 하는데 죽으면 어떻게 되나요?"

퀴블러 로스 박사는 아이에게 애벌레 모양의 인형을 꺼내 보여주었다. 인형을 뒤집자 안에서는 날개가 나왔고, 인형은 나비로 바뀌었다.

"애벌레는 번데기를 마치면 허물을 벗고 나비가 되어 하늘로 날아가지. 마찬가지로 사람도 죽으면 육신의 옷을 벗고 영혼은 다른 세상으로 떠난단다."

이렇게 아이에게 죽음에 설명했다. 퀴블러 로스는 "인간이 죽으면 소멸되지 않고 영혼의 형태로 사후세계에 간다는 것은 '앎'의 문제이지, '믿음'의 문제가 아니다"라고 주장했다. 퀴블러 로스의 이와 같은 주장에 과학자들의 비판이 이어지자 "어쨌든 과학자들도 죽을 때에는 이 사실을 알게 될 것이다"라며 자신의 주장을 굽히지 않았다. 이처럼 종교와 죽음을 연구한 학자들 대부분은 죽음이 끝이 아니라고 말한다.

호스피스는 죽음을 눈앞에 둔 이들이 편안한 임종을 맞이할 수 있도록 도와주는 곳이다. 환자들은 오랜 투병을 마치고, 이곳에서 남은 삶을 정리한다. 가족과 못다 한 시간을 함께 보내며 사랑을 확인하고, 용서한다. 그리고 가족들이 지켜보는 가운데, 마지막 작별인사를 나누며 편안하게 눈을 감는다.

호스피스에서는 많은 사람의 임종을 지켜보게 되는데, 그중 상식적으로 이해하기 힘든 경우를 목격하기도 한다. 병실에는 가족 외에 아무도 없는데, 환자는 누군가 곁에 와 있다고 말한다. 돌아가신 부모님이나 가족, 신앙의 성인들, 또는 검은 옷을 입은 사람들, 예수님과 제자들이 곁에 와 있으며, 그들과 함께 먼저 갈 테니 천천히 오라고 당부하며 편안히 눈을 감는 사례도 있었다. 장례 미사 중 고인이 천사들의 품에 안겨 하늘로 올라가는 모습을 목격했다는 다수의 증언도 있다. 평생 절에 열심히 다녔던 할머니는 머리맡에 관세음보살이 와 계셔서 손잡고 먼저 가겠다 말씀하셨고, 자식들에게 사랑한다는 말을 남기고 합장을 한 채 돌아가셨다. 영화 '울지마 톤즈'로 우리에게 잘 알려진 수단의 슈바이처 고 이태석 신부님은 임종 전 돈 보스코와 여러 성인들을 보셨고, 주위 사람들에게 성인늘의 강복을 나눠주신 뒤 눈을 감으셨다고 한다.

이와 같은 사례들은 최근분만 아니라 오래전 집에서 임종을 맞이할 때도 자주 목격이 되었다. 혹자는 임종 직전 현생과 내생의 경계가 불분명해지기 때문에 환자에게 이 두 가지가 동시에 보이는 것이라고 주장한다. 이처럼 호스피스에서 환자를 돌봐주시는 분들은 이러한 경험을 통해 영혼과 사후세계에 대해 확신하게 된다고 말한다.

어느 날 영혼과 사후세계에 대한 수업을 마치고 어르신들에게 배웅 인사를 드리고 있었는데, 어머님 한 분께서 나를 기다리고 계셨다.

"선생님, 오늘 수업을 들으며 문득 생각나는 것이 있어서요. 저희 어머니께서 6개월 전 암으로 투병하시다가 돌아가셨어요. 임종하시기 전날, 의사 선생님이 오늘 밤을 넘기기 어려우니 마음의 준비를 하라고 하더군요. 마음의 준비는 하고 있었지만, 막상 닥치니 무엇을 해야 할지 모르겠더라고요. 그래서 집에 들러 필요한 것들을 좀 챙겨와야겠다 싶어 다른 가족에게 간병을 부탁하고 집으로 왔어요. 집에 도착해서 멍한 정신으로 잠깐 소파에 앉아 있었어요. 며칠 잠을 못 잤더니 긴장이 탁 풀리면서 피곤이 몰려오더라고요. 그래서 잠깐만 누워 있겠다고 생각한 것이 깜빡 잠이 들었지 뭐예요. 눈을 떠보니 세 시간이 지났더라고요.

깜짝 놀라 서둘러야겠다고 생각하고 짐을 챙긴 다음에 부랴부라 욕실로 들어갔는데, 세수를 하려고 세면대에 선 순간, 이상한 기분이 들었어요. 욕실 안에 누가 있는 것 같았어요. 혹시나 하는 마음에 고개를 돌려 뒤를 돌아보니 욕실 구석에 어머니가 서 계시지 뭐예요? 이게 도대체 무슨 일인가 깜짝 놀랐어요. 그리고 왜 어머니가 여기 계신지 궁금한 마음이 들더라고요. 문득 직감적으로 어머니에게 무슨 일이 생겼구나! 생각이 들었어요. 어머니는 말없이 한참 저를 바라보고 계셨어요. 용기를 내서 '엄마, 혹시…… 마지막으로 내 얼굴 보러 왔어?' 물었더니, 어머니는 빙긋 웃으시며 고개를 끄덕거리시더군요. '엄마, 미안해. 내가 깜빡 잠이 들었어. 그래서 엄마 마지막 가시는 길에 함께 못 있었네. 엄마 미안, 정말 미안해요. 엄마 사랑해요. 편히 가세요'라고 말씀드리니, 어머니는 다시 빙긋이 웃으며 사라지셨어요. 그렇게 어머니는 홀연히 사라지셨고, 한동안 꿈인지 생시인지 구분이 안 돼 멍하니 서 있었죠.

어머니께 무슨 일이 생겼다는 것을 직감하고 서둘러 나가려던 순간, 휴대폰이 울리더군요. 병원이었어요. 전화를 받았더니 예상했던 대로 '조금 전 어머니께서 돌아가셨습니다'라는 말이 들려오더군요. 그렇게 어머니를 보내드렸어요.

어머니의 장례식을 마치고, 그날 겪은 일을 가족들에게 이야기했어요. 가족들은 나를 위로하면서 혹시 내가 정신적으로 충격을 받아 그런 것은 아닌지 걱정하더군요. 병간호하느라 너무

지쳐서 헛것을 본 거다, 꿈에서 본 걸 착각한 거라고 말했어요. 아니라고 계속 우기니 저를 이상한 사람을 쳐다보듯이 하더라고요. 괜히 더 이야기해봤자 미친 사람 취급받는 것 같아서 더 이상 말하지 않기로 했어요. 하지만 저에게는 너무나 생생한 느낌이었거든요. 저는 제가 본 게 어머니라고 확신해요. 그래서 비록 임종을 지키진 못했지만 슬프지 않았어요. 이승을 떠나시기 전 마지막으로 제가 보고 싶으셔서, 저를 보러 오신 거라고 확신해요. 그리고 오늘 수업을 들으며 다시금 확신하게 됐어요."

사람들은 이 어머님의 이야기를 이상하다고 생각했지만, 나는 그렇게 생각하지 않았다. 비슷한 사례를 엘리자베스 퀴블러 로스의 책에서 봤기 때문이다. 돌아가신 어머님께서 마지막으로 따님의 얼굴을 보러 오신 게 맞다 말씀드렸더니 이제 속이 좀 후련하다며 해맑게 웃으셨다.

사후세계의 사실 여부를 떠나 미신이라는 편견을 내려놓으면, 우리는 죽음을 좀 더 선명하게 바라볼 수 있다. 임종은 다음 세상의 문이 열리는 순간이며, 영혼과 육신이 분리되는 시점이다. 어린이날을 만드신 소파 방정환 선생님은 눈을 감기 전 다음과 같은 말을 남겼다.

"문간에 검은 말이 끄는 검은 마차가 날 데리러 왔으니 떠나야겠소. 어린이를 두고 떠나니 잘 부탁하오."

죽어가는 이들의 말이 사실이라면 눈을 감는 순간 나는 무엇을 보고 누구를 만날까? 영혼이 존재하고, 죽음의 순간 육신과 영혼이 분리된다면, 나는 영혼을 위해 무슨 노력을 하고 있을까? 육신을 위해 하루 세 번 밥을 먹고 운동을 하며 씻고 꾸미지만, 죽어서도 계속될 영혼을 위해서는 아무런 노력도 하지 않는다. 이것은 나의 문제만이 아닌 인류 전체의 문제일지도 모른다. 인류는 지적·물질적으로 진화하고 있지만, 영적으로는 점점 퇴화하고 있다.

사후세계로 들어가는 문은 그리 멀지 않은 곳에 있다. 죽음은 늘 우리 곁에 있기 때문이다. 죽음에는 순서가 없기에, 그 문은 당장 내일이라도 열릴지 모른다. 인디언 속담처럼 우리에게 내일이 먼저 올지, 다음 생이 먼저 올지는 아무도 모른다.

15 죽음을 맞이하는 순간

우리의 신체 중 가장 마지막까지 살아있는 감각은 어디일까?
그것은 바로 청력이다. 의식이 없는 환자도 다 듣고 있으니 앞에
서 함부로 이야기하지 말라고 하셨던 어르신들의 말씀처럼, 귀는
가장 마지막 순간에 닫힌다. 그래서 호스피스에서는 임종을 앞
두신 분들이 심리적으로 편안하실 수 있도록 기독교 신자에게는
찬송가를, 불교 신자에게는 염불을 들려 드린다. 그러나 그보다
더 도움이 되는 것은 사랑하는 이들의 목소리다. "엄마 사랑해
요, 아빠 고생하셨어요"라는 말을 귓가에 속삭여주면 환자들은
심리적으로 안정을 찾는다. 그래서 혹시 못다 한 말이 있으면 귀
가 닫히기 전에 하라고 권유한다.

원불교에서는 부모님이 돌아가실 때 자식들이 울어서는 안 된다고 말한다. 사람이 눈을 감을 때 어떤 마음을 갖느냐에 따라 다음 생이 정해지기 때문이다. 그런데 자식들이 소리 내어 울어버리면 임종을 맞이하는 부모님은 슬픈 마음을 갖게 된다. 그래서 미련이 남아 육신과 영혼이 잘 분리되지 못해 다음 생에 좋지 않은 영향을 미칠 수 있다. 부모님이 돌아가신 다음 장례식을 치르며 울더라도, 임종 순간은 부모님의 삶을 완성하는 가장 중요한 순간이기에 잘 맞이할 수 있도록 도와드려야 한다고 말한다.

원불교뿐 아니라 다른 종교 역시 임종 순간을 중요하게 생각한다. 불교가 국교였던 고려 시대에는 임종이 다가오면 절로 처소를 옮겨 수행하며 이번 생에 지은 죄를 참회하고, 몸과 마음을 경건히했다. 부처님의 가르침을 배우며 생의 미련을 내려놓고 다음 생을 기약했다. 임종 이후 장례 절차 역시 절에서 진행했다. 사찰은 죽음 준비에서부터 장례, 49재까지 모든 것이 이루어지는 공간이었다. 유교가 국교였던 조선 시대에는 임종의 장소가 절에서 집으로 바뀌었다. 하지만 임종의 순간을 중요하게 여기는 것은 바뀌지 않았다. 임종이 가까워지면 집안사람들을 단속하고, 조용한 가운데 아들만이 곁에서 임종을 지킬 수 있었다.

종교 수행자들은 오랜 수련으로 명상을 하며 죽음을 맞이하기도 한다. 불교에서는 이를 좌탈입망(坐脫立亡)이라고 한다. 오랫동안 수행을 한 스님이 앉은 자세나 선 자세로 열반에 드신 것을 말한다. 유명한 성철스님도 입적하실 때 좌탈입망 하셨다.

나는 가끔 명상 수련에 참가한다. 코끝에 집중하며 고요히 들숨과 날숨을 지켜본다. 그러던 어느 날, 명상을 하면서 들숨과 날숨의 고요해짐을 느꼈다. 숨결은 잔잔해지고, 코끝에서 짧은 찰나에 호흡이 이루어졌다. 문득 죽음이 들숨과 날숨 사이에 자리 잡고 있는 것이 느껴졌다. 그리고 좌탈하신 스님들의 모습이 스쳐 지나갔다. 죽음은 멀리 있는 것이 아니라, 내뱉은 숨결을 다시 들이마시지 못하면 찾아오는 것이었다. 명상은 곧 죽음의 연습이자, 삶과 죽음에 깨어 있는 연습이라는 생각이 들었다. 이처럼 종교는 임종의 순간을 가장 중요한 순간으로 여기고 있다.

미국의 경제학자이자 《조화로운 삶》이라는 책의 저자로도 유명한 스콧 니어링. 그는 산업자본주의에 저항하여 자연으로 돌아가 아내와 함께 자급자족하는 삶을 살았다. 스콧 니어링은 백 번째 생일을 앞둔 한 달 전부터 스스로 곡기를 끊었으며, 얼마 뒤 아내가 지켜보는 가운데 "좋아"라는 말을 남기고 눈을 감았다. 자연의 품속에서 어떤 의료적 조치도 거부하고, 죽음을 당당히 받아들인 그의 모습은 한 인간이 죽음 앞에 얼마나 성숙할 수 있는지를 보여주는 대표적인 사례가 아닐까 싶다.

피부암 투병을 하다 2016년 세상을 떠난 신영복 교수. 그 역시 임종 전 열흘간 곡기를 끊고 또렷한 의식으로 밝은 표정을 지었다.

그리고 모두가 지켜보는 가운데 집에서 편안한 죽음을 맞이했다.

2017년 세상을 떠난 여성노동수도원 '동광원 벽제분원'의 박공순 원장님의 마지막 표정도 잊을 수 없다. 87세의 나이에 농사일과 공동체 집안일을 빠짐없이 해오던 박공순 원장님은 노환으로 거동이 어려워지자 한 달 반 동안 곡기를 끊고 단식을 마친 후 눈을 감았다. 한 신문사에서 원장님의 임종 전 모습을 카메라로 담았는데, 죽음을 준비하면서 맑고 편안하게, 해맑은 표정으로 미소 짓던 그녀의 모습에 참으로 충격받았고, 또 숙연해졌다. 죽음 앞에서 인간이 얼마나 당당할 수 있는지 알 수 있었다.

사람의 몸을 자동차에 비유해보자. 사람이 태어나는 순간 육신이라는 자동차에 영혼이라는 운전자가 탑승한다. 그리고 운전을 시작한다. 사람의 평균 수명인 70~80년 동안 육신이라는 자동차를 타고 다니며 사고가 나기도 하고, 부품이 낡아 제대로 작동하지 못하기도 한다. 자동차 수명이 다 되면 차에서 내려야 하고, 내릴 때는 다칠 수 있으므로 조심히 내려야 한다. 그런데 자신이 타던 차에 집착하여 내리기를 거부하고, 어떻게든 조금이라도 더 차를 끌고 가려고 한다면 자동차와 운전자 모두에게 고통스러운 일이다. 그렇다면 사고, 타살, 혹은 자살의 경우는 어떨까? 이는 마치 전속력으로 달리는 자동차에서 운전자가 뛰어내리는 것과 같다. 영혼은 징신을 잃거나, 디치기도 하며, 도로 위에서 길을 잃고 방황하기도 한다. 이처럼 강제로 생명을 끊는 것은 생명의 존엄성에 어긋나지만, 수명이 다한 생명을 억지로 연장하는 것 또한 존엄성에 어긋난다. 육신과 영혼은 자연스럽게 분리되어야 한다. 그래야 육신과 영혼이 모두 편안할 수 있다.

죽음을 맞는 순간은 삶을 완성하는 가장 중요한 순간이다. 죽음의 끝이기도 하지만, 다음 생의 출발점이 되기도 한다. 끝이 좋아야 시작도 좋다. 하지만 오늘날 죽음의 순간은 어떨까? 임종이 다가오면 중환자실로 옮겨지고, 연명 치료가 끝난 다음에야 겨우 죽음이 허락된다. 떨어지려는 영혼과 육신의 분리를 허락하지 않는다. 1인 가구가 늘어나면서, 홀로 쓸쓸히 맞는 죽음의 순간 역시 고통스럽다. 그리고 발견조차 되지 못한다. 절망 끝에 자살로 삶을 마감하는 경우 역시 마찬가지일 것이다. 오늘날 영혼과 육신은 고통스럽게 분리되고 있다.

나의 죽음의 순간은 어떨까? 죽음을 맞이하는 순간을 잘 받아들일 수 있을까? 육신의 고통이 영혼을 짓누를 수도 있고, 의식이 없는 채로 비몽사몽 간에 죽음을 맞이할 수도 있다. 두렵겠지만, 그래도 연습한 것처럼 조용히 명상하며 죽음을 맞이하고 싶다. 그 과정을 오롯이 느껴보고 싶다. 삶의 가장 중요한 순간을 놓치지 않겠다. 다만 마지막까지 귀가 열려 있다면, 무슨 말을 듣고 싶을까. 임종 직전 "부모님 사랑해요"라는 이야기를 듣고 싶을까. 아니면 "통장 비밀번호가 뭐예요? 유산은 어떻게 나눌까요?" 하는 이야기를 듣고 싶을까.

할아버지의 장례식

- 강원남

할아버지가 돌아가셨다.

돈 문제로 연락을 끊고 살았던

먹고살기 힘들다며 서로 눈치를 보던

큰아버지, 삼촌, 고모가 한데 모였다.

그리고 그들은

파랗게 이끼가 낀

할아버지의 얼굴을 보며 울었다.

그러나 향이 사그러지자 모두 눈물을 멈췄다.

육개장에 밥술을 말았다.

머릿고기에 술잔을 주고 받았다.

술이 한두 잔 들어가자

할아버지의 추억을 이야기했고

술이 과해지자 섭섭했던 기억을 꺼내놓았다.

누군가는 할아버지가 남긴 것을 찾아다녔고

누군가는 받아야 할 조의금을 생각하며 문자를 보냈으며

누군가는 나눠야 할 장례비용을 생각하며 손끝을

　매만졌다.

할아버지가 납골함에 담기자

툭 하는 소리와 함께

핏줄이 모두 끊겼다.

16 죽음을 경험한 사람들, 임사체험

혹시 죽음을 미리 경험한 사람은 없을까? 물론 죽었다가 살아난 사람은 없다. 그러나 죽음의 입구에서 죽음의 신비를 들여다보고 온 사람들이 존재한다. 우리는 그들을 임사체험자, 혹은 근사체험자라고 말한다. 그렇다면 임사체험(臨死體驗)이란 무엇일까? 말 그대로 죽음을 체험하는 것을 말하며, 의사에 의해 사망 판정을 받았다가 기적적으로 다시 소생하는 경험을 지칭한다. NDE(Near Death Experience)라고 불리는 임사체험은 1960년대 미국의 정신과 의사인 레이먼드 무디 박사에 의해 처음 알려졌다. 레이먼드 무디 박사는 임사체험을 한 사람들의 이야기에 흥미를 느껴 연구를 시작하였다. 비슷한 경험들을 한 사람들을 모집하여 인터뷰를 진행했고, 연구 결과를 정리하여 1975년《Life after Life》라는 책을 발간하였다. 이 책은 1300만 부가 판매될 만큼 세계적으로 큰 이슈를 불러일으켰으며, 이 책을 통해 임사체험이라는 용어가 일반화되었다. 배우 패트릭 스웨이지와 데미 무어 주연의 영화 '사랑과 영혼'은 죽음 이후 겪게 되는 영혼의 세계를 묘사하고 있는데, 레이먼드 무디가 저술한 이 책에서 많은 영향을 받았다고 한다. 이후 엘리자베스 퀴블러 로스는 임사체험이 인종과 나이, 성별, 종교와는 무관하게 동일하게 일어난다고 주장했다. 이처럼 레이먼드 무디의 연구는 사후세계를 연구하는 사람들에게 많은 영향을 미쳤다.

그렇다면 임사체험자들은 무엇을 경험했을까? 임사체험자들이 경험한 바에 따르면 다음과 같은 공통점들이 있었다.

첫째, 임종을 맞이한 순간 흔히 말하는 유체 이탈처럼 자신의 몸에서 영혼이 분리된다. 분리된 영혼은 공중에서 침대에 누워 있는 자신을 목격한다. 일부 체험자의 경우 의사가 자신의 사망 선고를 내리는 장면을 기억했다.

둘째, 길고 까만 터널 속으로 빨려 들어간다. 그리고 터널을 지나 하얀 빛을 만나게 된다. 빛의 존재는 따스하고 포근하다. 그리고 그곳은 인간의 언어로 표현할 수 없을 만큼 평화롭고 아름답다. 그곳에서 먼저 세상을 떠난 부모, 가족, 친구들을 만나거나, 자신이 가진 종교의 성인들을 만나기도 한다. 이와 같은 장면들은 1400년대 네덜란드 작가인 히에로니무스 보슈의 작품 '하늘로 올라가는 축복받은 자들'에 잘 묘사되어 있다. 이를 통해 우리는 임사체험이 오래전부터 일어난 현상으로 추측할 수 있다.

셋째, 빛을 만나 자신이 태어나서 죽을 때까지의 일생을 영화처럼 되돌아본다. 'Life review'라고 하는 이 과정은, 마치 두 번째 인생을 사는 것처럼 삶의 중요한 순간들을 다시 경험하며 당시의 감정을 똑같이 느낀다. 예를 들어 누군가를 미워하고 괴롭힌 순간이 있다면 자신으로 인해 고통받았을 상대의 감정이 그대로 느껴져 괴로워진다. 반대로 누군가를 좋아하고 사랑했던 순간이 있다면, 자신으로 인해 행복해졌을 상대방의 감정이 그대로 느껴져 충만해진다. 살아오면서 왜 자신에게 일어났는지 이해할 수 없었던 일들의 의미를 깨닫고, 그것이 나에게 어떤 영향을 미쳤으며, 그 일을 통해 무엇을 배우고 성장했는지 깨닫게 된다. 이와 같은 인생의 평가는 신, 염라대왕, 천사와 악마 등 절대적인 존재에 의해 이루어지지 않는다. 오직 스스로 자신의 삶을 돌아보며 평가하게 된다. 다만 빛은 중립적이고 포용적인 태도로 지켜볼 뿐이다. '나는 어떠한 삶을 살았는가?' '얼마나 사랑하며 살았는가?'라는 질문을 스스로 하고 답하는 시간이었다고 한다.

넷째, 인생 회고와 평가를 마치고 장벽이나 문, 강과 같은 경계신을 넘어시야 했지만, 넘어서지 못하고 다시 육신으로 돌아온다. 어떤 이는 '아직은 때가 아니다. 당신은 삶에 못다 한 과제를 마저 이루고 와야 한다'는 메시지를 들었다고 한다. 그런데 임사체험을 한 이들 중 다수는 다시 몸으로 돌아가고 싶지 않았다고 한다. 빛과 함께한 경험들이 너무나 아름답고 평화로웠기 때문에, 몸으로 돌아오는 것이 괴롭고 고통스럽게 느껴졌다고 한다.

다섯째, 임사체험을 마치고 몸으로 돌아온 이들은 다시 살아난다. 이후 자신이 겪었던 일을 표현해보려 하지만, 인간의 언어로 표현하는 것에 어려움을 느낀다. 임사체험은 여기서 끝나는 것이 아니라 이후에도 삶에 태도에 많은 영향을 미친다. 임사체험자들의 삶을 추적 조사한 결과 삶과 죽음에 대한 태도가 바뀌었다고 한다. 종교를 갖고 신앙생활을 하며 사후세계를 확신하고 더 이상 죽음을 두려워하지 않는다. 그리고 빛과 함께 자신의 삶을 돌아보았던 과정을 기억하며 스스로의 질문에 답하기 위해 노력한다. 물질 중심적이며 이기적인 삶을 살아왔다면, 임사체험 이후에는 가치 중심적이며 이타적인 삶을 살아간다. 이번 생에 자신에게 주어진 과제들을 이루기 위해 봉사하고 헌신하는 삶을 살아간다. 개개인의 경험 차이는 있겠지만, 임사체험자 다수는 이와 같은 경험을 이야기했다.

레이먼드 무디 박사로부터 시작된 임사체험 연구는 지금도 계속되고 있으며 전 세계를 대상으로 다양한 임사체험 사례가 수집되고 있다. 또한 임사체험을 과학적으로 검증하기 위한 여러 실험도 진행되고 있다. 미국과 영국, 호주에서 'Project AWARE'

라는 이름으로 진행되고 있는 이 실험은, 응급실이나 중환자실 천장 가까운 곳에 일반 사람들은 볼 수 없는 각도로 그림을 설치한다. 그리고 이곳에서 임사체험을 한 이들이 있으면, 이 그림을 목격했는지 물어본다. 임사체험자들은 자신의 몸에서 빠져나와 자신이 치료받는 장면을 위에서 보았다고 진술하는데, 이것이 사실이라면 그들은 천장의 사진을 볼 수 있을 것이라는 가정에서 출발한 실험이다.

주목할 만한 사례 중 하나는 시각장애인이 임사체험을 한 경우다. 영국 BBC 방송국에서 제작된 다큐멘터리 '내가 죽었던 날 (The Day I Died)'에는 임사체험을 한 시각장애인 비키 노라투크의 사례가 나온다. 비키 노라투크는 태어날 때부터 앞을 볼 수 없었던 선천성 시각장애인이다. 그런데 20세 때 교통사고로 혼수상태에 빠지게 되었으며, 그 과정에서 임사체험을 한다.

"기억나는 건 정신을 잃고 병원에 실려 갔을 때 처치하는 과정을 전부 지켜봤던 일이에요. 두려웠어요. 보는 것에 익숙지가 않았거든요. 그래서 잔뜩 겁을 먹었죠. 그러다 결혼반지와 머리 모양을 보는 순간 '저건 나잖아? 내가 죽은 건가?' 하는 생각이 들었어요. 응급실 의사들이 제 심장이 멈췄다고 외치며 필사적으로 애를 쓰는 동안 몸에서 분리되는 느낌이 들었고, '왜들 저렇게 난리지?' 하면서 나가야겠나고 생각했죠. 그 순간 천정을 통해 밖으로 나갔어요. 아무렇지도 않게요. 부딪힐 걱정도 없고 몸이 자유로워서 좋았어요. 갈 곳이 정해져 있었죠.

풍경 소리가 들렸는데 너무나 아름다운 소리였어요. 높고 낮은 톤으로 다양한 소리를 냈죠. 그곳엔 나무와 새, 그리고 사람이 몇 명 있었는데 그들의 몸은 놀랍게도 빛나고 있었죠. 너무나 아름다운 광경에 완전히 압도당했어요. 그 전엔 빛이 어떤 건지 상상도 못 했거든요. 지금도 그때를 생각하면 가슴이 벅차요. 그동안 눈이 안 보여 궁금했던 걸 다 해소할 수 있었으니까요. 그곳엔 제가 알고 싶었던 것들로 가득했어요. 그런데 몸으로 다시 돌아오자 극심한 고통이 느껴졌고 몸이 무겁고 굉장히 아팠어요."

선천적인 시각장애인이 자신의 치료 장면과 사물을 목격했다는 점은 임사체험이 실제로 존재할 수도 있다는 점을 말해주는 사례이기도 하다.

2013년 발간된 책《나는 천국을 보았다》는 하버드 출신 의사이자 뇌 과학자인 이븐 알렉산더가 겪은 임사체험의 이야기이다. 이 책은 발간 직후 많은 사람의 관심 속에 베스트셀러에 오른다. 이븐 알렉산더는 어느 날 뇌손상을 입고 혼수상태에 빠진다. 생존율 10%의 뇌사 상태에서 뇌의 기능은 모두 멈추고 의식을 잃는다. 동료들은 그를 살리기 위해 모든 노력을 다했지만 결국 실패로 돌아가고, 그는 죽음을 앞두게 된다. 이윽고 사망 판정을 내리기 직전에 현대 의학으로 설명할 수 없는 기적이 일어났고, 그는 다시 살아났다. 뇌사 상태였기 때문에 자신이 겪은 일들을 아무것도 기억하지 못해야 정상이지만, 그는 자신의 체험한 것들을 기록으로 남겼다. 그는 뇌 과학자로서 영혼 및 사후세계의 존재에 대해 믿지 않았지만, 임사체험을 통해 사후세계가 존재한다는 것을 확신하게 되었다고 한다.

하지만 이와 같은 임사체험에 대한 반대 의견 역시 존재한다. 의료 관계자나 뇌 과학자는 임사체험을 임종 직전 뇌에서 일어나는 일시적 현상일 뿐, 그것이 곧 영혼의 존재를 입증하는 증거가 될 수 없다고 말한다. 전투기 조종사의 감압훈련 중 임사체험과 유사한 사례를 발견할 수 있기 때문이다. 전투기 조종사는 훈련 중 산소 부족으로 의식을 잃기도 하는데, 훈련을 마친 후 하얀 빛을 보았다고 증언하기도 한다. 이처럼 임사체험은 뇌에서 산소가 부족해 발생하는 일시적인 현상이라고 주장한다.

다음으로 중환자실 혹은 응급실에서 사용하는 진통제 및 마취제의 영향을 꼽는다. 임종을 눈앞에 둔 환자들은 치료를 위해 진통제와 마취제를 투여하는데, 해당 약물에는 마약 성분이 포함되어 있으며, 이와 같은 약물의 환각 작용으로 임사체험이 일어난다고 주장한다.

셋째로 우리 몸에서 발생하는 호르몬의 영향일 수 있다고 한다. 우리의 신체는 극심한 통증이 일어날 때 엔도르핀이라는 자연 진통제를 분비하는데, 엔도르핀은 모르핀보다 월등히 높은 진통 효과가 있다. 엔도르핀은 평소 웃을 때나 즐거울 때 분비되기도 하지만, 정신적·육체적으로 고통을 겪을 때에도 분비된다. 그래서 엔도르핀은 웃을 때 분비되는 호르몬이 아니라 웃게 만드는 호르몬이라 말하기도 한다. 엔도르핀은 출산 혹은 임종 직전에 가장 많이 분비되는 것으로 알려졌다. 따라서 엔도르핀이 평소에 비해 과다 분비되며 환각 작용을 불러일으키고, 이로 인해 임사체험이 일어난다고 주장한다.

임사체험자의 증언이 사실인지 아닌지 확인할 수 없지만, 그 내용이 시사하는 바는 크다. 임사체험자의 말이 사실이라면 죽음은 끝이 아니다. 죽음 이후에 삶을 돌아보고 다시 인생의 의미를 깨닫는다면, 우리는 지금 오늘을 어떻게 살아가야 할까? "얼마나 사랑하며 살았는가? 이번 생에 얼마나 영적으로 성숙해졌는가?" 하는 질문을 받는다면 우리는 무엇을 대답해야 할까? 누구도 대신 대답해줄 수 없다. 좋은 집, 좋은 차, 돈, 명예가 답은 아닐 것이다. 삶의 숙제가 사랑과 영적인 성장이라면, 우리는 오늘 정답에 가까운 삶을 살아가고 있을까? 지나온 삶의 궤적이 그 대답을 대신할 것이다.

언젠가 나 역시도 눈을 감아 하얀 빛을 만난다면, 웃으며 대답할 수 있는 삶을 살고 싶다. 그래서 죽음 너머의 사후세계는 언제나 흥미롭다. 죽음의 신비를 통해 삶의 신비를 엿볼 수 있기 때문이다.

17 죽음 너머 영혼의 세계

죽음 혹은 사후세계에 관심 있는 사람이라면 한 번쯤 들어봤을 《티베트 사자의 서(The Tibetan Book of the Dead)》라는 책이 있다. 이 책은 8세기 티베트 불교의 창시자인 파드마 삼바바가 남긴 108개의 경전 중 하나다. 원래 제목은 '바르도 퇴돌'이라고 하는데 '바르도'는 중간 세계, 즉 죽고 난 뒤 다시 태어나기까지 머무는 세계를 말하며, '퇴돌'은 듣는 것만으로도 해탈할 수 있다는 것을 말한다. 즉 죽음을 맞았을 때 이 책의 내용을 안다면 윤회하지 않고 바로 해탈에 이를 수 있다. 쉽게 말하면 저승 세계를 안내해주는 가이드북이라고 할 수 있다. 티베트에서는 사람이 죽고 다시 태어나는 데 49일이 걸린다고 믿는다. 그래서 49일

동안 고인의 곁이나 고인이 머물던 자리에서 이 책을 읽어준다. 그러면 영혼은 바르도에서 깨달음을 얻어 해탈할 수 있다. 《티베트 사자의 서》는 1927년 영국 옥스퍼드 대학교수인 에반츠 웬츠에 의해 출판되며 서구세계에 큰 반향을 불러 일으켰다. 집단무의식과 콤플렉스라는 개념으로 유명한 심리학자 칼 융은 이 책을 현대 심리학이 쫓아갈 수 없는 가장 차원 높은 심리학 서적으로 평가했다. 이후에도 칼 융의 연구에 직간접적으로 영향을 미쳤다고 한다.

《티베트 사자의 서》는 사람이 죽었을 때 세 가지 바르도를 체험하게 된다고 말한다. 바르도는 죽음 직후의 사후세계인 치카이 바르도, 존재의 근원을 탐구하는 사후세계인 초에니 바르도, 환생의 길을 찾는 사후세계인 시드파 바르도, 이렇게 총 세 단계로 구성이 되어 있다. 죽으면 영혼은 첫 번째 단계인 치카이 바르도에 이르게 되는데, 이 단계는 해탈하기에 가장 좋은 순간이다. 하지만 대부분의 영혼은 이틀 반 정도를 기절하게 되어 있으므로 이 순간을 놓치게 된다.

기절 상태에서 깨어난 영혼은 다음 단계인 초에니 바르도로 향한다. 초에니 바르도에서는 마치 인간 세계에서 잠을 잘 때 꿈을 꾸는 것처럼 온갖 환영의 모습을 보게 된다. 첫째 날부터 일곱째 날까지는 밝은 빛과 함께 평화의 신들이 나타난다. 여덟째 날부터 열넷째 날까지는 잔인하고 무서운 분노의 신들이 나타난다. 그러나 이러한 신들은 모두 자신의 마음에서 생겨난 환영이다. 이것이 환영임을 알아차리면 해탈할 수 있다. 하지만 영혼은 신의 모습을 두려워하며 도망치고 자신이 좋아하거나 익숙한 곳을 찾아 헤맨다. 그래서 해탈에서 점점 멀어진다.

49일이 다가올수록 영혼은 점점 무서운 환영을 경험한다. 그리고 세 번째 단계인 시드파 바르도로 향하게 된다. 해탈에서 멀어진 영혼은 다시 몸을 갖고 싶다는 강렬한 욕구에 빠지게 된다. 그리고 남녀가 성교하는 장면을 목격한다. 자신이 남자로 태어날 경우 성교 중인 남자를 미워하며, 여자로 태어날 경우에는 여자를 미워한다. 영혼은 육신에 대한 갈망으로 자궁으로 빨려 들어간다. 《티베트 사자의 서》는 몸을 받아 다시 태어나야 한다며, 인간의 자궁을 고르는 법을 말해준다. 인간으로 태어나 다시 선업을 쌓아 다음 생에 해탈하라고 말한다. 반대의 어두운 빛을 쫓아가면 동물의 몸으로 들어가기 때문에 긴 윤회를 반복하게 된다. 동물로 태어나면 수행과 선업을 쌓는 것이 어려워 다시 해탈하는 데 오랜 시간이 걸린다. 그렇지만 영혼은 살아있을 때의 자신의 업식에 따라 좋아하는 빛을 선택한다.

이처럼 《티베트 사자의 서》는 죽음 이후에 일어나는 일들을 상세히 묘사하고 있다. 그리고 죽음의 순간이 중요함을 말하고 있다. 이 책에서 언급하는 빛의 존재와 영혼의 세계는 임사체험자들의 증언과 유사하기도 하다. 그러나 이 책이 더욱 의미 있는 것은 죽음뿐만이 아닌 현재의 삶에 대해서도 함께 언급하기 때문이다. 영혼은 바르도에서 계속해서 해탈할 수 있는 기회를 만난다. 그러나 영혼은 살아있을 때의 습관에 따라 익숙하고 편안한 빛을 찾아간다. 사후세계는 절대자에 의한 심판이 아니라, 현생의 생각과 말과 행위에 의해 결정되는 것이다. 카르마(Karma)라는 불교 용어는 접어두더라도, 살아있을 때의 모습은 사후세계에까지 그 모습을 간직한다.

티베트에 파드마 삼바바가 있다면, 기독교에는 에마누엘 스베덴보리(Emanuel Swedenborg)가 있다. 스베덴보리는 1688년 스웨덴 스톡홀름에서 출생해 당대에 널리 이름을 알린 유명한 자연과학자로, 그의 연구 성과는 다윈의 진화론에 영향을 미치기도 했다. 57세가 되던 해 그는 신비한 영적 체험을 하게 되며 이후 과학자로서의 활동을 중단한다. 그리고 27년간 천국과 지옥 등 사후세계를 오고 가며 영계 체험을 한다. 그 후에는 영계를 체험한 자신의 이야기를 35권 분량의 책으로 발간하며 당시 유럽 사회에 큰 충격을 주었다.

스베덴보리는 몇 가지 기적을 통해서 그 이름을 높이기도 했다. 첫 번째는 스웨덴 스톡홀름의 대화재를 예언한 점, 두 번째는 영계에 찾아가 죽은 이들의 영혼을 만나 풀 수 없던 문제를 해결했던 점, 세 번째는 자신이 죽는 날짜를 예언했던 점이다. 그는 1772년 3월 29일 자신이 죽을 것이라고 예언했고, 실제로 그날에 사망했다.

스베덴보리는 자신이 경험한 영계가 크게 천계, 지옥계, 중간계로 나뉜다고 말했다. 천계는 자연적 왕국인 제1천국, 영적 왕국인 제2천국, 천적 왕국인 제3천국으로 나뉘며, 지옥계는 제일 가까운 지옥인 제1지옥, 중간지옥인 제2지옥, 최악의 지옥인 제3지옥으로 나뉜다. 중간영계는 사람이 죽으면 제일 먼저 도착하는 곳이며 일종의 대기소이자 훈련소로, 천계와 지옥의 중간에 위치하고 있다. 하느님의 뜻에 따라 살아온 영혼은 영계에서 바로 천계로 올라가고 반대로 하느님의 뜻을 거슬러 살아온 영혼은 영계에서 즉시 지옥계로 떨어진다. 천국이나 지옥에 들어갈 때는 살아있을 때의 자신의 모습은 사라지고 마음의 형상으로 변화한다. 번데기에서 나비가 나오듯 영혼이 육신의 허물을 벗고 참모습을 드러내고 살아있을 때 자신의 생각과 말과 행위로 영체는 바뀐다. 영계는 맨 위에서부터 하얀 빛이 비추는데, 사람들은 자신의 참모습에 따라 그 빛을 기뻐하기도 하고 빛을 피해 도망치기도 한다. 중간 영계에서 기다리는 영혼은 외부의 상태가 벗겨지는 1단계, 내부의 상태가 드러나는 2단계, 천계에 들어가기 위한 교육을 받는 3단계를 서친다. 중간 영계에 오래 미무는 영혼들도 있는데 이는 살아있을 때의 모습과 생각이 다르기 때문이다. 살아있을 때 지은 악행은 사후세계에서 구제받을 수 없으며, 지상에서 육신의 몸을 갖고 있을 때 참회해야 용서받을 수 있다. 이처럼 스베덴보리가 다녀온 영계는 우리가 생각하는 사후세계와 조금 다르다.

그러나 우리가 유의 깊게 봐야 할 부분은 사후세계 역시 살아있을 때의 모습이 그대로 이어지며, 그곳에서는 영혼의 참모습이 드러난다는 것이다. 《티베트 사자의 서》와 같이 사후세계는 절대자에 의한 심판이 아닌 살아있을 때 본인의 생각과 말과 행위에 의해 결정된다. 살아온 모습 그대로 사후세계에서도 그 모습을 간직한다.

최면 전문가들은 역행 최면을 통하여 사람의 전생을 들여다보기도 한다. 그들이 들여다본 영혼의 세계는 흥미롭다. 최면을 통해 태어나기 전 영혼의 상태로 돌아가 영계에 대한 질문을 했다. 그리고 그들은 자신이 본 바를 이야기했는데, 영계에서는 비슷한 영혼들이 그룹을 이루어 지낸다고 한다. 그렇다면 이 그룹은 어떻게 정해질까? 영혼이 어떤 그룹에 속할 것인가는 살아있을 때의 모습에 의해 결정된다. 조금 더 정확히 이야기하면 인간은 살아있을 때의 생각과 말과 행위로 고유의 주파수를 갖는다. 그리고 죽음 이후 육신과 영혼은 분리된다. 분리된 영혼은 영계로 이동하고, 그곳에서 동일한 주파수 대의 영혼들이 모이게 된다. 살아있을 때 돈을 좋아하던 영혼은 돈을 좋아하는 영혼들이 모인 그룹으로, 폭력을 즐겨하며 일삼던 영혼은 폭력을 좋아하는 영혼들이 모인 그룹으로 속하게 된다. 그리고 돈을 좋아하는 그룹은 서로의 돈을 뺏기 위해 혈안이 될 것이며, 폭력을 즐겨하던 그룹은 서로에게 폭력을 행사하기 위해 혈안이 될 것이다. 그러므로 고통과 괴로움이 계속된다. 반면 살아있을 때 선한 생각과 말과 행위로 살았던 영혼들의 그룹은 역시 같은 행동을 계속할 것이며 평화롭게 지낸다.

즉 영혼들의 모습을 보면 천국과 지옥은 따로 존재하는 것이 아니라 인간의 삶이 그대로 이어지는 것이다. 하지만 영혼의 주파수는 영계에서는 바꿀 수 없으며, 오직 인간의 몸을 가졌을 때 신앙과 선행, 수행을 통해서 바꿀 수 있다.

사실인지 아닌지는 알 수 없다. 하지만 주목해야 할 부분은 사후세계 역시 살아있을 때의 모습이 그대로 이어지며, 영혼의 참모습이 드러난다는 것이다. 《티베트 사자의 서》나 스베덴보리의 주장과 같이 사후세계는 절대자에 의한 심판이 아닌 살아있을 때 본인의 생각과 말과 행위에 의해 결정된다. 살아온 모습 그대로 사후세계에서도 그 모습을 간직한다.

불교 경전에는 이런 구절이 있다.

"현생은 곧 전생이고 내생이다."

당신의 전생을 알고 싶다면 현생을 보라. 내생을 보고 싶다면 현생을 보라. 전생의 결과가 현생이며, 현생은 내생의 씨앗이다. 상대방이 나를 미워하며 화를 낼 때, 똑같이 화를 내고 미워하면 상대방과 나는 원수가 된다. 불교 논리에 따르면 지금 원수가 된 것은 전생의 원수의 인연이 이어졌기 때문이다. 그리고 이번 생에 원수의 인연이 계속되었기 때문에 다음 생에도 원수의 인연은 계속될 것이다. 하지만 상대방이 나를 미워하며 화를 낼 때, 상대방을 용서하고 사과하여 좋은 인연이 되었다고 하자. 불교 논리에 따르면 지금 좋은 인연이 된 것은 전생의 좋은 인연이 이어졌기 때문이다. 그리고 이번 생에 좋은 인연이 계속되었기 때문에, 다음 생에도 좋은 인연은 계속될 것이다.

그래서 불교에서는 깨달으면 삼생(三生), 즉 전생·현생·내생이 바뀐다고 말한다. 운명은 지금 바꿀 수 있다고 말한다. 지금 하는 생각과 말과 행위로 운명이 바뀐다면, 지금 우리는 오늘을 어떻게 살아야 할 것인지 고민해봐야 한다. 살아온 모습 그대로 삼생에서도 영향을 받는다.

파스칼이라는 학자는 사후세계에 대해 흥미로운 논리를 내놓았다.

사후세계가 있는지 없는지 모르겠지만, 이렇게 가정해보자. 사후세계가 있다고 믿고 선하게 살았던 A라는 사람이 어느 날 죽었다. 그리고 실제로 죽어보니 사후세계가 있었다. A는 살아있을 때 행동의 보상으로 사후세계에서 행복하게 살게 되었다. 반대의 경우는 어떨까? 실제로 죽어보니 사후세계가 없었다. 그렇다고 하더라도 A에게 손해될 일은 없다. 살아있을 때 선하게 살았기 때문에 그것만으로 충분히 의미가 있을 것이다.

사후세계는 없다고 믿고 악하게 살았던 B라는 사람이 어느 날 죽었다. 그런데 실제로 죽어보니 사후세계가 있었다. B는 살아있을 때 행동의 대가로 사후세계에서 고통을 받게 되었다. 반대의 경우는 어떨까? 실제로 죽어보니 사후세계가 없었다. 그렇다고 하더라도 B에게 손해될 일은 없다. 오히려 아무 대가도 치르지 않기에 다행일지 모른다.

파스칼은 이와 같은 경우의 수를 살펴봤을 때, 사후세계가 실제로 존재하는지 아닌지는 모르지만, 사후세계를 믿는 것이 믿지 않는 것보다 확률적으로 이로우며 정신건강에 도움이 된다는 현실적인 주장을 펼쳤다.

이외에도 다양한 종교와 문화에서 사후세계에 대해 말하고 있다. 나름대로 공부를 통해 영혼과 사후세계가 존재하지 않을까 하는 입장을 갖게 되었다. "인간은 영적 체험을 하는 육체적인 존재가 아니다. 인간은 육체적인 체험을 하는 영적인 존재다"라고 말했던 프랑스의 신부 피에르 테야르 드 샤르댕의 밀에 공감하게 되었다. 인간은 영적인 존재이며, 영혼은 에너지의 형태를 갖고 있다고 믿는다. 생각과 말과 행위는 영적인 에너지로 전환된다. 그리고 고유의 진동과 주파수를 갖는다. 진동과 주파수는 자신이 살아온 모습에 따라 다를 것이다. 선한 마음과 행동은 선한 에너지를 갖고, 악한 마음과 행동은 악한 에너지를 갖는다.

선악의 구분은 오직 스스로의 마음만이 알 수 있다. 물이 끓으면 수증기가 되어 모이듯, 육신과 영혼이 분리되면 같은 성격을 가진 에너지가 모일 것이다. 정결한 에너지는 완전히 연소하여 다시 순환하지 않을 것이고, 불완전 연소된 에너지는 구름이 모여 비가 내리듯, 다시 지상으로 내려와 순환을 반복하며 정화의 과정을 거치지 않을까 싶다. 가끔은 영혼도 후천적으로 만들어지는 것은 아닐까 생각도 든다. 고유의 주파수가 없는 영혼도 존재하지 않을까? 그래서 죽음 이후 바로 흩어진다든지, 혹은 주파수가 너무 강한 영혼은 순환하지 못하고 현실세계에 머무는 것은 아닌지 상상해본다.

사람들의 행복한 죽음을 돕는 웰다잉 플래너로서, 영혼과 사후세계는 빼놓을 수 없는 질문이다. 사람들은 사후세계는 과학적으로 검증되지 않았으며 다만 인간의 상상일 뿐이라고 말한다. 미신으로 치부한다. 그러나 인류가 존재하는 한 사후세계에 대한 궁금증은 계속될 것이다.

시대·종교·문화마다 다양한 모습으로 사후세계를 말하지만,

그래도 자세히 살펴보면 공통점이 있다. 그것은 죽음이 삶을 비추는 거울이듯, 사후세계는 현재의 삶을 비추는 거울이라는 점이다. 사후세계로의 출발은 지금부터이며, 사후세계의 모습은 지금과 다르지 않다. 사후세계의 모습이 우리가 상상했던 천국과 지옥의 모습이 아니라, 지금 살아가는 모습과 다르지 않다면 얼마나 당황스러울까. 지금의 삶이 행복하면 내세도 행복할 것이고, 슬프다면 내세도 슬플 것이다. 그렇다면 우리는 과연 어떻게 살아야 할까?

"한 사람도, 사실은 살아있는 어떤 존재도, 죽음의 세계로부터 돌아오지 않는 자는 없다. 사실 우리들 모두는 이번 생에 태어나기 전에 무수히 많은 죽음들을 겪었다. 그리고 우리가 태어남이라고 부르는 것은 단지 죽음의 반대편에 불과하다. 그것은 동전의 양면 가운데 한 면과 같고, 방안에서는 출구라 부르고 바깥에선 입구라고 부르는 방문과 같다."

《티베트 사자의 서》를 해설한 라마 아나가리카 고빈다의 말이다.

죽음은 곧 삶이다. 사람은 살아온 모습 그대로 죽음을 맞이한다는 사실은 내게 큰 충격이었다. 그리고 죽음 너머를 들여다보니, 사후세계 역시 살아온 모습 그대로였다. 그러자 죽음은 더 이상 먼 훗날의 문제가 아닌 지금의 문제가 되었다.

종교의 가르침과 성인들의 말씀, 오랜 지혜는 우리에게 늘 현재에 깨어 있으라고 말한다. 지금 이 순간을 살라고 한다. 과거에 얽매이지 말고, 미래를 염려하지 말고 오직 지금을 살아가라고 말한다. 다음 생의 시작이 바로 지금 펼쳐지기 때문이다. 하지만 지금을 살아가기란 쉽지 않다. 밥을 먹으며 TV를 보고, 사람을 만나서는 휴대폰을 들여다보며, 설거지를 하며 빨래할 일을 걱정한다. 많은 일을 하며 바쁘게 살지만, 돌아보면 무슨 일을 했는지 기억조차 나지 않는다.

지금 이 순간 과거는 지나갔고, 미래는 오지 않았다. 전생도 내 생도 바로 지금 시작된다. 사후세계 역시 지금의 모습 그대로 펼쳐진다. 지금 웃으면 다음 생도 웃을 것이고, 지금 피한다면 다음 생도 피할 것이다. 지금을 산다면 다음 생에서도 나는 살아갈 것이다. 정말로 사후세계가 있다면, 그곳에서 모두가 행복했으면 좋겠다. 그런데 사후세계의 시작이 여기부터라면, 지금의 나는 세상을 그렇게 만들고 있을까?

오쇼 라즈니쉬는 이렇게 말했다.

"지금 있는 이 곳에서 천국을 만들 수 없다면, 세상 그 어디에도 천국은 없다."

천국은 나로부터 만들어진다. 문득 돌이켜보게 된다. 죽고 난 다음 천국도 좋지만, 지금 살고 있는 이곳이 천국이라면 더 좋을 것이다. 그래서 사후세계는 죽음의 가장 큰 비밀이자 선물일지 모른다.

임종

귀는 살아있다

마지막까지

그래서 의식이 없으셔도

함부로 이야기 하는 거

아니라고 하더라.

심장이 더뎌지고

피는 느려지고

숨은 가빠져도

눈이 흐릿해져도

그래도 다 듣고 있응께.

내 숨넘어갈 때 울지 말아라.

숨넘어갈 때 좋은 생각해야

죽어서 좋은 데 간다니까

니들이 울면

내 맴이 찢어져서

좋은 데 못 가니까

거서 다시 못 만나니까

염할 때 펑펑 울더라도

내 눈감을 땐

귓가에다 잘 가셔요 속삭여줘.

사랑한다고

고맙다고

꼭 다시 만나자고

잊지 않도록

18 어떻게 죽고 싶으세요?

수업 시작 전 어르신들에게 몇 가지 질문을 드린다.

"어르신들, 혹시 웰다잉이라는 말 들어보신 분 계신가요? 들어보신 분 손 한번 들어주시겠어요?"

손을 드는 분은 거의 없다. '웰다잉'이라는 용어가 우리나라에서는 아직 생소하기 때문이다. 다시 말을 잇는다.

"웰다잉, 어려운 거 아니고요. 영어잖아요. 우리나라 말로 하면 잘 죽는 거예요. 잘 죽는 것을 웰다잉이라고 합니다. 그래서 웰다잉 수업은 잘 죽는 거 배우는 수업이에요. 그럼 잘 죽는 법에 대해 같이 공부해볼까요?"

몇몇 어르신은 깜짝 놀란 표정으로 고개를 내젓는다. 어떤 어르신들은 따지듯 말씀하신다.

"살다 살다 이제는 배울 게 없어서 잘 죽는 것까지 배워야 하나? 때 되면 어련히 알아서 죽겠지!"

역정을 내시는 어르신들이 계신 반면, 호기심 가득한 얼굴로 바라보는 어르신들도 계신다. 다시 여쭙는다.

"어르신, 그럼 만약에 죽는다면 어떻게 죽으면 잘 죽는 걸까요? 한번 말씀해주시겠어요?"

가장 먼저, 그리고 가장 많이 나오는 대답은 전국 어디를 가도 비슷하다.

"자다가 죽는 게 복이지! 자다가 죽었으면 좋겠어."

계속 말씀이 이어진다.

"죽을 때 죽더라도 안 아팠으면 좋겠어!"

"자식들한테 폐 끼치지 않고 깨끗하게 갔으면 좋겠어!"

죽음에 대한 가장 큰 두려움은 무엇보다 육체적인 고통이다. 아프지 않기를 바라신다. 추한 꼴 보이지 않고 깨끗이 가고 싶다고 말씀하신다. 어떤 어르신들은 똥오줌 못 가리고 남들한테 피해만 끼치면, 차라리 높은 곳에서 확 뛰어내리는 게 낫다며 극단적인 말씀까지 하신다. 이처럼 안 아프고 편안하게, 깨끗하게 죽고 싶다는 것이 어르신들의 소망이다.

조금 더 자세히 이야기를 나누기 위해 한국노년학회 학술지에 실린 '노인과 성인이 인식하는 좋은 죽음에 대한 연구'에 대한 내용을 화면으로 띄운다. 연구는 4개 시도에서 성인과 노인 455명을 대상으로 '좋은 죽음'과 관련하여 중요하게 생각하는 요소들에 대해 물었으며, 다음과 같이 조사되었다.

하나, 천수(天命)를 다 누리며 무병장수하다가 죽기를 바란다.

둘, 자다가 죽기를 바란다. 즉 짧은 시간에 고통 없이 편안히 죽기를 바란다.

셋, 적당한 나이에 죽기를 바란다. 그러나 어르신들은 100세 시대에 70세는 억울하다고 80세로 바꿔 달라고 말씀하신다. 2003년도 자료인 점을 고려할 때 평균수명도 늘어났으니 맞는 말씀이다.

넷, 자신이 살던 익숙한 곳, 즉 집에서 임종하기를 바란다.

다섯, 임종 직전 아프다면 기간은 한 달 미만이기를 바란다.

여섯, 임종 과정에 배우자나 자녀, 가족들이 곁을 지켜주기를 바란다.

일곱, 죽는다는 것을 미리 알고 준비할 수 있기를 바란다.

여덟, 유산이나 빚 때문에 자식들이 다투거나 짐이 되지 않도록 유언을 남기기를 바란다.

아홉, 자식들에게 부담되지 않도록 병원비는 많이 안 썼으면 좋겠고, 덜 아프기를 바란다.

열, 자신의 신앙을 통하여 임종의 순간 위로받을 수 있기를 바란다. 신앙을 통해 죽음에 대한 두려움을 덜고, 내세를 확신할 수 있기를 바란다.

열하나, 더 이상 살아날 가망이 없다면 인공호흡기나 생명 유지 장치, 심폐소생술 등과 같은 인위적인 생명 연장 장치를 거부하고, 호스피스 같은 곳에서 편안히 눈감기를 바란다.

조사된 내용을 모두 읽고 어르신들에게 공감하시는지 여쭤보면 대부분 고개를 끄덕이신다. 어떤 어르신들은 스마트폰을 꺼내어 사진을 찍으시기도 하고, 손뼉을 치며 저렇게 죽는 것이 복이라고 대답하신다. 저렇게만 죽는다면 여한이 없을 것 같다고 이야기꽃을 피운다. 하지만 곧 이어지는 나의 말 한마디에 교실은 곧 조용해진다.

"어르신, 그런데 안타깝게도 우리나라에서는 이렇게 죽는 게 거의 불가능합니다."

왜 우리나라에서는 이와 같은 좋은 죽음이 불가능할까?

1990년대 전·후반만 해도 병원에서 투병하다가 임종이 다가오면 환자를 구급차에 태워 집으로 다시 데리고 왔다. 당시만 해도 임종은 집에서 맞이해야 하는 것을 당연하게 여겼다. 집 밖에서 맞이하는 죽음은 곧 객사로 여겼고, 객사는 좋은 죽음이 아니었다. 그래서 임종은 환자가 살던 곳에서 가족들이 지켜보는 가운데 이루어졌다.

하지만 오늘날 상황은 어떨까? 집에서 투병하다가 임종이 다가오면 환자를 구급차에 실어 병원으로 향한다. 과거와는 정반대가 되었다. 그래서 죽음은 더 이상 집이 아닌 병원에서 이루어졌다. 건강하게 무병장수하다가 죽기를 바라지만, 대부분은 암, 심장 질환, 뇌혈관 질환 등과 같은 3대 질환으로 사망한다. 이제는 더 이상 자연사를 찾아보기 어렵다. 자다가 죽기를 바라지만, 병원으로 이송되어 중환자실에 입원하게 되면 죽음의 순간은 연장된다. 그리고 고통의 시간도 길어진다. 면회가 제한되어 가족들도 곁을 지킬 수 없다. 자유롭게 움직일 수 없으니 스스로 죽음을 준비하거나 삶을 정리하는 것도 불가능하다. 또한 중환자실을 이용하면 비용이 많이 든다. 임종이 가까워지면 심폐소생술 등으로 응급조치를 취하지만, 결국 눈을 감는다. 이는 오늘날 대부분의 병원에서 일어나고 있는 죽음의 모습이다.

서울대학교 의대 윤영호 박사는 10년 동안 병원에서 죽어가는 환자들을 지켜보며 《나는 한국에서 죽기 싫다》라는 책을 발간하셨다. 한국 사람들의 죽음의 모습이 의사인 본인의 눈에도 힘들고 고통스럽게 보였기 때문이다. 의료기술의 발달은 평균 수명의 연장과 질병으로부터의 해방을 가져왔지만, 반대로 죽음에 대한 경직성을 심화시키고, 죽음을 거부하는 부작용을 만들어냈다. 죽음은 곧 의학의 실패로 여겨졌다.

어르신들 사이에 '9988234'라는 구호가 있다. 젊은 사람은 보통 이게 무슨 뜻인지 쉽게 맞추지 못한다. '9988234'는 99세까지 팔팔(88)하게 살다가 2~3일만 아프다가 죽자(4)는 뜻이다. '사는 데까지 건강하게 살다가 죽는 때 자다가 죽는 게 복'이라고 생각하는 어르신들의 소망이다.

2016년 개봉한 이재용 감독의 영화 '죽여주는 여자'는 오늘날 벼랑 끝에 선 노인들이 어떻게 죽음을 맞이하는지를 잘 보여준다. 영화의 주인공 소영은 탑골공원에서 '박카스 아줌마'로 살아가는 할머니다. 소영은 여러 노인을 만나는데, 그중 뇌졸중·치매·암으로 투병하는 노인도 있다. 그들은 남에게 피해를 주며 구차하게 살기보다, 고통 없이 깨끗이 죽기를 바란다. 그들은 결국 소영에게 자신을 죽여 달라고 부탁한다. 소영은 망설이지만, 결국 자신의 손으로 노인들의 죽음을 돕는다. 이후 소영은 경찰에 검거되고 감옥에서 홀로 쓸쓸히 눈을 감는다. 소영의 시신은 화장되어 무연고 추모의 집에 안치된다.

영화는 오늘날 노인들의 소외된 삶과 죽음을 담담히 잘 드러냈다. 혹자는 너무 과장된 것이 아니냐 말했지만, 현실 속에 죽음은 오히려 영화보다 더 슬프고 비참하다. 이처럼 우리는 편안하고 행복한 죽음을 바라지만, 정반대의 현실 속에서 살아가고 있다. 죽음의 과정은 외롭고 힘들며 고통스럽다. 그것이 바로 오늘날의 죽음이다.

19 니들이 대신
죽어줄 것도 아니잖니?

할머니 한 분이 소화불량의 증세로 불편함을 호소한다. 한 달 전에 병원에서 약을 받아와 먹고 있는 데도 잘 낫지 않는다. 속이 쓰리고 답답하고 더부룩하다. 예전에는 이런 적이 없었다. 할머니는 아들의 권유로 함께 병원에 간다.

의사: 지난달 약 처방 받으시고 복용하셨는데도 차도가 없으신 걸 보면 좀 더 정확한 검사가 필요할 것 같습니다. 정밀 검사 한 번 해보고, 결과 보면서 다시 이야기 나눠보죠.

할머니는 의사의 권유대로 위내시경과 각종 검사를 받는다. 일주일 뒤 검사 결과를 듣기 위해 아들과 함께 다시 병원을 찾았다. 진료실 앞에서 기다리던 중, 간호사는 보호자 먼저 진료실에 입장하기를 권한다. 아들은 진료실로 들어온다.

의사: 네, 어머님 검사결과가 나왔는데, 지금 이 차트 보시면……
이 정도라면 조금 더 봐야겠지만, 현재로써는 위암 말기로 판단됩니다. 너무 늦게 발견된 것 같습니다. 저희도 항암 및 방사선 치료, 수술 등 다방면적으로 치료방법을 모색해보겠지만…… 냉정하게 말씀드리자면 현재로써는 완치 가능성이 낮습니다.

큰아들: 예? 위암 말기요? 그렇다면 앞으로 어떻게 되는 건가요?

의사: 지금 상태라면 한 4개월 정도 예상됩니다.

큰아들: …….

의사: 그럼 이제 어머님께 말씀드려도 될까요?

큰아들: 선생님, 지금 제가 너무 충격을 받아서요. 어머니께는 저희가 마음 좀 정리한 다음에 직접 말씀드리면 안 될까요?

의사: 네. 그럼 직접 말씀드리시는 걸로 알겠습니다. 어머님과 상의하신 후에 치료 일정 말씀해주시면 고맙겠습니다.

아들은 진료실에서 나와 어머니께 진료 결과를 대충 얼버무린다. 혼란스럽고 믿기지 않는다. 앞으로 어떻게 해야 할지 막막하기만 하다. 평생 고생만 시켜 드린 것 같아 눈물이 나온다. 불안한 마음에 동생들에게 연락했고, 함께 모여 이야기를 나눈다.

큰아들: 어머니 검사결과가 나왔는데, 위암 말기시란다. 너무 늦게 발견이 되어서 지금 상태라면 앞으로 4개월 정도밖에 남지 않았다고 하던데…… 이제 어떻게 해야 될까? 바로 말씀드리면 충격받으실까 봐 우선 괜찮다고 이야기는 드렸는데…… 어머니한테도 말씀드려야 하지 않을까?

둘째 딸: 뭐? 엄마가 위암 말기라고! 이게 무슨 날벼락이야. 우리 엄마 불쌍해서 어떻게 해……. 오빠, 우리도 지금 듣고 놀랐는데, 엄마 이 사실 아시면 충격받으실 거야. 우선은 엄마 낫게 해보자. 좋다는 병원, 좋다는 수술, 약 하여튼 뭐든지 좀 찾아보고, 엄마 나을 수 있게 다 해본 다음에, 그렇게 해도 안 되면 그다음에 말씀드려도 돼. 굳이 지금 말씀드릴 필요 없어. 암 치료는 마음이 반이라는데, 괜히 아시면 더 충격받으실지 모르니까 그냥 우선 우리끼리만 알고 있고, 엄마 낫게끔 도와드리자. 뭐라도 해봐야지 않겠어?

셋째 아들: 그래, 형. 누나 생각이 맞는 것 같아.

가족들은 어머니의 병에 대해서 전전히 말씀드리기로 하고, 치료할 방법이 없는지 찾아보기로 한다. 그런데 할머니는 검사 결과가 궁금하다. 아들의 표정이 어두웠고, 자세히 말해주지 않았기 때문이다. 그리고 며칠 뒤 아들은 어머니께 찾아와 조심스럽게 검사결과에 대해 말을 꺼낸다.

아들: 엄마! 며칠 전에 병원에서 나온 검사결과 있잖아요. 그거 뭐냐 하면, 엄마가 위가 많이 안 좋으시대요. 그런데 요새 의료 기술도 좋아지고, 약도 좋아지고 그래서 치료받으면 나을 수도 있대. 그러니까 엄마, 우리 포기하지 말고 희망 갖고 입원해서 한번 치료받아보자, 응?

할머니는 아들의 이야기에 깜짝 놀랐지만, 그래도 나을 수 있다는 말에 희망을 갖고 입원을 결정한다. 입원하지 않으면 딱히 다른 방법도 없었다. 병원에 입원한 후 아들은 의사와 검사, 치료 방법, 수술 날짜를 결정했다. 할머니도 치료 일정을 알고 싶어 간호사에게 물어봤지만, 간호사는 보호자가 말해줄 거라고만 했다. 자신과는 상의도 하지 않은 채, 아들에게 보호자 서명을 받아간다. 그리고 치료가 시작되었다. 긍정적인 마음을 가져보지만, 호전되지 않는 것 같다. 통증은 점점 심해진다. 검사와 치료가 계속되며 지친다. 호흡이 가빠지고 점점 기운이 없어진다. 할머니의 병세는 점점 악화되었고, 결국 중환자실로 옮겨진다. 의식이 흐려지고 인공호흡기를 연결한다. 그리고 어느 날 아들은 가족들을 불러 모은다.

큰아들: 이런 말 하기 좀 그렇지만, 이제 우리 그만 어머니 보내드
리자.

둘째 딸: 뭐라고? 오빠 미쳤어? 엄마 인공호흡기 떼자고? 아니 끝
까지 해봐야 할 거 아냐. 이러다가 살아나실 수도 있잖아. 아직
손도 따뜻하고, 숨도 쉬고 있는 사람을 죽이자고? 그게 고생해
서 길러주신 엄마한테 할 짓이야? 난 절대로 그렇게 못 해.

큰아들: 야, 너 말을 그런 식으로 해야 돼? 솔직히 말해서, 너 엄
마 치료받으시는 동안 병원비 한 푼이라도 보태봤어? 우리는
엄마 병원비 때문에 애들 학원도 다 끊고, 대출받고, 집도 전세
에서 월세로 돌렸어. 알아? 나라고 엄마 죽이고 싶어서 그래?
너만 잘났어? 너만 효녀야? 나도 마음 아파. 나라고 속 시원하
겠냐?

둘째 딸: 아이고, 그니깐 결국엔 돈 때문에 엄마 죽이겠다는 거였
네. 왜? 언니가 그러라고 시켰어?

다툼이 계속되던 중 전화벨이 울린다. 병원에서 온 전화였다.
어머니께서 위독하시다는 소식이었다. 서둘러 병원으로 향한다.
중환자실에 도착해보니, 어머니의 호흡과 맥박은 느려졌고 뇌피
도 약해졌다. 어머니의 임종이 코 앞에 다가왔다.

둘째 딸: 의사 선생님! 우리 어머니 이렇게 가시면 안 돼요. 우리 어머니가 막내 너무 예뻐하셨어요. 우리 어머니 막내 보고 가셔야 해요. 지금 오고 있어요. 막내도 어머니 임종 못 보면 평생 한 맺힐 거예요. 우리 막내 올 때까지만 살아있게 해주세요, 네? 뭐라도 좀 해주세요!

의사는 있는 힘을 다해 심폐소생술을 한다. 침대가 휘청거리고, 갈비뼈가 부서질 정도로 힘이 가해진다. 막내아들이 도착해서야 심폐소생술은 끝이 나고, 이윽고 의사의 사망선고가 떨어진다.

말기 암을 진단받고 눈을 감는 순간까지 벌어날 수 있는 일이다. 가족들은 환자인 어머니를 위해 최선을 다했다. 하지만 여기서 주목해야 할 부분은 이 모든 과정에 당사자인 할머니의 목소리가 빠져 있다는 점이다. 가족들은 나을 수 있다고만 말하면서 병에 대한 정보, 치료 과정, 건강 상태 등을 당사자에게 말해주지 않았다. 즉 내가 죽는 데 아는 것도, 선택할 수 있는 것도 없다. 나의 죽음에 철저히 소외된다.

한 조사에 의하면 환자의 40%는 자신의 병 상태에 대해 알지 못했다고 한다. 이처럼 환자가 말기 진단을 받는 경우 가족들은 걱정과 주저함으로 숨기는 경우가 있다. 이유를 물어보면 어떻게 이야기를 꺼내야 할지 모르겠다고 말한다. 또 사실을 전달하면 심리적으로 충격을 받아 병을 치료하는 데 나쁜 영향을 미칠 것 같다는 염려 때문에 의사에게도 말하지 말아달라고 부탁한다. 이러한 어려움은 의료 관계자 역시 마찬가지다. 사람을 살리는 사명감으로 일하지만, 더는 치료가 어렵게 되면 좌절감과 패배감이 밀려온다. 그들도 역시 환자에 대한 미안함으로 말기라는 사실을 어떻게 전해야 할지 힘들다고 했다.

하지만 죽음을 앞둔 말기 환자들은 대부분 자신의 병과 몸 상태에 대해 정확히 알고 싶어 한다. 국립암센터에서 조사한 바에 따르면 환자의 95% 이상이 정확한 사실을 알고 싶어 하는 것으로 나타났다. 다른 치료방법은 없는지, 덜 아플 수 없는지, 치료 과정 중 부작용은 무엇인지 알고 싶어 한다. 그리고 시한부의 삶을 선고받는다면, 남은 시간 동안 자신의 삶을 잘 정리하고 싶어 한다.

이처럼 인간답게 죽기 위한 첫걸음은 환자가 병에 대한 정확한 정보를 아는 것에서부터 출발한다. 환자는 자신의 병과 몸에 대해 알 권리가 있고, 보호자와 의료 관계자는 정확한 사실을 전달해줄 의무가 있다. 하지만 비록 사실이라 할지라도, 환자에게 이와 같은 사실을 전달하는 것은 어렵다. 그렇지만 가급적 말기라는 사실을 있는 그대로 전하는 것이 좋다. 물론 처음 이 사실을 들으면 큰 충격을 받을 수 있다. 그래서 전달하는 데는 세심한 주의가 필요하다. 가급적 담당 의사가 전달하는 것이 좋으며, 감정적으로 전달하기보다 병에 대한 정보와 몸 상태, 치료 방법과 효과, 부작용, 앞으로의 치료 계획 등에 대해 객관적으로 전달하는 것이 좋다. 환자가 선택할 수 있도록 정확한 정보를 제공해야 한다. 그리고 남은 삶의 방식을 스스로 선택할 수 있도록 도와야 한다. 인간은 자신의 삶을 통제할 수 있을 때 조금 더 죽음을 수용하고 편안하게 눈을 감을 수 있다. 그래서 말기 환자에게는 이와 같은 사실을 말해주는 것이 필요하다. 그래야 잘못된 희망은 내려놓을 수 있고, 자신의 삶을 정리할 수 있으며, 가족과 작별의 시간을 가질 수 있다.

한 말기 암 환자는 이런 말들로 답답함을 호소했다.

"너희가 아무리 나더러 치료를 받으라고 해도, 내가 협조를 해야 치료가 잘 되지. 정확히 무슨 병인지, 살 수는 있는지, 아니면 어차피 죽는데 괜히 돈이고 몸이고 시간이고 가져다 버리는 건 아닌지, 뭐가 도대체 어떻게 돌아가는지 알아야 살든지 죽든지 준비를 할 거 아니니? 니들끼리만 알지 말고 말 좀 해다오. 니들이 대신 죽어줄 것도 아니잖니?"

보호자가 어떤 역할을 하느냐에 따라 환자는 행복과 불행 사이를 오간다. 물론 사랑하는 사람의 죽음을 지켜보는 것은 고통스럽다. 그러나 더욱 힘든 건 죽음을 맞는 당사자다. 보호자는 한 명의 가족을 잃지만, 고인은 자신이 알던 모든 이들을 잃는다. 누구도 그 길을 대신 가줄 수 없다. 그래서 환자에게 정확한 정보를 전달하고, 스스로 선택할 수 있도록 도울 때 비로소 좋은 죽음이 가능하다.

20 병원에서 죽는다는 것

의료기술의 발달과 의료시설의 확산, 도시화 및 산업화에 따른 핵가족화는 가족 중심의 임종에서 전문가 중심의 임종으로 바뀌는 계기가 되었다. 통계청과 국립암센터 주관으로 말기암 환자의 사망 장소를 조사한 결과 1991년에는 가정 76.9%와 병원 19.2%로 나타난 반면, 2011년에는 병원 87.7%, 가정 9.3%로 집계 되었다. 20년 동안 임종 장소는 집에서 병원으로 바뀌었으며, 더 이상 집에서 임종을 맞이한다는 것은 상상하기 어렵게 되었다. 우리의 삶의 마지막 장소는 이제 병원이 되었다.

고려대학교 연구팀에 의하면 한국인이 마지막 10년 중 5년은 투병을 하는 것으로 조사되었다. 남성은 70세에 발병하여 3.4년을 투병하다가 73.4세에 사망했고, 여성은 76.3세에 발병하여 4.1년을 투병하다가 80.4세에 사망했다. 한국인의 사망원인으로는 첫 번째가 암, 두 번째가 뇌혈관 질환, 세 번째가 심장 질환이 차지하고 있으며, 이러한 질환들로 마지막 3~4년을 투병하다가 병원에서 죽음을 맞이하게 된다.

그렇다면 말기암 환자들의 마지막 한 달은 어떤 모습일까? 조사에 의하면 2명 중의 1명은 CT(컴퓨터 단층 촬영)를 계속 찍는다. 3명 중 1명은 가망이 없더라도 계속해서 항암제를 맞는다. 7명 중의 1명은 중환자실로 옮겨진다. 10명 중의 1명은 인공호흡기를 부착하며, 20명 중의 1명은 심폐소생술을 받는다. 이러한 절차들을 다 마친 다음에야 비로소 눈을 감을 수 있다. 물론 끝까지 희망을 갖고 치료를 계속하는 것은 잘못이 아니다. 다만 임종이 가까워질수록 이처럼 많은 검사와 진료가 이루어진다는 것이다.

2015년 영국의 경제주간지 이코노미스트 산하 기관인 EIU(Economist Intelligence Unit)는 세계 '죽음의 질' 지수를 발표했다. 일반인들에게는 다소 생소한 이 지표는 임종 환자의 고통을 덜어주고 가족이 심리적 고통을 극복할 수 있도록 돕는 의료시스템이 얼마나 발달했는지를 평가하는 지표이다. 쉽게 말해 '삶의 질' 시수가 얼마나 질 사는지를 조사하는 지표라면, '죽음의 질' 지수는 얼마나 잘 죽을 수 있는지를 보여주는 지표이다. 죽음의 질 지수는 임종을 앞두고 방문할 수 있는 의료기관 수, 치료 수준, 임종과 관련된 국가 지원, 의료진 수 등 20여 가지 지표를 합산하여 조사한다. 조사 결과 1위는 영국이 차지했으며, 한국은 18위를 차지했다. 우리나라는 2011년 32위를 차지했으나, 4년 뒤인 2015년 18위를 차지하며 14계단 상승했다. 1위인 영국과 18위인 한국은 어떤 차이점이 있을까?

한국인이 영국으로 이민을 가면 가장 큰 혜택으로 느끼는 것이 NHS(National Health Service)다. NHS는 국가가 무상으로 지원하는 공공의료 서비스이며, 런던올림픽 개막식에도 등장할 만큼 복지국가를 표방하는 영국의 큰 자부심이다. 무상의료와 함께 무상교육도 이루어진다. 한국도 국민건강보험이라는 의료서비스가 있지만, 영국과는 운영방식이 다르다. 국민건강보험이 사회보험의 방식으로 운영되는 반면, NHS는 세금을 통해 전 국민을 대상으로 운영된다는 점에서 차이가 있다. 그래서 이민을 간 사람들은 무상으로 운영되는 NHS에 큰 매력을 느낀다.

그러나 NHS는 다음과 같은 불편한 점이 있다. 응급환자가 아닌 이상 대형종합병원을 바로 이용할 수 없으며, 우리나라의 보건소와 같은 1차 의료기관을 먼저 이용한 후에 그다음 2, 3차 의료기관을 이용할 수 있다. 그러다 보니 의료기관마다 의료서비스 수준이 유사하며, 많은 대기자로 인해 진료에 오랜 시간이 걸리기도 한다. 그래서 암 또는 말기 질환을 선고받은 분들은 치료를 위해 다시 한국으로 오는 경우가 있다. 암 치료는 첨단의료기술과 빠른 치료가 관건인데, 영국의 의료기관에서는 시간이 오래 걸리기 때문이다. 그래서 비용이 다소 들더라도, 빠르고 높은 수준의 치료를 위하여 한국을 다시 찾는다. 그러나 한국에서 더 이상 치료가 불가능하다면 이야기는 달라진다. 한국은 암 치료에 실패할 경우, 환자가 임종할 때까지 돌봐주는 완화의료시설과 제도가 부족하다. 그래서 어쩔 수 없이 병원에 입원해 있을 수밖에 없다. 병원에서는 상태가 악화되면 연명 치료가 이루어지며, 결국 고통 속에서 눈을 감는다.

그렇다면 영국은 어떨까? 영국은 암 치료에 실패할 경우, 환자가 임종할 때까지 돌봐줄 수 있는 완화의료시설과 제도들이 잘 구축되어 있다. 말기 환자를 위한 의료시스템과 치료 수준, 비용, 이용 편의성 등이 한국보다 상대적으로 높다. 이러한 이유로 죽음의 질 조사에서 차이가 나는 것이다. 종합해보면 한국은 사람을 살리는 기술은 높은 편이지만, 잘 죽여주는 기술은 낮은 편이다. 영국은 반대로 사람을 살리는 기술은 한국보다 낮은 편이지만, 잘 죽여주는 기술은 높은 편이다.

그렇다면 어떻게 죽는 것이 좋은 죽음일까? 영국에서 제시한 좋은 죽음의 조건은 다음과 같다. 첫째로 육체적 고통이 없고, 둘째로 자신이 원하는 장소에서, 셋째로 가족이나 친구들과 함께 마지막 순간을 보내며, 넷째로 인간의 존엄과 품위를 유지한 모습으로 죽음을 맞이하는 것을 말한다. 이와 같은 조건들의 충족이 어려우므로 우리나라에서는 좋은 죽음이 불가능한 것이다.

죽음 앞에서 다소 인색하지만 돈 이야기를 빼놓을 수 없다. 병원에서 죽음을 맞는다면 많은 돈이 필요하다. 건강보험공단이 지출한 바에 의하면 말기 암 환자의 사망 전 3개월간 의료비용은 7012억 원으로, 사망 전 1년간 의료비 1조 3922억 원의 50.4%를 차지했다. 즉 임종이 가까워질수록 CT, MRI, PET 촬영 등의 검사와 항암제 투여·심폐소생술·인공호흡기·기도삽관·중환자실 및 응급실 치료가 이루어진다. 그래서 큰 비용이 지출되는 것이다. 좀 더 쉬운 예로 한국에서 사람이 태어나서 죽을 때까지 평생 1억 원의 병원비를 쓴다면, 죽기 한 달 전 50%인 5000만 원, 죽기 3일 전 2500만 원을 사용한다. 즉 임종이 가까워질수록 과잉진료가 이루어지고 큰 비용이 든다. 물론 사람의 생명을 돈으로 환산할 수는 없다. 그리고 경제적으로 풍족한 가정이라면 문제되지 않는다. 하지만 저소득층이나 사회적 약자들은 경제적인 문제로 진료를 포기할 수 있다. 최악의 경우 환자가 스스로 목숨을 끊는 경우도 있다. 가족 역시 돈이 없어 환자를 살리지 못했다는 죄책감을 느끼게 될 수도 있다. 이처럼 병원에서의 임종은 환자, 보호자, 의료 관계자 모두에게 어려운 현실이다.

엄마가 보고픈 날

－ 강원남

스마트폰에 통화 중 녹음 기능이 있다는 걸

처음 알았다.

기능을 알고 있었어도 쓸 일은 아마 없었을 것이다.

그런데 우연히 버튼을 잘못 눌러 녹음파일이 들어있는

　화면을 열어보니

그 안에는 꽤 긴 시간의 목소리들이 담겨있었다.

아마도 바쁜 와중에 전화를 받아 얼굴로 눌렀던 흔적들

　이었으리라.

궁금한 마음이 들어 하나 하나의 파일을 열어보았다.

밥은 잘 챙겨 먹고 댕기니

네 먹고 댕겨요 엄마 나 지금 바빠요

그래도 운전 조심하고 술 많이 먹지 말고

엄마 내가 나이가 몇인데 애들처럼 아직도 잔소리예요

내가 다 알아서 해 바빠 끊어요 나중에 전화드릴게

그러니까 뭐하러 그걸 해요

그냥 사다 먹으면 될걸

아니 허리도 안 좋으시면서 그걸 왜 하냐고

사다 먹는 게 싸 괜찮다고요

그걸 다 어떻게 먹어

나의 목소리는 짜증이 가득했고

어머니의 목소리는 걱정이 가득했다.

작년 가을 돌아가신 어머니의 목소리였다.

수백 번을 다시 들었다.

엄마가 보고픈 날

21 존엄하게 죽고 싶다

"어르신들! 만약에 더 이상 가망 없이 중환자실에서 인공호흡기를 끼고 누워 있다면, 나는 인공호흡기 떼고 싶다 하시는 분들 손 한번 들어주시겠어요?"

수업에 참여하는 어르신들 대부분이 손을 든다.

"왜 떼고 싶으세요?"

"그거 하고 있어 봤자 더 이상 살 가망도 없다는데 뭐 하러 해요. 살 만큼 살았으니 그만 가야지. 병원비만 많이 나오고, 얘들한테 폐만 끼치고. 차라리 그냥 떼는 게 나아요. 아냐, 처음부터 아예 하지를 말아야 해."

"여기 계신 어르신들이 대부분이 인공호흡기 같은 걸 하고 싶지 않다고 손들어주셨어요. 전국 어디를 다녀도 어르신 대부분이 그렇게 말씀하세요. 그게 잘못된 건 아닙니다.

그럼 제가 다른 질문을 하나 드려볼게요. 그럴 일은 없겠지만, 만약 어느 날 아들이 교통사고가 나서 뇌사 상태로 중환자실에서 인공호흡기를 하고 누워 있게 됐어요. 그런데 예전에 아들이 TV를 보다가 이런 말을 한 적이 있어요. '엄마, 나도 만약에 저렇게 인공호흡기 같은 거 하고 중환자실에 누워 있으면 그냥 떼주세요.' 의사 선생님은 회복될 가능성이 희박하대요. 자, 그러면 나는 아들 말대로 인공호흡기를 떼주겠다 하시는 분 손 들어주세요."

다들 머뭇거리시더니 첫 번째 질문과는 다르게 손드는 분이 별로 없다.

"아까보다는 손을 드신 분들이 많이 적어졌어요. 왜 아들의 인공호흡기를 떼주겠다고 하시는 분은 적을까요?"

"우리야 살 만큼 살았으니 죽어도 되지만, 자식은 아직 창창하잖아요. 의료기술이 좋아질 수도 있고, 또 살아날 수만 있다면야 뭐라도 해봐야죠. 차라리 내가 죽는 게 낫지, 내 새끼는 살아야지. 그게 부모 심정 아니겠어요?"

"그렇죠. 그게 부모님의 마음이죠. 대학병원에 가보면 혼수상태로 몇 년씩 누워 있는 자식을 뒷바라지하시는 부모님들도 많이 계세요. 그분들 말씀 들어보면, '나는 얘가 예전처럼 멀쩡히 걸어다니길 바라지 않아요. 그냥 숨만 쉬고 있어도, 내가 살 것 같아서 뒷바라지하고 있어요'라고 하시더라고요. 부모님 심정이라면 누구나 다 같을 거예요.

여기서 중요한 것은 부모님이 자녀분의 인공호흡기를 떼기 쉽지 않은 것처럼, 자녀분도 부모님의 인공호흡기를 떼기가 쉽지 않다는 거예요. '그래도 기적이 일어나서 회복되시지 않을까? 혹시 신약이 개발돼서 우리 어머니가 살아나시지 않을까? 조금이라도 더 사실 수 있었는데 인공호흡기를 떼서 일찍 돌아가시는 건 아닐까?' 이런 마음 때문에 죄책감을 느끼게 됩니다. 특히 우리나라처럼 전통적으로 효를 중요하게 생각하는 나라에선 더 그래요. 실제로 제가 아는 한 분은 아버님께서 뇌사 상태에 빠지셔서 가족들이 회의해서 인공호흡기를 떼자고 했지만, 자신은 끝까지 반대했다고 합니다. 옆에서 병간호하다 보면 손도 따뜻하고, 수염도 자라고, 손톱도 자라는데, 기계에 의존하지만 아직 숨 쉬고 계신 분을 보내드려야 한다는 것이 납득할 수 없었다고 하시더라고요. 결국에는 가족의 설득으로 인공호흡기를 떼고 보내드리긴 했지만, 굉장히 힘든 선택이었다고 말씀하셨습니다.

그러니까 문제는 여기서부터 시작됩니다. 누워있는 나는 인공호흡기를 떼고 싶은데 내 손으로 뗄 수는 없고, 자식들도 쉽게 떼어주지 않는 상황. 내가 바라는 죽음이 있는데, 자녀가 과연 이런 뜻을 들어줄 것인가 하는 데서부터 출발합니다."

많은 어르신께서 임종을 맞이할 때 중환자실에서 인공호흡기나 심폐소생술 등의 무의미한 연명 치료를 받지 않고 고통 없이 편안하게 눈 감을 수 있기를 바란다. 하지만 현실은 다르다. 병원은 사람이 죽도록 내버려두지 않는다. 끝까지 환자를 살리기 위해 최선을 다한다. 그것이 병원의 목적이자 의사의 소명이다. 부모님의 임종이 가까워지면 자식들도 의료진에게 끝까지 최선을 다해달라고 부탁한다. 자식 된 도리를 다하기 위해 노력한다. 우리나라에서는 부모님의 인공호흡기를 떼는 것을 불효로 여기기도 한다. 설령 인공호흡기를 뗀다고 하더라도, 일말의 죄책감을 가질 수밖에 없다. 그러다 보니 어르신과의 뜻과는 반대되는 죽음의 모습들이 종종 일어난다.

1997년 서울 보라매 병원에 한 남성이 응급실로 후송됐다. 남성은 사고로 뇌에 큰 충격을 받았다. 다행히도 수술은 성공적으로 끝났으나 호흡에 문제가 있었다. 이후 환자의 아내가 도착했다. 부인은 자신의 동의 없이 수술을 시행했고, 경제적인 어려움으로 남편의 퇴원을 요구했다. 담당 의사는 보호자의 요구를 거부했지만 아내는 계속해서 퇴원을 요구했고, 결국 아내에게 법적인 책임을 묻지 않겠다는 각서를 받고 환자를 퇴원시켰다. 인턴과 함께 구급차로 이송된 환자는 집에 도착해서 인공호흡기를 제거했고, 바로 사망했다. 남편이 사망한 후 아내는 장례비 지원을 받기 위해 경찰서를 찾아갔으나 병원의 동의 없이 퇴원했기에 사망진단서를 받지 못했다. 그리고 변사 사건으로 처리되어, 경찰의 조사를 받게 된다.

2004년 7년간의 재판 끝에 대법원은 의사와 아내에게 살인방조죄와 살인죄로 유죄 판결을 내렸다. 이와 같은 판결에 의료 관계자들은 의료 현실을 무시한 판결이라며 즉각 반발했다. 이후 관례처럼 소생할 가능성이 없는 환자의 퇴원을 의사는 거부하게 되었다. 환자의 보호자 역시 곤란하긴 마찬가지였다. 계속된 치료로 병원비 부담이 높아졌기 때문이었다. 결국 환자, 보호자, 의사 모두 곤란한 처지에 놓이게 되었다. 그러나 이와 같은 상황은 2008년 이른바 '김 할머니 사건'이 발생하면서 새로운 국면을 맞이하게 된다.

2008년 김옥경 할머니는 세브란스 병원에서 조직검사를 받던 도중 뇌사 상태에 빠지게 된다. 이후 인공호흡기를 통한 연명 치료를 받고 있었다. 가족들은 환자 본인이 평소 연명 치료를 원하지 않았음을 밝히며 인공호흡기 제거를 요청했으나 병원 측은 이를 거부하였다. 결국 김 할머니 가족은 법원에 무의미한 연명 치료 중지 가처분 신청을 했으며, 1년 뒤인 2009년 대법원은 존엄사를 인정하여 인공호흡기 제거 병령을 내린다. 이와 같은 법원의 명령에 따라 의료진은 인공호흡기를 제거하게 된다. 의료진은 인공호흡기를 제거하면 바로 사망할 것으로 예상했다. 그러나 예상과는 달리 인공호흡기를 제거한 김 할머니는 스스로 호흡을 하기 시작했다. 인공호흡기를 제거한 김 할머니는 한결 편안한 표정이었다. 그리고 인공호흡기를 제거한 지 200일을 넘긴 어느 날 결국 세상을 떠났다. 그날은 3년 전 세브란스 병원에서 투병하던 남편이 세상을 떠났던 날이었다.

그렇다면 법원은 보라매 병원 사건에서는 유죄 판결을 내렸으면서, 김 할머니 사건에서는 왜 정반대의 판결을 내렸을까? 이와 같은 판결을 내린 이유에는 김 할머니의 생전 의사들이 반영된 자기결정권이 반영되었기 때문이다. 사건이 일어나기 3년 전 심장 질환을 앓던 남편은 세브란스 병원에서 투병 중이었다. 남편의 임종이 가까워지자 병원 측은 기관절개술을 하면 며칠 더 생명을 연장할 수 있다고 가족에게 권유했지만, 보호자였던 김 할머니는 이를 거부했다. 김 할머니는 평소에도 자녀들에게 무의미한 연명치료의 뜻을 거듭 밝혔다. TV를 보던 중 환자가 병석에서 간호받는 장면을 보면 자신이 같은 상황에 처할 경우 연명치료를 중단하라고 말했다. 15년 전 교통사고로 팔에 큰 상처를 입었는데, 이를 가리기 위해 여름에도 늘 긴 소매 옷을 고수하던 정갈한 성격이셨다. 이를 종합해 김 할머니 본인이 무의미한 연명 치료를 원하지 않을 것으로 추정되고 법원은 이를 존중한 것이다.

즉 김 할머니 가족의 요청을 들어준 것이 아닌 환자 본인의 의사를 존중한 판결이라고 볼 수 있다.

이후 대한의사협회에서는 관련 위원회가 만들어졌고, 무의미한 연명 치료 중단에 대한 조건들을 세분화했다. 또한 대통령 소속 국가생명윤리심의위원회가 만들어져 연명치료에 대한 사회적 합의를 도출했으며, 국회에서는 관련 법안을 발의하였다.

가톨릭의 큰 어른인 김수환 추기경님도 임종을 눈앞에 두고 인위적으로 생명을 유지하기 위한 연명 치료를 거부한다는 의사를 밝혔다. 그리고 사망 후에는 각막을 기증하겠다고 말씀하셨다. 추기경님의 말씀 그대로 임종이 이루어졌다. 김수환 추기경님을 애도하는 많은 사람이 명동 성당을 방문하였으며, 김 할머니 사건과 함께 무의미한 연명 치료 중단 및 존엄사에 대한 국민적 관심을 높이는 계기가 되었다.

22 존엄한 죽음을 위한 선언, 연명의료결정법

2008년 일어난 김 할머니 사건을 토대로 대통령 직속 국가생명윤리심의위원회는 무의미한 연명 치료 중단에 대한 법적 근거를 마련하기로 한다. 2011년 보건복지부는 19세 이상 성인 남녀 1000명을 대상으로 무의미한 연명 치료 중단에 대한 설문조사를 했다. 조사 결과 응답자의 72.3%가 연명 치료 중단에 찬성했고, 27.7%가 반대하였다. 찬성 이유로는 '가족들의 고통', '환자 본인에게 고통만 준다', '경제적 부담이 크다', '환자가 원하는 경우도 많다' 등이었으며, 반대 이유로는 '생명은 존엄하므로 인위적으로 사망에 이르게 할 수 없다', '생명은 인간의 영역이 아니다', '남용의 위험이 크다', '생명경시 풍조가 만연할 것이다' 등이 있었다. 단순히 죽음을 연장하기 위한 무의미한 연명 치료는 중단하는 것이 낫다는 의견이 대다수였다.

그렇다면 무의미한 연명 치료 중단에 대해 다른 나라에서는 어떻게 생각하고 있을까? 2008년 뉴질랜드에 사는 79세의 폴라 웨스토비 할머니는 가슴에 문신을 새겼다. 의식을 잃고 쓰러졌을 때 '심폐소생술을 하지 말아 달라(Do not resuscitate)'는 문장이었다. 의식을 잃고 병원으로 옮겨지면 연명 치료에 대한 자신의 의사를 물어볼 수 없으니 문신을 통해 의료진에게 자신의 뜻을 전달하고자 한 것이다. 극단적이긴 하지만 자신이 맞이하고 싶은 죽음을 미리 준비해둔 대표적인 사례이다.

우리나라뿐 아니라 외국의 노인들 역시 좋은 죽음을 맞이하고 싶다는 바람은 똑같다. 그래서 미국, 일본, 대만에서는 오래전부터 무의미한 연명 치료를 거부하고 품위 있는 죽음을 맞이하고 싶다는 의사를 생전에 스스로 밝혀두자는 취지에서 '존엄한 죽음을 위한 선언문(Living Will)'을 작성해왔다. 그리고 정부는 관련된 법 제정과 완화의료제도를 확충하여 존엄한 죽음을 맞을 수 있도록 돕고 있다. 존엄한 죽음을 위한 선언서는 다음과 같다.

존엄한 죽음을 위한 선언서

저는 제가 병에 걸려 치료가 불가능하고 죽음이 임박할 경우를 대비하여 저의 가족, 친척, 그리고 저의 치료를 맡은 분들께 다음 같은 저의 희망을 밝혀두고자 합니다. 이 선언서는 저의 정신이 아직 온전한 상태에 있을 때 적어놓은 것입니다. 따라서 저의 정신이 온전할 때에는 이 선언서를 파기할 수도 있겠지만, 철회하겠다는 문서를 재차 작성하지 않는 한 유효합니다.

저의 병이 현대 의학으로 치료할 수 없고 곧 죽음이 임박하리라는 진단을 받은 경우, 죽는 시간을 뒤로 미루기 위한 연명 조치는 일체 거부합니다.

다만 그런 경우 저의 고통을 완화하기 위한 조치는 최대한 취해주시기 바랍니다. 이로 인한 부작용으로 죽음을 일찍 맞는다 해도 상관없습니다.

제가 몇 개월 이상 이른바 식물인간 상태에 빠졌을 때는 생명을 인위적으로 유지하기 위한 연명 조치를 중단해주시기 바랍니다.

이와 같은 저의 선언서를 통해 제가 바라는 사항을 충실하게 실행해주신 분들께 깊은 감사를 드립니다. 아울러 저의 요청에 따라 진행된 모든 행위의 책임은 저 자신에게 있음을 분명히 밝히고자 합니다.

이와 같은 선언서를 미리 작성해놓으면, 환자의 임종이 가까워 졌을 경우 의료진은 본인의 의사를 확인하고 무의미한 연명 치료를 진행하지 않는다. 이처럼 존엄한 죽음을 위한 선언서는 좋은 죽음을 스스로 준비할 수 있는 수단이 된다.

우리나라에서는 1997년 보라매 병원 사건과 2008년 김 할머니 사건을 계기로 2016년 2월 호스피스·완화의료 및 임종과정에 있는 환자의 연명의료결정에 관한 법률, 줄여서 연명의료결정법이 국회에서 제정되었다. 연명의료결정법은 임종과정에 있는 환자가 무의미한 연명의료를 받지 않을 수 있도록 환자의 알 권리와 자기결정권을 보장하는 것을 취지로 삼았다.

2018년 2월부터 시행된 연명의료결정제도는 환자의 연명의료 중단 의사가 확인될 경우 심폐소생술, 인공호흡기 착용, 체외생명유지술, 혈액투석, 수혈, 항암제 및 혈압상승제 투여, 기타 등의 의료 행위를 중단할 수 있다. 임종과정에 있는 환자는 회생 가능성이 없고 치료에도 불구하고 회복되지 않으며 급속도로 악화되어 사망에 이를 수 없는 상태를 말하며, 담당 의사 1인과 관련 분야 전문이 1인이 판단한 환자를 말한다.

건강한 상태에서 평소 무의미한 연명의료 중단의 의사를 갖고 있나면 등록기관을 방문하여 싱딤사와 싱딤하에 사진연명의료의향서를 작성할 수 있다. 사전연명의료의향서는 19세 이상이면 누구나 작성할 수 있으며, 작성 이후 언제든 철회도 가능하다. 작성된 사전연명의료의향서는 국립연명의료관리기관에서 통합 관리하며, 의료진이 관리기관을 통해 작성 여부를 조회할 수 있다. 그러나 환자가 평소 사전연명의료의향서를 작성해두지 않았을 경우에는 말기 또는 임종기에 의사와 함께 연명의료계획서를 작성하여 연명의료를 중단할 수 있다. 그러나 연명의료계획서를 작성해두지 않고 평소 말로 연명의료중단의 의사를 가족들에게 밝힌 경우에는 가족 2명 이상의 진술과 의료진 2명이 이를 확인하여 연명의료를 중단할 수 있다. 연명의료계획서를 작성하지 않고 구두로도 이에 대한 의사를 밝히지 않은 경우에는 가족 전원의 합의와 의료진 2명이 이를 확인할 경우 연명의료를 중단할 수 있다.

연명의료를 중단한다 해도 모든 치료를 중단하는 것은 아니다. 생명을 인위적으로 유지하기 위한 연명치료를 중단할 뿐, 육체적 통증을 최대한 줄이고 인간다운 죽음을 맞이할 수 있도록 돕는 호스피스 및 완화의료는 언제든지 받을 수 있다.

23 주인 되는 죽음, 존엄사

가톨릭 사제이신 박기호 신부님은 자신의 죽고 싶은 모습을 다음과 같이 밝혔다.

"나는 나의 죽음을 경건하고 숭고하게 맞이하고 싶다. 나를 데리러 오시는 수호천사를 정중하게 맞이할 것이다. 평소에 수호천사께 기도를 많이 바쳤기 때문에 서로 잘 통할 것이다. 녹차한잔 대접할 시간만 달라고 하고 훌쩍 따라나설 것이다. 그러기 위해서 살아있는 생을 통하여 스스로 잘 준비해놓고 죽음의 오심을 찬양하며 맞이하려 한다. 살 만큼 살았다고 여겨질 때 하느님께서 불러주시는 것이 최고의 은총이며 기품 있는 죽음이다. 공동체 지도자와 내 주변의 사람들은 내가 치매에 걸렸을 때 치매의 정도를 나에게 알려줄 의무가 있다. 내 손으로 먹고 내 발로 배설하지 못하는 처지가 된다면 나에게 밥을 주지 않을 의무가 있다.

그때 나에게 가장 필요한 것은 단식하도록 도와주는 것이다. 허기진 단식은 하고 싶지 않으므로 약간의 죽염과 포도즙 혹은 효소를 곁에 준비해준다면 나는 입에 죽염을 넣고 침을 삼키면서, 하루 한 번 정도 포도즙을 맛있게 삼키면서, 맑은 정신으로 기도하고 가족들을 만나면서, 용서를 청하고 화해하고, 지나간 날들을 회상하고 감사하면서 기도하는 시간을 가지고 싶다. 아이들이 찾아와 불러주는 노래와 이야기를 들으며 나의 수호천사를 맞이하고 따라나서려고 한다. 꼭 도와주기 바란다.

회복의 가망성이 없는 중환자실에서 산소 호흡기를 꽂아놓고 무진 애를 쓰면서 기약 없이 누워 마지막 고귀한 시간을 허비하면서 죽는 것은 최악이다. 그것은 가장 비인간적이고 추한 죽음이다. 제발 그것만은 피해주기 바란다. 공동체의 책임자는 나의 죽음에도 책임이 있다. 산소 호흡기에 연명하여 의식을 찾았다 잃었다를 반복하는 일을 허락하지 않겠다. 그런 일이 일어나거든 내가 표현만 못 할 뿐 또렷한 의식 속에 누워 분노하고 있음을 알아달라.

아름다운 죽음을 맞으려고 내가 노력할 일이 있으니 내 일상을 감사하며 기쁨으로 수놓는 일이다.

살아있음에 감사한다. 의미 있는 일 앞에 피곤해하지 않으며 생각한 대로, 믿는 대로, 말한 그대로 그냥 살려고 한다. 건강한 삶에 건강한 죽음이 선사됨을 믿으면서."

박기호 신부님은 '소비주의 시대의 그리스도 따르기'를 위해 예수살이 공동체를 만들어 실천적 예수 운동을 전개하고 있다. 2004년부터 충북 단양 소백산 산 위의 마을에서 신자들과 함께 친환경적인 방법으로 농사를 지으며 자급자족하는 삶을 살아오고 있다. 신부님은 임종의 순간이 다가오면 무의미한 연명 치료를 거부하고 존엄하게 죽음을 맞이하고 싶다고 말한다. 당신의 평소 모습 그대로 신앙 안에서 자연스럽게 죽음을 맞고자 하는 모습은 마치 스콧 니어링의 모습과도 닮았다. 이 글을 읽을 때마다 죽음의 순간이 두렵게 느껴지기보다 성스럽고 거룩하게 느껴진다. 나 역시도 이렇게 죽음을 맞이하고 싶다는 생각을 해본다.

연명의료결정법 및 사전연명의료의향서에 대해 이야기하고 다니지만, 무의미한 연명 치료를 중단하는 것만이 곧 인간다운 죽음은 아니다. 무조건 인공호흡기를 떼고, 심폐소생술을 포기하고, 연명 치료를 중단하는 것이 존엄한 죽음의 전부가 되어서는 안 된다. 하루라도 더 살고 싶은 마음은 인간의 본능이다. 어르신들은 그런 본능이 행여 욕심으로 보일까봐 두려워한다. 그래서 어쩔 수 없이 연명 치료를 거부하는 경우도 있다. 또한 경제적 부담으로 어쩔 수 없이 연명 치료를 중단한다면, 그건 존엄한 죽음이 아닌 버려지는 죽음이다. 존엄한 죽음을 가장한 폭력이다.

남편 손에 이끌려 어쩔 수 없이 사전연명의료의향서를 작성하러 오신 할머니 한 분은 남편이 잠시 자리를 비우자 사실 본인은 아직 마음의 준비가 되지 않았다며, 작성하고 싶지 않다는 뜻을 밝혔다. 또 친구들과 함께 단체로 오셨던 할머니 한 분도 다 같이 하는데 자기만 하지 않으면 왠지 삶에 미련을 갖는 사람처럼 보일 것 같아 작성하셨다. 또 어떤 환자분은 말기암 상태가 되자 사전연명의료의향서를 철회하시기도 했다.

회복 가능성이 낮더라도 끝까지 포기하지 않고 치료받기를 원한다면, 그것이 곧 존엄한 죽음이다. 반대로 회복될 가능성이 낮다면 무의미한 연명 치료를 중단하고 조용히 삶을 마무리하기를 원한다면 그것 역시 존엄한 죽음이다. 좋은 죽음의 핵심은 이와 같은 선택을 다른 사람이 결정하거나 강요에 의해 결정하는 것이 아니라 스스로 결정하는 것, 즉 자신이 선택하는 죽음이라야 한다. 나의 죽음의 주인은 내가 되어야 하며, 현대 의료의 추세도 환자의 자기결정권을 중요시하는 방향으로 변화하고 있다.

그러나 암 환자 10명 중 4명은 자신의 삶이 얼마나 남았는지 듣지 못했다고 말한다. 보호자들은 환자의 병에 대해 자세히 말해주길 꺼린다. 의사들 역시도 부담스러워한다. 그래서 환자들은 자신의 몸과 병에 대해 정확한 정보를 알 수 없다. 막연한 희망을 갖고 본인이 알기를 거부하는 경우도 있다. 좋은 죽음을 위해서는 자신의 몸과 병에 대해 정확한 정보를 알고 이에 대한 치료 과정을 본인 스스로 결정해야 한다. 치료가 가능한지, 어렵다면 남은 삶은 얼마나 되는지, 그 시간을 어떻게 보낼 것인지 스스로 선택해야 한다. 이러한 선택은 죽음이 가까워졌을 때 바로 내릴 수 있는 결단이 아니다. 평소 스스로의 죽음을 떠올리며 꾸준히 준비했을 때 비로소 가능하다. 뿐만 아니라 가족과 주위 사람들과 함께 이야기 나누며 협의가 이루어졌을 때 가능하다. 준비된 삶을 살아야 준비된 죽음을 맞이할 수 있다.

많은 사람이 외국과 같이 한국에도 안락사가 허용되어야 한다고 말한다. 신체적 통증이 극심하거나, 치매, 뇌졸중 혹은 희귀병이나 말기 질환으로 인간다운 존엄함을 잃거나, 연명장치에 의존하여 생명을 연장한다면 그것은 인간의 존엄함을 훼손하는 것이라고 말한다. 인간은 스스로 죽음을 선택할 자유가 있으며, 그것이 곧 인간다운 죽음이라고 주장한다. 물론 이와 같은 주장에 일정 부분 공감한다. 하지만 아직 한국에서의 안락사 주장은 시기상조다. 안락사를 논하기 전 존엄사의 확립이 우선되어야 한다. 육체적 고통이나 과도한 경제석 부남을 피하기 위해 어쩔 수 없이 죽음을 선택하는 것은 죽음의 존엄함을 훼손한다. 인간다운 죽음을 위한 완화의료시설과 제도들이 먼저 정착되어야 한다. 또한 죽음에 대한 충분한 논의와 사회적 합의가 먼저 이루어져야 한다. 안락사를 말하기엔 우리의 죽음은 아직 허약하다. 제대로 여물지 못했다.

임종을 맞는 장면을 볼 때면 힘들다. 당사자는 얼마나 두려울지, 곁을 지키는 가족들은 얼마나 슬플지 가늠조차 되지 않는다. 하지만 어떤 죽음의 모습은 두려움을 넘어선다. 자신의 죽음을 생각하고 준비한다. 수용한다. 얼마나 사는가에 집착하기보다 어떻게 살 것인지에 집중한다. 흩어놓은 시간을 모아 소중한 것들을 추린다. 남은 시간 속에서 못다 한 삶의 매듭을 푼다. 무의미한 연명 치료보다는 죽음을 겸허히 받아들인다. 가족들이 모인 가운데 마지막 작별의 인사를 나눈다. 살아온 모습은 그대로 자녀들에게 가르침이 된다. 마지막 한 가닥도 남기지 않은 촛불처럼 사그라진다. 죽음으로 비로소 삶을 완성한다.

아흔다섯의 나이에 돌아가신 김석기 할아버지는 눈길에 미끄러져 고관절이 부러졌다. 수술 끝에 퇴원했지만, 자신의 마지막을 직감한 듯 인생 숙제를 얼추 마쳤으니 죽음을 준비해야 한다며 아들에게 전했고 이후 식사량을 줄여 나가셨다. 몇 달 뒤에는 음식을 끊고 물만 드셨다. 아들은 아버지를 병원에 모셨으나 할아버지는 링거를 거부하고 다시 집으로 돌아가길 원하셨다. 집으로 돌아온 뒤 아들과 손자들에게 옛이야기를 들려준 뒤 그만 가겠다는 말을 전하고 눈을 감으셨다. 아버지의 장례식을 치르고 다시 모인 가족들은 다시 눈물을 터트렸다. 할아버지의 책상에는 사망신고 때 필요한 절차를 적은 메모지와 통장, 도장, 주민등록증, 가계부, 집안 대소사가 적혀 있었고, 자신이 눈 감을 날을 예견하고 달력 그 날짜에 동그라미를 그려놓았기 때문이다.

정반대의 모습도 있다. 끝까지 죽음을 인정하지 않는다. 환자의 의지와는 상관없이 일방적인 치료가 이루어진다. 얼마나 살 수 있는가를 따지며 삶의 기간에만 집중한다. 흩어진 시간 속에서 후회와 허무함이 밀려온다. 죽음이 다가오자 응급조치가 이루어지고 환자의 표정은 일그러진다. 가족들과 마지막 작별인사조차 나누지 못한다. 가족들은 오열하며 절규한다. 까만 재가 쌓여 있는 촛불은 희미해지고 마침내 꺼져버린다.

생명의 존엄성에 대해 생각해본다. 인위적으로 생명을 끊는 것은 존엄하지 못하다. 태어나고 성장하고 늙고 죽는 것이 생명의 본질이다. 반대로 인위적으로 생명을 연장하는 것 또한 존엄함에 어긋난다. 생명의 본질을 이해할 때 탄생과 더불어 죽음 역시 존엄할 수 있다.

나 역시도 인간다운 죽음을 맞이하고 싶다. 봄은 최대한 아프지 않았으면 좋겠다. 주위 사람들과 마지막 작별인사를 나누고,

고요히 명상하듯 숨을 닫고 싶다. 대만의 한 호스피스 임종실은 천장이 유리로 되어 있다고 한다. 임종을 맞이하는 이들이 마지막으로 하늘을 볼 수 있게끔 배려하기 위해서라고 한다. 나 역시도 육신의 온기가 꺼져갈 때 하늘을 바라보며 눈을 감고 싶다. 나의 죽음의 주인이 되어 존엄하고 인간답게 죽고 싶다.

24 여기서처럼만 죽으면 열 번도 더 죽을 수 있을 것 같아요

존엄한 죽음을 바라며 무의미한 연명 치료를 원하지 않는다고 해서, 임종을 맞는 순간까지 모든 치료를 거부해야 하는 것은 아니다. 말기 암을 진단받고 더 이상 회복이 불가능한 상태가 되었다면 어떻게 하실지 어르신들에게 여쭤보니, 퇴원해서 집으로 가거나 공기 좋은 시골로 가고 싶다고 말씀하신다. 그러나 그게 과연 가능할까? 집에서 요양할 경우 보호자 또는 가족이 간병을 해야 한다. 그러지 않으면 간병인을 고용해야 한다. 시골에서 요양할 경우 병원과 멀리 떨어져 있기 때문에 긴급 상황이 발생할 경우 대처하기가 어렵다. 이러한 섬을 고려해볼 때 집이나 시골에서 임종을 준비하는 건 어려운 일이다. 그렇다면 요양원으로 옮기는 경우는 어떨까? 요양원은 완화의료에 대한 전문적인 치료와 돌봄을 받기 어렵다. 어쩔 수 없이 병원에 입원한 경우에는 치료를 계속 이어가야 한다. 아무것도 하지 않는 것보다 뭐라도 하는 것이 낫다고 생각한 나머지 계속해서 검사와 치료를 하기 때문이다.

다양한 상황을 고려했을 때 결국 환자가 선택할 수 있는 곳은 병원이다. 선택의 폭이 좁다. 그러나 이와 같은 상황에서 대안으로 선택할 수 있는 곳이 바로 호스피스이다.

말기 암은 적극적인 수술과 치료에도 암이 전이되어 완치될 가능성이 없고, 점차 악화되어 몇 개월 안에 임종이 예상될 경우를 말한다. 항암 치료 및 방사선 치료의 효과가 없고, 부작용이 심해져 더 이상 치료가 어려워진다. 또한 체력과 면역체계가 약해져 더 이상의 치료가 불가능하다. 그래도 포기하지 않고 치료를 하지만, 계속되는 검사와 치료는 환자를 더 고통스럽게 할 수 있다. 환자들은 통증이 죽음보다 더 두렵다고 말한다. 그래서 환자들은 최대한 덜 아프게 죽기를 희망하지만, 병원은 통증 치료보다 말기 암 치료에 더 집중한다. 항암 치료의 부작용으로 환자는 점점 더 고통스러워진다. 여기에 정신적인 고통까지 더해진다. 죽을지 모른다는 충격과 공포감, 두려움, 우울증, 스트레스로 불면증에 시달리게 된다. 환자는 결국 육체적, 정신적 고통 속에서 눈을 감는다.

가족들 역시 힘들기는 마찬가지다. 집안에 환자가 한 명 있으면 버텨낼 장사 없다는 말처럼, 가족의 생활은 점차 환자에 맞춰 바뀐다. 환자가 가장일 경우 어려움은 더 커진다. 누군가 가장을 대신하여 가족을 부양하며 자녀들을 양육해야 한다. 수입은 줄어들고 병원비는 점점 늘어나며 경제적인 어려움이 더해진다. 또한 가족을 잃을지도 모른다는 두려움과 스트레스로 괴로움도 커진다. 만약 환자의 치료가 더 이상 어려울 경우, 이제 환자를 어디에 모실 것인지 가족들 간에 부양 문제로 다툼을 벌이기도 한다. 생각하고 싶진 않겠지만 혹시 눈을 감으실 경우 장례식을 미리 준비해야 할지에 대한 고민도 이어진다.

이와 같은 어려움 속에서 도움을 받을 수 있는 곳이 바로 호스피스다. 최근 들어 호스피스 시설이 점차 늘어나고 있지만, 많은 사람이 아직 호스피스를 잘 알지 못한다. 호스피스는 중세 유럽에서 순례자에게 숙박을 제공하던 교회에서 유래되었다. 호스피스가 어떤 곳인지는 근대 호스피스의 창시자인 시실리 샌더스의 말에서 쉽게 알 수 있다.

"당신은 인생의 최후 순간을 중요시한다. 우리는 당신이 편안하게 죽을 수 있도록 최선을 다해 도울 뿐 아니라 당신이 죽을 때까지 잘 살도록 도울 것이나."

잘 죽을 수 있도록 도와주는 곳, 그리고 그때까지 잘 살 수 있도록 도와주는 곳이 바로 호스피스다.

　그렇다면 일반 병원과 호스피스에는 어떤 차이가 있을까? 병원은 의사, 간호사 등 의료 전문가들이 중심이 되어 환자를 살리는 것을 최우선으로 삼는다. 환자의 삶의 질보다는 삶의 기간에 중점을 두며, 적극적인 치료를 통해 삶을 연장하는 것에 초점을 둔다. 병의 치료에 집중하다 보니 환자가 겪게 되는 통증에 대한 치료는 상대적으로 덜 이뤄진다. 말기 상황은 의학적인 실패로 간주한다. 또한 환자가 겪는 심리적 문제들도 간과된다.

　반면 호스피스는 죽음을 삶의 일부로 수용한다. 삶의 기간에 집중하기보다 남은 삶을 어떻게 살 것인가에 초점을 둔다. 더 이상 호전되지 않는 병을 치료하는 데 집중하기보다 남은 기간 동안 환자가 덜 아프게 지낼 수 있도록 통증 치료에 집중한다. 또한 환자가 겪는 심리적·사회적·환경적 문제에도 관심을 갖는다. 환자의 알 권리와 선택을 존중하고, 환자 가족에 대한 위로와 돌봄도 함께 이루어진다.

　즉 일반 병원이 말기 질환에 대한 전문적인 치료에 초점을 맞춘다면, 호스피스는 통증 조절과 더불어 환자에 대한 전인적인 치료에 초점을 맞춘다. 호스피스는 의사, 간호사와 같은 의료전문가뿐만 아니라 사회복지사, 물리치료사, 심리치료사, 종교인, 자원봉사자 등 다양한 인력이 팀을 이루어 환자를 보살핀다. 이와 같은 다양한 인력들을 통하여 환자의 욕구에 조금 더 적극적으로 대처할 수 있다.

　말기 암 환자들이 무엇을 원하는지 알 수 있다면, 어떤 도움을 줄 수 있는지도 알 수 있다. 환자들의 가장 큰 바람은 통증이 덜 해지는 것이다. 또한 자신의 병에 대해 정확히 알기를 원한다. 치료과정을 자신이 결정할 수 있기를 원하며, 의료진과 충분한 상담과 대화를 원한다. 가족이 곁에서 함께 있어 주기를 희망한다. 남은 시간 동안 자신이 살아온 삶의 방식대로 살기를 바란다. 용서와 화해가 이루어지기를 바란다. 내세에 대한 두려움을 신앙을 통해 극복하며, 사후세계에 대한 확신을 갖기를 바란다. 그리고 마지막 순간이 다가오면 맑은 정신으로 가족들이 지켜보는 가운데 임종하기를 원한다. 호스피스는 이와 같은 환자의 바람을 도와주도록 노력하는 곳이다.

　이처럼 호스피스는 말기 암 환자들의 삶과 죽음의 질을 높여주는 다양한 장점을 가지고 있지만, 그럼에도 불구하고 말기 암 환자의 22%만이 이용하고 있다. 어떤 이유 때문일까? 낮은 이용률의 가장 큰 이유는 무엇보다 호스피스 시설 및 제도가 충분하지 못하기 때문이다. 보건복지부와 국립암센터 중앙호스피스센디기 발표한 조사 결과에 따르면, 2017년 현재 전국 83개 기관에서 1364개 병상이 운영되고 있지만 전체 말기 암 환자 숫자를 고려해보면 턱없이 부족한 실정이다. 기존 병원에서 호스피스 서비스를 제공하면 되지 않을까 생각이 들지만, 병원 측은 재정적 손실과 인력 부족, 미흡한 정부 지원 등을 이유로 들어 운영을 꺼린다. 그래서 기존 호스피스 시설의 대부분은 종교시설에서 사회공헌의 취지로 이루어진 경우가 많았다.

호스피스에 대한 편견도 저조한 이용률의 한 부분을 차지한다. 호스피스가 어떤 곳인지 정확히 알지 못하기 때문에 막연한 공포감이 생긴다. 호스피스는 죽으러 갈 때 가는 곳이며, 그곳에 가면 아무 치료도 받지 못할 거라 생각한다. 전문 인력도 없고 자원봉사자가 간병을 해주는 비전문적인 곳으로 여긴다. 그러나 호스피스를 이용한 환자와 가족들은 자신들의 편견이었다고 말한다. 최대한 환자가 덜 아프도록 고통을 덜어주고, 환자와 보호자가 편안하게 지낼 수 있도록 배려해주어서 도움이 되었다고 말한다. 의료진이 자신의 이야기를 충분히 들어주고 자세히 설명해줘서 안심했으며 다양한 프로그램을 통해 서로의 사랑을 확인하고, 마음의 준비를 할 수 있었다고 말한다. 비록 가족을 먼저 보냈지만 자신도 나중에 죽음이 가까워지면 호스피스를 이용하고 싶다고 말한다.

경제적 비용이 부담되어 호스피스 이용을 꺼리는 경우도 있다. 하지만 2015년부터 건강보험이 적용되어 일반 의료기관 1/5 정도 수준으로 이용이 가능하다. 호스피스는 완화의료 중심으로 이루어지기 때문에 일반병원에 비해 상대적으로 저렴한 비용이 든다. 물론 여기에는 끝까지 이루어지는 과잉진료가 포함되지 않아서도 가능한 일이다.

말기 암 환자들의 가장 큰 고통은 신체적 통증이다. 어떤 환자는 "하느님, 차라리 저를 죽여주세요. 차라리 죽는 게 낫습니다"라고 기도하기도 한다. 죽음보다 통증이 더 두렵다고 말한다. 그러나 호스피스를 이용하며 통증·호흡곤란·구토·복수 등에 대한 완화 의료가 이루어지면 환자들은 심리적으로 안정을 찾게 된다. 그리고 남은 삶을 잘 정리하고 싶다고 말한다. 주어진 시간 동안 사랑하는 이들과 소중한 시간을 보내며, 삶의 상처를 치유하고 사랑을 확인한다. 그리고 조금씩 마음의 준비를 하며 이별을 준비한다. 삶을 의미를 되새기며, 떠나는 이와 보내는 이 모두 잊지 못할 소중한 시간이 된다.

호스피스에서의 일상은 단순하고 명확하다. 할 수 있는 것과 할 수 없는 것, 중요한 것과 중요하지 않은 것, 가지고 갈 수 있는 것들과 없는 것들이 가려진다. 중요했던 것들이 밀려나고 미뤄졌던 것들이 앞선다. 삶은 선명해진다. 호스피스에서 눈을 감는 분들을 보면, 아름다운 이별이란 무엇인지, 행복한 죽음이란 무엇인지 깨닫는다. 죽음은 두렵고 무섭지만, 죽음 앞에서도 성장하는 인간을 마주한다. 그래서 인간의 위대함을 다시금 느낀다. 죽음은 인간의 육신을 취해도, 영혼만은 취할 수 없다.

호스피스에서 임종을 앞둔 할머니 한 분은 이러한 말씀을 하셨다.

"병원에서는 사람이 참 힘들게 죽는 모습을 봤는데, 여기에서는 전혀 그렇지 않아요. 편안히 가시더라고. 여기 계신 분들도 편안히 보내드릴 테니까 걱정하지 말라고 그러시더라고요. 실제로도 그렇고요. 여기서처럼만 죽으면 열 번도 더 죽을 수 있을 것 같아요."

호스피스에서 눈을 감으시는 분들의 모습을 보면 참 다행이라고 생각할 때가 있다. 생의 마지막에 차마 풀지 못하던 매듭을 풀고 가벼운 마음으로 홀로 떠나신다. 햇볕 따뜻한 어느 봄날, 꽃이 가득 핀 정원에서 가족들에게 둘러싸인 채 마지막 작별인사를 전하고 떠났던 할머니, 고생 끝에 겨우 지은 집 한 채를 사람들에게 자랑하고 싶다며 마지막 집들이를 하셨던 아주머니, 어릴 적 가난했던 자신에게 밥을 나눠주었던 고향 사람들에게 신세를 갚아야 한다며 마을을 방문해서 잔치를 열고 감사인사를 전하고 돌아가셨던 할아버지. 어쩌면 호스피스는 우리 삶을 마지막으로 잘 마무리할 수 있는, 축구경기에서의 로스 타임 같은 곳이 아닐까 싶다. 그곳에서 미처 돌아보지 못한 삶을 만회할 수 있다. 편안하게 그리고 아름답게 문을 닫는다.

앞으로 호스피스가 보완해야 할 부분은 많다. 적정한 건강보험 수가를 책정해야 하며, 정부 지원도 확대되어야 한다. 부족한 시설과 제도를 보완하고, 일반인이 가진 오해를 바로잡는 인식 개선과 홍보도 필요하다. 복지국가를 상징적으로 표현하는 말로 '요람에서 무덤까지'라는 말이 있다. 이처럼 죽음에도 복지가 필요하다. 호스피스는 행복한 죽음, 존엄한 죽음을 완성할 수 있는 가장 핵심적인 부분이다. 또한 무의미한 연명 치료를 중단하고 완화 의료를 받으며 가족들이 지켜보는 중에 삶을 마무리할 수 있다는 점에서 집에서 맞이하는 임종을 대신할 수 있다.

이처럼 호스피스의 발전을 통해 보다 더 좋은 죽음을 맞이할 수 있는, 죽음 복지 수준이 높은 우리나라가 될 수 있기를 바란다.

25 짬뽕 한 그릇

아내: 어머, 진짜 맛있겠다. 얼마나 얼큰할까.

남편: 뭐 보는데?

아내: 저거 봐봐 저거. 짬뽕. 나 짬뽕 진짜 좋아하는데. 저기 해물 들어간 거 봐봐. 국물도 진짜 칼칼하겠다.

남편: 텔레비전에서 나오는 거 저거 다 보기에만 그럴듯해 보이는 거야. 실제로 가보면 다 그냥 그래.

아내: 어디 있는 데지? 나도 한번 가보고 싶다. 짬뽕 마지막으로 먹은 게 언제인지 가물가물하네.

남편: 짬뽕은 무슨 짬뽕이야, 속도 안 좋은데. 빨리 이거 먹고 약 먹어야지.

아내: 아, 죽 지겹다. 병원 밥은 먹어도 먹어도 참 안 넘어가. 병원 밥 먹다가 병 생기겠어. 나도 저 짬뽕 한 그릇 얼큰하게 먹고 싶다. 속이 니글니글해 죽겠어.

남편: 아니, 위도 안 좋은 사람이 저 씨뻘건 거에 밀가루를 먹는 게 말이 돼? 저런 건 다 낫고 먹어도 되니까 그때까지 좀 참고 빨리 밥 먹읍시다. 텔레비전 끄고.

아내: 알았어. 아휴~ 죽을 때 죽더라도 짬뽕이나 한 그릇 먹고 죽었으면 소원이 없겠다.

남편: 뭔 쓸데없는 소리를 하고 있어. 죽긴 왜 죽어. 지금 그런 소리가 나와? 얼른 나을 생각을 해야지. 짬뽕이고 뭐고.

아내: 왜 화를 내. 그냥 그렇다는 거지. 먹고 싶으니까 그렇지.

남편: 병이 쉽게 낫는 줄 알아? 힘들어도 좀 참아야지. 짜고 맵고 그런 거 안 좋은 거 뻔히 알면서. 이제 그만 이야기해. 알았으니까. 나으면 먹으러 가.

푸르던 잎사귀는 검붉게 물들고, 아침저녁으로 제법 쌀쌀해졌다. 끝까지 포기할 수 없다는 남편, 무언가를 예감한 듯 숙연해진 표정의 아내. 암세포는 설탕을 뿌려놓은 것처럼 몸속으로 퍼져나갔다. 남편은 마음이 조급해진다. 아직은 아니다.

아내: 날씨가 추워지네.

남편: 그러게.

아내: 여보. 나 있잖아. 하고 싶은 말이 있는데.

남편: 뭔데? 말해봐.

아내: 나 진짜로 짬뽕 한 그릇만 먹고 싶어. 자꾸 머릿속에서 그
　　거 생각만 나.

남편: 참 어지간하네. 지금 몸도 그런데 짬뽕 생각이 나?

아내: 알아, 먹으면 분명히 소화 못 시키고 속 다 뒤집어지겠지.

남편: 아는 사람이 그래?

아내: 죽을 땐 죽더라도 먹고 싶은 건 먹고 죽어야지. 그러면 하
　　나 시켜서 밥그릇으로 한 공기만 먹게 해줘, 응?

남편: 아휴, 진짜. 쓸데없는 소리!

아내: 그럼 진짜로 한 젓가락만!

남편: 됐다고! 뭔 짬뽕이야, 지금 몸이 이 지경이 됐는데. 예전에
　　자꾸 짬뽕 같은 거 먹고 그래서 이 지경이 됐을지도 모르는데.

아내: 여보, 나 그럼 국물 한 숟가락만 입에 넣었다 뱉을게. 응?
　　딱 한 번만! 나 진짜 소원이야. 꿈에서도 나와서 그래.

남편: 됐어. 자꾸 이야기하면 나 진짜로 화낸다? 우리 포기하지
　　말자, 응? 자기야. 자기 힘든 거 다 알아. 여태까지 잘 버텨 줬잖
　　아. 근데 애도 생각해야지. 나 이렇게 당신 보내고 싶지 않아.
　　그까짓 짬뽕 몸만 나으면 얼마든지 먹을 수 있어. 내가 하루 열
　　번이라도 사줄게. 그니까 조금만 더 참고 힘내자, 응? 나 아직

자기 보내기 싫어, 진짜로.

아내: 알았어. 그만할게. 마음 아프게 해서 미안해.

시간이 흘러 낙엽이 떨어지고, 밤이 짙어지고, 아내는 짬뽕 국물이 아니라 물도 삼킬 수 없게 되었다. 바짝 마른 수건처럼 물기라고는 하나도 없이 메말라갔다. 남편이 해줄 수 있는 거라곤 고작 입가에 젖은 손수건을 대주는 것뿐이었다. 이렇게 보낼 순 없었다. 겨자씨만 한 희망이라도 있다면 움켜쥐고 싶었다. 제발 기적이 일어나길 바랐다. 하지만 아내는 그런 남편을 보며 이제 그만 보내달라고, 아들을 부탁한다고, 꼭 재혼하라고 웃으며 마지막 말을 남겼다.

흰 눈이 내리던 날 아내는 그렇게 눈을 감았다. 화장로 속에 몸을 뉘었다. 아들을 품에 안고 아내와 마지막 작별인사를 했다. 품에 안은 유골함의 따뜻함이 싫었다. 그마저도 식어버린다는 것이 더 싫었다. 아내는 마치 원래 그랬던 것처럼 납골당 서랍 칸에 넣어졌다.

장례식을 마치고 집으로 돌아왔다. 그리고 텅 빈 집을 둘러보았다. 적적함이 싫어서, 자꾸만 아내 생각이 날 것 같아서, 아무것도 할 수 없을 것 같아서 TV를 틀었다. TV 화면에는 사람들이 모여 땀을 뻘뻘 흘리며 짬뽕을 먹고 있었나. 얼큰하고 개운하다며 마치 약 올리는 것처럼 후루룩후루룩 면발을 삼켰다.

남편: 그걸 보고 있으니 갑자기 숨이 턱 막히더라고요. 그리고 숨을 쉴 수 없을 만큼 꺽꺽거리며 울었습니다. 아내가 투병 시작하고 나서부터 눈감을 때까지 절대 울지 말자고 다짐했거든요. 그때까지 참았던 울음을 다 쏟아 냈던 것 같아요. 그렇게 울다가 잠이 들었습니다. 잠이 들었다기보단 정신을 잃었던 것 같아요. 짬뽕을 보고 있자니 미안했습니다. 이렇게 떠날 줄 알았으면 그렇게 좋아하던 짬뽕이나 한 그릇 먹이고 보내줄걸. 얼마나 살겠다고 그렇게 야박하고 모질게 대했는지 참 미안하고 후회됩니다.

그거 뭐 비싼 음식도 아니고 단돈 만 원도 안 되는, 널리고 널린 짬뽕 한 그릇을, 국물이라도 한 모금 물었다가 뱉어보고 싶다던 사람 소원을 그렇게 매몰차게……. 얼마나 원망스러웠을까요? 죽고 나면 그냥 한 줌 재가 될 뿐인데. 저는 앞으로 평생 그 값을 치러야 할 거예요. 죽을 때까지 맨 정신으로 짬뽕을 보지 못할 것 같아요.

짬뽕만 보면 눈물이 앞을 가린다는 남편은 미안함과 죄책감으로 괴로워했다. 희망을 가졌던 당신의 잘못은 아니었다. 같은 상황이라면 누구라도 그랬을 것이다. 후회는 예상치 못한 작은 일에서부터 시작된다. 남겨진 이에겐 분늑 삶의 틈을 갑작스럽게 비집고 들어오는 아무것도 아닌 기억들이 힘들다. 떠난 이가 좋아하던 음식, 노래, 손때 묻은 물건, 함께 걷던 길. 그들은 눈감기 전까지 자신이 살던 곳에서, 살던 모습 그대로 눈 감기를 바랐다. 떠나보낸 이는 한 명을 잃었지만, 떠난 이는 모든 것들을 잃어야만 했다.

언젠가 누군가와의 이별을 준비해야 한다면, 나는 그가 살아왔던 모습 그대로 편하게 보내주고 싶다. 그가 좋아하는 곳에서 좋아하던 음식을 차려 대접하고 싶다. 몸에 좋지 않은 소주라도 한잔 기꺼이 따라주고 싶다. 못다 한 이야기를 나누고, 그의 목소리와 미소를 두 눈에 담은 뒤 그렇게 보내주고 싶다.

26 인생 그래프를 그리다

임사체험자의 증언 중 흥미로운 부분은 죽음 이후 빛의 존재를 만나 자신의 삶을 영화처럼 되돌아보았다는 것이다. 태어났을 때부터 죽을 때까지의 일들을 돌아보며 당시의 심정이 어땠는지, 그때 일어났던 일들이 자신에게 어떤 의미였으며, 그것을 통해 무엇을 배울 수 있었는지를 깨닫는다고 한다. 또한, 자신의 말과 행동으로 상대방이 가졌던 기쁨과 슬픔의 감정들을 똑같이 느끼며 자신의 삶을 평가하게 된다.

이와 같은 임사체험이 우리에게 의미하는 바는 크다. 죽음의 순간 우리는 삶을 되돌아보게 된다. 하지만 같은 경험을 하는 것은 불가능하다. 그래서 수업시간 중 어르신들과 함께 인생 그래프를 그리는 것으로 이러한 취지를 대신한다.

인생 그래프는 다음과 같이 구성되어 있다. 가로 선은 좌측에서 우측으로 나이별로 칸을 구분하고, 세로 선은 위로는 행복했던 정도를, 아래로는 슬펐던 정도를 칸으로 구분한다. 연령대별로 자신의 기억을 더듬어 행복하고 슬펐던 정도를 점으로 찍어 선으로 연결하면 자신이 살아온 삶을 한눈에 돌아볼 수 있다. 물론 삶을 행복했던 때와 슬펐던 때, 이 두 가지로 나누는 것은 무리가 있지만, 내 삶의 중요한 순간들은 언제였는지 돌아보는 시간을 가질 수 있다. 어르신 중에는 간혹 한글을 읽거나 쓰기 어려운 분들도 계신다. 그런 경우 글로 작성하는 양식을 드리면 곤란해하실 때가 있다. 반면 인생 그래프는 점과 선으로 구성되어 있어 한글을 모르는 어르신들도 쉽게 참여하실 수 있다는 장점이 있다.

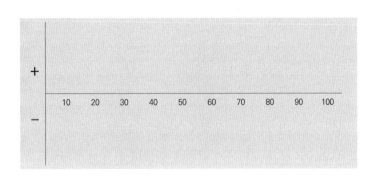

그래도 처음 용지를 받으면 어르신들의 표정은 난감하기만 하다. 이런 거 할 줄 모른다며 손사래를 치기도 하시고, 나이 먹어서 이제는 옛날 일이 기억나지 않는다고 고민하시기도 한다. 그러면 내가 그려온 인생 그래프를 보여드리며 먼저 나의 삶을 발표한다. 어릴 적 가족과 함께 지냈던 행복한 추억, 청소년기 시절 친구들과 만들어갔던 소중한 우정, 힘들었던 20대의 군 생활, 사회복지사로 느꼈던 보람들, 웰다잉 플래너로 활동하며 겪었던 일들을 하나둘씩 말씀드리면, 그제야 어르신들은 이해하시고 본인도 한번 해보겠다고 용기를 내어 연필을 손에 쥐신다. 투박하고 거친 손으로 띄엄띄엄 기억을 더듬어 용지 위에 점을 찍기 시작하신다. 기억이 어려운 분들이 계시면 곁으로 가 추억을 하나씩 여쭤본다. 그러면 언제 고민했냐는 듯 하나둘 이야기를 풀어내신다.

이야기들은 점이 되고 선이 되어 어르신의 인생을 완성한다. 한참을 고민하다가 어렵게 점 하나를 찍는 어르신들도 있다. 그 점 하나에는 당시의 기억들이 생생히 담겨 있다. 이내 용지 위로 눈물 한 방울이 떨어진다. 그래프는 다양한 이야기를 담고 있다.

6·25 전쟁은 대부분 어르신의 삶에 큰 점으로 찍혀 있다. 전쟁으로 인한 가족과의 이별, 배고프고 가난했던 어린 시절이 이어지고, 사랑히는 사람과의 결혼, 자녀 출산, 사업 실패, 병마와 수술, 정년퇴직 등의 굵직한 점들이 찍혀 있다. 그어진 선들은 몇

번의 오르내림 속에 끝을 맺는다. 선의 모양도 다양하다. 완만하게 시작하여 끝까지 위로 향하는 모양도 있고, 정반대의 모양도 있다. 올라갔다 내려갔다를 반복하는 파도 모양도 있다. 몇 개의 점과 하나의 선으로 이루어진 그래프지만 자세히 들여다보면 어르신들의 삶이 한눈에 보인다.

작성을 마치면 자신의 그래프를 보며 한참 생각에 잠기신다. 좋았던 추억에 미소짓기도 하고, 슬펐던 기억에 한숨 쉬기도 한다. 작성한 그래프를 스캔해서 화면에 띄우고 함께 보며 이야기를 나눈다. 용기를 내어 발표하는 분들도 있다.

"그때 애들 공부 좀 더 시킬걸 하는 생각이 들어요."

"그때 이 집안에 시집오는 게 아니었는데 지금도 후회돼요."

"애들 키우다 보니 어느새 이렇게 늙어버려서 아쉬워요."

"노인이 되니까 이제 좀 살만해요. 다시 돌아가라고 하면 싫을 것 같아요."

"그래도 이 정도면 별 탈 없이 잘 살아온 것 같아요."

다양한 말씀들이 오간다. 한 분 두 분 발표를 마칠 때마다 참 고생했네, 애썼네, 대단하네 하는 말로 서로의 삶을 격려한다. 그러다 보면 어느새 눈물 자국은 희미해지고 손으로 그래프를 쓰다듬으며 환하게 웃는다.

인생 그래프와 함께 내 삶의 빛깔 채우기라는 미술 활동을 함께 하기도 한다. 아기에서부터 소년, 청소년, 청년, 중년, 장년, 노년의 밑그림들을 그려놓고, 그 당시 자신의 모습들을 사인펜과 색연필로 색칠해보는 활동이다. 이 활동은 따로 정해진 규칙은 없다. 좋은 기억들이 많았으면 밝은 색이나 좋아하는 색들로 채우고, 나쁜 기억들이 많았으면 어두운 색이나 싫어하는 색들로 채우면 된다. 역시나 처음에는 머뭇거리시지만, 시간이 지날수록 색연필을 쥔 손은 과감해진다. 그 당시 입었던 멋진 옷을 표현하거나, 머리에 달고 다녔던 예쁜 핀을 그려 넣기도 한다. 슬펐던 기억이 있을 때는 머리 위에 구름에서 내리는 비를 그리신 적도 있다. 빨주노초파남보 형형색색 다양한 색깔들로 추억과 시간을 채워 넣는다.

마지막 노년기의 밑그림은 지팡이를 짚고 있는 노인의 모습인데 어르신들께서 지팡이를 칠하는 모습을 보면 흥미롭다. 주로 지팡이에 어두운 색을 칠하시는데, 이유를 여쭤보면 '지팡이를 짚고 싶지 않아서, 불편해서'라고 말씀하신다. 반대로 지팡이를 분홍색으로 칠하고 리본을 단 어르신도 계셨는데, 이왕 짚고 다녀야 한다면 예쁘고 멋지게 짚고 다니고 싶다고 말씀하셨다.

기쁘고 즐거웠던 기억으로 사셨던 어르신들의 종이는 밝고 화려한 색으로 채워지고, 힘들고 슬펐던 기억으로 사셨던 어르신들의 종이는 어둡고 무거운 색으로 채워진다. 색 하나하나에 어르신들의 삶이 고스란히 담겨 있다. 작성한 그래프를 스캔해서 화면에 띄우고 함께 보며 이야기를 나눈다. 발표를 마칠 때마다 울고 웃는다. 즐거웠던 기억은 축하받고, 힘들었던 삶은 위로받는다.

　죽음을 돌이켜보면 그 시작은 결국 삶임을 깨닫는다. 사람은 살아온 모습 그대로 죽음을 맞이하기 때문이다. 그래서 우리는 살아온 삶을 되돌아봐야 한다. 이미 지나간 일이라고 치부하기엔, 과거는 아직 풀리지 않은 실타래처럼 엉켜 있다. 먹고살기 바빠서, 세월이 흘러가면 괜찮아질 거라 생각하며 아물지 않은 상처들을 내버려두고 살아간다. 하지만 아무도 보듬지 않는 상처는 시간이 지날수록 더 깊이 곪아간다. 상처는 죽음 앞에서 다시 모습을 드러내고, 발목을 잡는다. 그래서 살아가며 자주 삶을 돌아봐야 한다. 상처 난 곳은 없는지, 다친 곳은 없는지, 굽이진 곳은 없는지 살피고 어루만져야 한다. 놓쳐온 것들, 후회되는 것들, 미련 남은 것들을 가려내고 골라내야 한다. 이런 것들을 털어내고 가벼워져야 한다. 누구도 거들떠보지 않는 아픈 삶도 결국 나의 삶이다. 어루만져줄 사람은 자신밖에는 없다. 나의 삶이 어디로 향하고 있는지 스스로 묻고 답해야 한다.

　최선을 다해 살아왔지만, 모질고 박하기만 한 세상이 원망스러울 때도 있다. 무엇 하나 미음대로 되지 않아, 서럽고 눈물 나는 날들도 있다. 하지만 고통스럽고 괴로웠던 시간이, 세월을 거쳐 더 단단한 옹이와 높은 가지가 될 수 있음을 어르신들의 인생 그래프를 통해 배운다.

그리고 오늘 하루도 그래프에 점 하나를 어느 곳에 찍을 것인지 고민해본다. 다시 삶이다.

유품정리인

- 강원남

쓸쓸히 넘어져 있던

삶을 일으켜 세운다.

차마 썩지 못해 부패된 죽음

이 생에 남긴 것이라곤

한 주먹의 구더기 알과

하늘을 나르는 파리의 날개짓

바닥을 훑으니

조각난 사금파리처럼

흩어져 있던 눈물 몇 방울이

손에 잡힌다.

시취는 고독할수록 짙었다.

락스 백 통으로도 지워지지 않는 외로움

고독되어지고

외면되어진

그의 일기장엔

올해의 다짐과

건강검진 일정이

꾹꾹 쓴 글씨로 적혀 있었다.

다이소에서 새로 산

정리도구가 비닐 그대로

씽크대에 놓여 있었다.

시계는 일과를,

액자는 추억을,

옷가지는 체온을,

거울은 표정을 담고 있건만

넘어진 이는 아무 말 없이

외롭게 태어나

고독히 살다가

쓸쓸히 떠났다.

27 용서 그리고 화해

생각만 해도 화가 나고, 가슴이 답답하고, 미운 사람이 있다. 그러던 어느 날 그가 죽었다는 소식을 들으면 우리의 마음은 어떨까? 아무리 그 사람에 대한 미움이 크다 할지라도, 마음이 편하지는 않을 것이다. 오히려 마음 한구석이 무겁고 불편할 것이다. 왜 그럴까?

#장면 하나

어느 회사에서 있었던 일이다. 직원 한 명이 회사를 그만두었다. 그는 평소 불성실한 태도로 근무하면시도 늘 자신의 권리를 앞장세웠다. 어느 날 그로 인해 회사에 막대한 손해가 발생했고,

결국 그는 이에 대한 책임을 지겠다는 말과 함께 스스로 퇴사했다. 하지만 퇴사 후 얼마 뒤 그는 자신이 회사의 강요에 의해 일방적으로 해고당했다고 주장하고 관리자들을 근로기준법 위반으로 신고했다. 자신이 알고 있던 회사 비밀을 모두 폭로하겠다고 협박하면서 자신이 원하는 것들을 모두 받아냈다.

직원들은 분개했다. 그가 불성실하게 근무했던 사실을 모두가 알고 있었고, 퇴사 후에도 자기 잘못을 인정하지 않고 관리자들을 협박하며 손해를 끼쳤기 때문이다. 게다가 얼마 뒤 그가 괜찮은 직장으로 취업했다는 소식까지 들려왔다. 직원들은 납득할 수 없었다. 회식 자리에서 입을 모아 그를 욕하고 비난했으며, 세상이 불공평하다며 화를 내기도 했다. 그가 취업한 회사에 그가 어떤 사람인지 알려야 한다고 주장하기도 했다. 그렇게 그는 직원들의 기억 속에 참 나쁜 직원으로 남게 되었다.

그러던 어느 날 직원들에게 문자 한 통이 전해졌다. 바로 그 직원의 부고 소식이었다. 이직하고 새로운 회사를 잘 다니는가 싶었지만, 얼마 뒤 몸이 좋지 않아 건강검진을 받았는데 간암 말기로 판명되었다. 그리고 투병 끝에 결국 눈을 감았다.

모두가 함께 모인 자리에서 직원들은 아무런 말도 하지 않았다. 누구 하나 잘됐다고 말하는 사람은 없었다. 세상일 참 모르겠다며 허무해했다. 미워하고 원망하던 사람이었음에도 막상 그가 세상을 떠나자 이제는 용서할 기회마저 사라져 버려 마음이 무겁다고 말했다. 안타까운 마음과 함께 왠지 모를 미안함으로 모두가 고개를 숙였다.

#장면 둘

절친했던 친구가 이웃 간에 살았다. 두 사람은 어릴 적부터 함께 학교에 다니며 돈독히 지냈다. 오랜 세월을 함께 지내온 두 사람은 형제 못지않은 우정을 자랑했다. 그러던 어느 날, 돈 문제로 두 사람은 큰 다툼을 벌였다. 주변 사람들은 곧 화해하리라 생각했지만 두 사람의 관계는 좀처럼 회복되지 않았다. 자리를 마련해 둘을 화해시키기 위해 노력했지만 누구 하나 물러서지 않았고, 결국 서로 등을 돌린 채 살아갔다. 가장 친했던 두 사람은 담장 하나를 놓고 세상에 둘도 없는 원수가 되었다. 마음이 불편하기도 하겠건만, 그들은 길에서 마주쳐도 인사 한마디 없이 눈도 마주치지 않고 모르는 사람인 것처럼 서로를 무시했다. 두 사람은 그렇게 멀어져 갔다.

그러던 어느 날, 한 친구가 몸이 아파 병원을 찾았다. 검사 결과 그는 위암 말기로 판명되었다. 그는 포기하지 않고 암을 치료하기 위해 노력했다. 동네 이웃들도 그의 안부를 걱정하며 위로하고 병문안을 다녀오기도 했다. 그러나 절친했던 친구는 안부조차 묻지 않았고 병문안 역시 다녀오지 않았다. 암 투병을 하던 친구는 끝내 회복되지 못하고 안타깝게 눈을 감았다. 장례식이 치러졌고 이웃들은 그의 죽음을 슬퍼하며 조문을 했다. 하지만 이웃 친구는 장례식장도 찾지 않았다.

장례식장을 떠나 화장터로 향하는 발인 날 아침, 가족들은 그의 추억이 남긴 집을 마지막으로 들러 노제(路祭)를 지내고 가기로 했다. 운구 차량은 집으로 향했다. 영정사진과 함께 유족들이 줄을 지어 집으로 발길을 옮겼다.

집에 다다랐을 무렵 길 한가운데에 웬 노제상이 차려져 있었다. 작은 소반에 술병 하나, 포, 과일 등이 올려 있었다. 가족들은 모두 누가 노제상을 차려놓았는지 궁금해했다. 노제를 지내기로 한 건 그날 아침에 정했기 때문이다.

잠시 뒤 노제상을 차려놓은 주인공이 나타났다. 병원에도, 장례식장에도 얼굴을 비치지 않던 그 친구였다. 그는 영정사진을 말없이 바라보다가, 고개를 숙이고 말을 잇지 못했다. 그리고 무릎을 꿇고 술 한 잔을 따라 올렸다. 이 모습을 지켜보던 고인의 형은 화를 내며 소리 질렀다.

"죽은 다음에 상 차려놓으면 무슨 소용이냐! 살아있을 때나 얼굴 마주하고 술이나 한잔하지, 이것들아!"

친구는 고개를 숙인 채 아무 말도 하지 못했다. 떠난 이도, 떠나보낸 이도 말이 없었다. 함께했던 우정은 결국 안타까운 모습으로 헤어져야만 했다.

#장면 셋

금슬 좋은 노부부가 있었다. 할머니와 할아버지는 늘 동행하며 애틋한 모습을 보였다. 많은 사람은 천생연분이라며 노부부의 모습을 부러워했다. 그러던 어느 날 할아버지가 말기 암 진단을 받았다. 낫기 위해 치료에 전념했지만, 애석하게도 결국 할머니를 혼자 남겨 두고 먼저 세상을 떠났다. 할아버지가 세상을 떠난 뒤 할머니는 집 밖으로 나오지 않았다. 식사도 제대로 하지 않았고, 체중도 점점 줄어들었다. 얼굴에는 근심이 가득했다. 가족과 주위 사람들은 할아버지를 떠나보내고 상심하는 할머니를 걱정했다. 그렇게 시름 속에 지내던 할머니는 어느 날 며느리를 불렀다. 며느리는 깜짝 놀라 시어머니를 찾아갔다. 할머니는 며느리에게 말했다.

"애미야, 아무래도 안 되겠다. 너희 아버지를 보러 가야겠다."

시아버지를 그리워하는 시어머니의 모습에 마음 아팠던 며느리는 서둘러 차편을 준비해 시어머니를 모시고 묘소로 향했다. 산 중턱에 올라 시아버지의 묘소에 다다르자, 시어머니는 말없이 무덤을 바라보며 눈물을 흘리기 시작했다. 그런 시어머니의 모습에 울컥했던 며느리는 고개를 숙여 눈물을 닦았다.

그 순간 갑자기 시어머니가 시아버지의 무덤 위로 올라갔다. 며느리는 깜짝 놀랐고 자마 발릴 수가 없었다. 할머니는 무덤 위에서 한참을 내려보더니 소리를 질렀다.

"야 이 개새끼야!"

소리 지르며 봉분을 사정없이 발로 짓이겼다. 억울하다는 듯 발을 구르며 무덤을 향해 욕하던 할머니는 한참 뒤에야 이제야 한이 풀린다는 듯 무덤에서 내려왔고, 내려와서는 묘비에 걸쭉한 침을 뱉었다. 그리고 두 손을 탁탁 털며 며느리에게 말했다.

"이제 됐다. 애미야, 가자."

뒤도 돌아보지 않고 산길을 내려갔다. 깜짝 놀란 며느리는 부랴부랴 시어머니를 쫓아 내려왔다. 집으로 돌아온 후 할머니는 언제 그랬냐는 듯 다시 예전 모습으로 되돌아왔다. 식사도 잘하셨고, 표정도 편안해졌다.

나중에 알게 되었는데, 먼저 세상을 떠난 할아버지는 자식들이 보지 않는 곳에서 할머니를 때리고 몰래 바람을 피웠다고도 한다. 사람들의 시선엔 금슬 좋은 부부로 보였지만 할머니는 오랜 세월 남편에게 받은 상처를 숨기며 살아왔다고 했다. 남편에게 복수하고 싶었지만, 말기 암으로 투병하던 남편을 보며 불쌍한 마음이 생겨 차마 사람의 도리로 그렇게 할 수 없었다고 했다. 남편은 세상을 떠났지만, 사과도 하지 않고 용서도 하지 못한 채 먼저 떠나버린 남편을 생각하면 화가 나고 원망스러웠다고 한다. 그리고 남편 없이는 아무것도 하지 못하는 자신이 바보 같다고 말했다.

우리는 매일 누군가와 상처를 주고받고, 다투고 미워하고 원망하며 살아간다. 별것 아닌 작은 일이 점점 커지고 미움과 분노가 일어난다. 잘못을 깨닫지만 사과하고 용서할 기회를 놓쳐버린다. 때로는 자신의 잘못을 인정하기도 어렵고, 상대방의 사과를 받는 것도 불편하다. 마음속에 앙금이 쌓이고, 관계는 점점 멀어진다. 그러나 삶의 끝에 임종이 다가오면, 마음 한구석 밀어두었던 짐들이 모습을 드러낸다. 자신의 잘못이 보이고, 상대방에 대한 미안함이 생긴다.

'왜 그 사람에게 그렇게 모질게 대했을까?'

'그때 왜 사과하지 못했을까?'

'생각해보면 참 고마운 사람이었는데, 왜 고맙다는 말 한마디 못했을까?'

후회가 마음을 무겁게 한다. 끝내 용서할 수 없었던 미움 역시 발목을 붙잡는다. 이처럼 임종을 눈앞에 둔 이들은 용서하고 화해하지 못했음을 후회한다. 용서와 화해는 행복한 삶과 죽음을 열어주는 가장 중요한 열쇠다.

28 머리는 마음을
이기지 못한다

　미움과 원망은 마음에서 일어난다. 마음에서 우러나오지 않는 용서는 참된 용서가 아니다. 용서한다는 것은, 자신의 마음을 내보이는 일이고, 바꾸는 일이다. 하지만 결코 쉽지 않다. 마음을 바꾼다는 것은 세상을 바꾸는 것보다 힘들다. 그래서 용서를 위해서는 마음에 대한 이해가 먼저 필요하다.

　나는 마음 때문에 고생을 많이 했다. 들쭉날쭉한 심보에 쫓기기도 하고, 한없이 가라앉는 마음에 끌려다니며 방황하기도 했다. 마음을 꼭 움켜쥐어 보기도 했지만, 움켜쥘수록 터졌다. 돌이켜 보면 마음은 늘 불안했다. 늘 스스로가 마음에 들지 않았고,

못마땅했다. 대학 시절, 아직도 기억나는 교수님의 말씀이 있다.

"약한 사람들은 자존감은 낮은데 자존심이 높아요. 그래서 자존심 때문에 도움을 부탁하거나 도움받는 경우를 불편해하죠. 자존심은 높은데 자존감이 낮다 보니 늘 자신을 믿지 못하고 자책합니다.

반대로 건강한 사람들은 자존심은 낮지만, 자존감은 높은 사람들이에요. 남들이 어떻게 보든, 뭐라고 하든 늘 있는 그대로 자신을 존중합니다."

듣고 보니 약자는 다름 아닌 나였다. 자존심이 세기로 유명했지만, 자존감은 늘 바닥이었다. 스스로를 존중하지 않았다.

지금은 그때보다 훨씬 편안한 마음으로 지내고 있다. 예전보다 자신에게 조금 더 너그러워졌고, 자존감도 높아졌다. 무엇보다도 상담과 명상 등을 통하여 자주 마음을 들여다보았던 게 큰 도움이 되었다. 머리로 나를 고치려 하기보다는 마음을 열어봄으로 스스로를 돌아볼 수 있었다. 마음이 편한 날은 삶이 편안했고, 마음이 불편한 날은 삶이 고단했다. 그러다 보니 자연스럽게 마음을 관찰하기 시작했고 내 마음이 어떻게 돌아가는지 알 수 있었다.

마음을 관찰하며 나름대로 깨닫게 된 몇 가지가 있었다.

첫째, 마음은 내 맘대로 되지 않았다. 마음을 통제하는 깃은 어려웠다. 건강을 위해 담배를 끊어야 한다, 술을 끊어야 한다,

육식을 줄이고 채식을 해야 한다 다짐해도 결코 마음대로 되지 않았다. 어느새 삼겹살을 안주로 술을 마시며 담배를 입에 물고 있었다. 나를 바꾸기 위해 결심하고 다짐해도, 마음은 쉽게 따라와 주지 않았다. 마음의 주인이 나라고 생각했지만, 나의 주인이 마음이었다.

둘째, 마음은 변했다. 마음은 꾸준할 것 같았지만, 얄밉게도 시도 때도 없이 변했다. 좋아하던 사람이 어느 날은 참 미워 보였고, 밉던 사람이 꽤 괜찮은 사람으로 보이는 날도 있었다. 내 마음에 따라 좋고 싫은 사람으로 변했다. 알다가도 모를 게 마음이었다. 일편단심이라는 말이 있다. 누군가를 일편단심으로 사랑하는 것이 가능할까? 어르신들에게 여쭤보면 그런 것은 불가능하다고 말씀하셨다. 처음에는 서로를 사랑하고 영원히 함께하고 싶어 결혼하지만, 막상 결혼해서 같이 살아보면 세상천지에 원수도 이런 원수가 따로 없다고 반은 우스갯소리로 말씀하신다. 이처럼 마음이 그대로일 수는 없었다. 한결같은 마음으로 영원히 사랑한다면 그건 사랑이 아닌 집착일지도 모른다.

마음이 너그러울 때는 온 우주를 품을 것 같다. 세상은 아름다워 보이고, 상대방이 어떤 잘못을 해도 용서할 수 있다. 자연스럽게 미소가 흘러나오고 친절을 베푼다. 그러나 마음이 불편할 때면 바늘 하나 꽂을 자리도 없다. 상대방의 작은 실수에도 짜증이 나고 나를 왜 이렇게 괴롭히는지 원망스럽다. 자꾸만 화가 나고 불만과 짜증이 넘쳐나는 날들이 있다. 이처럼 마음은 시도 때도 없이 모습을 바꾸었다.

셋째, 머리는 마음을 이기지 못했다. 머리와 마음이 부딪치면 승리를 차지하는 것은 늘 마음이었다. 머리는 옳다, 그르다 구분 짓는 것을 좋아한다. 무단횡단을 하는 사람을 보면 '저 사람 참 개념 없네'라 욕한다. 그러나 마음은 좋다, 싫다로 구분하는 것을 좋아한다. 머리로는 무단횡단이 개념 없는 행동이라고 비판하지만, 급하거나 바쁠 때는 마음을 쫓아 무단횡단을 선택한다. 내로남불, 내가 하면 로맨스 남이 하면 불륜이라며 자신의 행동을 합리화한다. 머리와 마음이 일치하면 가장 좋지만, 대부분은 서로 다른 방향을 향한다. 그래서 세상에서 가장 먼 거리는 머리와 마음 사이라고 하지 않았을까?

내일이 시험인 중학생이 소파에 앉아 텔레비전을 보고 있다. 아이는 머릿속으로 무슨 생각을 할까? '아, 시험공부 해야 하는데……. 이번에도 성적 안 나오면 큰일인데……. 엄마한테 혼나는데……' 하면서 고민할 것이다. 하지만 마음은 어떨까? '아, 공부하기 싫다……. 언제쯤 어른이 돼서 시험 같은 거 안 볼까……. 빨리 어른 되고 싶다……'라는 마음을 깊는다. 머리로는 공부해야 한다는 것을 알지만, 마음은 공부하기 싫다고 한다. 때마침 외출했던 엄마가 돌아와 아들이 텔레비전을 보는 장면을 목격했다. 화가 난 엄마는 아들한테 잔소리를 시작한다.

"아니, 공부한다더니 왜 텔레비전을 보고 있어? 너 제정신이야? 이러고선 좋은 성적 나오겠어? 너 그러다가 고등학교, 대학교는 어떻게 가려고 그래? 나중에 그래서 밥이나 벌어먹고 살겠어?"

엄마의 잔소리에 짜증이 난 아들은 화가 난 나머지 말대꾸를 한다.

"아, 잠깐 본 거 갖고 왜 그래! 내 인생 내가 알아서 살 거야. 엄마가 무슨 참견이야!"

버럭 소리를 지르며 문을 닫고 방으로 들어가 버린다. 책상에 앉았다가 책을 집어 던지고 침대에 누워 이불을 뒤집어쓴다. 잠깐만 쉬고 다시 공부하려 했는데, 잔소리하는 엄마가 얄밉기만 하다.

그런데 외출했던 엄마가 정반대의 말을 한다면 어떤 상황이 벌어질까?

"아이고, 우리 아들 텔레비전 보고 있었어? 시험공부 하다가 힘들었나 보네. 공부하기 힘들지? 엄마도 옛날에 공부하기 싫었어. 텔레비전 보다가 쉬엄쉬엄해. 알았지? 엄마가 이따가 저녁때 맛있는 거 해줄게. 밤늦게까지 하지 말고, 건강이 최고야."

이 말을 들은 아들은 괜히 미안한 마음이 들어 눈치를 보며 슬그머니 방으로 들어간다. 그리고 책상에 앉아 다시 공부를 시작한다. 마음이 움직였기 때문이다. 그래서 사람을 움직이려 할 때는 머리로 대하기보다 마음으로 대하는 것이 더 효과적이다. 상대의 마음을 헤아려 주며 있는 그대로의 마음을 받아줄 때 상대방은 바뀔 수 있다. 남을 대할 때뿐 아니라 자신을 대할 때도 마찬가지이다. 나의 마음을 받아주면 나는 바뀔 수 있다. 그래서 머리는 마음을 이기지 못한다. 변화는 머리의 지식보다 마음의 감동에서 시작된다.

넷째, 마음에는 시제가 없다. 바로 지금 이 자리에서 영향을 받는다. 명상 수련에 참여했을 때의 일이다. 명상하던 중 불현듯 지난 일들이 떠올랐다. 군대를 전역하고 복학하기 전까지 건축 현장에서 일용직으로 잠시 아르바이트를 했다. 그러던 어느 날, 공사현장에서 사람들과 함께 자재를 나르다가 깜빡 한눈을 팔았다. 눈 깜짝할 사이 자재는 바닥으로 떨어졌고, 그 밑으로 손가락이 깔렸다. 깜짝 놀라 손을 빼보니 왼손 가운뎃손가락 한마디가 잘려져 나갔다. 장갑을 벗자 새빨간 피가 솟구쳤고, 놀란 마음에 소리를 지르며 잘린 손가락을 찾았다. 잘린 손가락을 들고 병원으로 향했지만, 시골이었던 터라 수술이 어렵다며 빨리 큰 병원으로 가라고 했다. 차를 타고 1시간을 달려서 겨우 큰 병원에 도착했다. 하지만 잘린 손가락은 감염되어 이식할 수 없었다. 그래서 손바닥 가운데를 째서 손가락을 구부려 접합하고 살을 키워 치료하는 방법으로 수술을 했다. 한 달 뒤 손바닥에 붙였던 손가락을 떼어내어 손가락 모양으로 살을 다듬었다. 다행히도 일상생활을 하는 데 큰 무리가 없을 만큼 회복되었다.

명상을 하던 중 그때의 기억이 떠올랐다. 그러자 마치 조금 전 일어난 일처럼 당시의 장면이 생생히 펼쳐졌다. 입고 있던 옷, 시간, 공기, 사람들과의 대화, 잘린 손가락을 찾던 모습, 침대에 누워 수술을 기다리던 장면들이 영화의 한 장면처럼 천천히 떠올랐다. 심장이 두근거렸고, 무서웠다. 몸이 떨리고 손가락 끝이 아파오기 시작했다. 마음이 요동치기 시작했다. 호흡은 놓친 지 오래였고 두려운 마음에 눈을 번쩍 뜨고 나서야 겨우 현실로 돌아왔다. 15년 전의 일이었음에도 불구하고 기억을 곱씹는 순간, 마음은 헝클어졌고, 몸마저도 끌려갔다.

이런 일들은 비단 나만의 일이 아닐 것이다. 1995년 일어난 삼풍백화점 사고에서부터 2014년 세월호 참사에 이르기까지 재난사고에서 살아남은 사람들은 아직도 매일 매일을 당시의 기억 속에서 살아가고 있다. 결코 잊을 수 없는, 무의식 속에 자리 잡은 두려움이 계속된다. 일상생활을 하다가도 갑자기 당시의 장면이 눈앞에 펼쳐져 혼란에 빠지기도 한다. 세월호 참사 때 시신을 꺼내기 위해 자원봉사를 하셨던 잠수 요원들은 밤마다 꿈속에서 아이들을 찾기 위해 어두운 물속을 헤매고 다닌다고 한다. 일제

강점기 때 일본군에 의해 강제로 끌려갔던 위안부 할머니들 역시 당시의 기억으로 평생을 고통 속에서 살아가고 있다. 지나간 과거 혹은 오지 않은 미래의 일이라 할지라도 떠올리는 순간 바로 지금 이 자리에서 펼쳐지고, 몸과 마음은 지금 일어난 일처럼 영향을 받는다.

예전 노인복지관에서 근무를 하며 자연스럽게 치매 요양시설의 어르신들을 뵐 때가 있었다. 두 분의 어르신이 기억에 남는다. 한 분은 나를 알지 못하지만 마주칠 때마다 반갑게 맞아주셨다.

"아이고, 오셨어요? 고마워요, 반갑습니다."

밝게 웃으며 인사해주셨다. 반면 또 한 분은 나를 알지 못하지만 마주칠 때마다 화를 내셨다.

"개새끼! 나쁜 놈! 저리 가!"

이런 욕을 하며 나를 피하고 소리를 지르셨다. 두 분은 평소에도 같이 지내는 어르신들과 요양보호사들에게도 똑같이 대하셨다. 그런데 어느 날 문득 이런 생각이 들었다. 치매 증상 중 하나는 최근 기억부터 사라지는 것이다. 어제 일, 지난주의 일과 같이 최근의 일부터 기억나지 않기 때문에 초기 증상은 건망증과 비슷하다. 치매 어르신들은 점심식사를 하시고 나서도 다시 "밥 줘, 밥 주세요"라는 말씀을 하시는 경우가 있다. 조금 전 밥을 먹었다는 사실을 기억하지 못하기 때문이다. 이처럼 최근의 기억부터 하나둘씩 사라지면서 결국 머릿속에는 오래전 기억만 남는다.

그런데 오래전 기억이 기쁘고 행복한 순간들이 많은 분은 치매에 걸려도 밝은 모습으로 지내시는 반면, 괴롭고 어두웠던 순간이 많은 분은 치매에 걸려도 어두운 모습으로 지내는 건 아닌가 생각이 들었다. 오래전 기억 그대로 매일을 살아간다. 그래서 자꾸 집에 가자고 하고, 어머니에 대한 그리움을 호소하며, 고향을 찾기도 한다. 소화되지 않은 기억은 마음속에서 늘 제자리를 맴돈다.

그렇다면 기억은 언제 만들어질까? 오늘이었다. 매일 지금의 순간이 기억으로 남는다고 생각하니 마음이 불편해졌다. '만약 내가 치매에 걸려 오래전 기억으로 살아간다면 나는 어떤 모습일까?' 소화되지 않은 인생의 몇몇 기억이 마음을 채웠다. 사람은 살아온 모습 그대로 죽음을 맞이한다고 하는데, 치매 역시 마찬가지였다. 살아온 모습 그대로 치매를 맞는다면 과연 나는 오늘을 어떻게 살아야 할지 고민이 되었다.

누가 나에게 쓰레기를 주면 어떻게 해야 할까? 쓰레기인 것을 안 순간 버리면 된다. 그런데 나는 그러지 못했다. 상대방이 던진 쓰레기를 주머니에 넣고 다시 저녁때 꺼내어 보았다. '아까 그 사람 나에게 왜 쓰레기를 줬지?' 그리고 다시 주머니에 넣는다. 잠들기 전, 주머니에서 다시 쓰레기를 꺼내 보았다. '그 사람 나한테 왜 쓰레기를 줬을까. 생각해보니 너무하네. 참 나쁜 사람……' 쓰레기를 버리지 않고 다시 주머니에 넣는다. 그렇게 상대방이 던진 쓰레기를 버리지 않고 넣어둔 채 시간이 날 때마다 다시 꺼내어 보았다.

쓰레기는 무엇일까? 상대방의 실수나 잘못, 화, 욕설, 상처와 같은 것들이었다. 좋은 것이 아니라는 것을 안다면 받는 즉시 버리면 됐다. 하지만 그러기는커녕 언제든지 꺼내볼 마음으로 담아두었다. 상대방은 단 한 번 쓰레기를 던졌지만, 마음에서는 지금 백 번 천 번을 받은 것과 마찬가지였다. 한번 봤던 영화를 자꾸만 다시 되돌려본다. 그래서 마음은 점점 시들어갔다.

다섯째, 마음은 점점 커진다. 누군가를 좋아하는 마음이 생기면 반복을 거듭하며 점점 커진다. 미워하는 마음 역시 마찬가지다. 작은 것 하나로부터 시작된 미움이 그 사람 전체에 대한 미움으로 번진다. 어느 날 명상을 하는 나의 곁에서 누군가 이런 말을 건넨다.

"지금부터 절대 고양이 생각하지 마세요. 고양이 생각하시면 안 됩니다."

그 말을 듣고 다짐한다. '지금부터 절대 고양이 생각하지 말자. 고양이 생각하면 안 돼.' 그러나 다짐할수록 머릿속에는 고양이 생각만 가득하다. 담배를 끊어야 한다고 다짐한 순간부터 머릿속에는 담배 생각밖에 나시 않는나. 식사를 마치고, 일을 미치면 담배 생각만 간절하다. 그래서 다짐을 할 때는 부정문보다는 긍정문으로 결심하는 것이 좋다. '담배를 끊어야지'보다는 '건강해져야지, 행복해져야지'라는 다짐이 더 효과적이다. 사람들 앞에서 노래를 불러야 하는 자리에서 순서를 기다리는 것만큼 떨릴 때가 있을까? 순서가 다가올수록 긴장되는 마음은 점점 커진다. 잘하고 싶은 마음, 실수해서는 안 된다는 마음, 잘 보이고 싶다는 마음이 긴장을 더 증폭시킨다. 차라리 아무 생각도 하지 않다가 맨 처음으로 갑자기 하는 것이 더 마음 편할 때가 있다.

이렇게 마음은 의지와는 상관없이 점점 더 커지는 특징을 가지고 있다.

마음은 제멋대로다. 그리고 우리는 이러한 마음의 영향을 받는다. 그래서 우리는 스스로를 이해하기 위해 마음을 들여다보고 알아차리는 것이 필요하다. 서점에는 하루에도 수십 권씩 자기계발 서적이 쏟아진다. TV에는 성공한 이들과 유명 강사들이 나와 이렇게 하면 바뀔 수 있다고 자신의 경험을 펼쳐놓는다. 인터넷과 SNS에는 따라 하기만 하면 당장에라도 부자가 될 것 같은 성공의 공식이 흘러넘친다. 책과 유행을 좇아 나도 성공한 사람이 되자고 다짐한다. 하지만 시도는 오래가지 못한다. 힘들고 고통스럽다. 역시 나는 안 되나봐 하며 포기하고 좌절한다. 변하지 못하는 자신에게 실망한다. 악순환이 반복된다.

하지만 자신을 바꾸기 위해서는 머리로 가르치려 하기보다 내 마음이 왜 이런지 들여다보는 것이 더 효과적이다. 오늘 나의 마음은 어떤지, 무엇이 힘든지, 어떤 일들이 있었고, 어떤 상처들이 있었는지 나 자신을 객관적으로 들여다볼 필요가 있다. 그렇게 해서 나의 마음이 이해가 되어야 스스로를 바꿀 수 있다. 변화는 이론이 아닌 이해에서 시작된다.

용서 또한 마찬가지다. 상처받았던 자신의 마음을 돌아보고 이해하는 데서부터 출발한다.

'왜 그 사람만 생각하면 화가 날까?'

'왜 나는 매일 이 꼴일까?'

'그때 코를 납작하게 만들어줬어야 했는데, 왜 아무 말도 못 했을까? 바보 같이 따지지도 못 했을까? 나는 왜 이렇게 싫은 소리도 못 할까?'

이렇게 자책하기보다 '내가 그 사람 행동 때문에 상처받았구나. 그럴 만도 하네. 아직도 상처가 남아있구나. 그 사람이 그런 행동을 했는데 당연히 미워할 만하지. 그래도 이 정도면 잘하고 있네' 하는 것처럼 내 편에 서서 마음을 지켜보고 이해한다면 나를 용서할 수 있고 변화시킬 수 있다. 그래서 자신을 용서할 수 있을 때 비로소 상대방도 용서할 수 있다.

수업을 마친 후 교실에 남아 어르신들과 이런지런 이야기를 나눌 때가 있다. 이야기에 귀 기울이다 보면 눈물을 글썽거리며 사는 게 후회된다는 말씀을 하시는 경우가 있다.

"살아온 세월이 참 한스러워요. 왜 그렇게 바보 같이 살았는지 모르겠어요. 부모님 살아 계실 때는 먹고 살기 힘들어 효도 한번 못하고, 그렇다고 남편과 금슬이 좋았던 것도 아니고, 애들 뒷바라지도 제대로 해준 것도 없고. 나이는 나이대로 먹고, 내 팔자는 왜 이렇게 드세고 기구한지……. 하늘도 무심한 것 같아요. 남들은 오순도순 행복하게 잘들 만 살던데……."

인생의 끝자락에서 돌이켜 보니 지내온 세월이 아쉽고 후회된다고 말씀하셨다.

만약 우리에게 다시 기회가 주어져 과거로 돌아갈 수 있다면, 과연 바람대로 지금보다 더 나은 삶을 살 수 있을까? 그래서 다시 오늘이 찾아왔을 때, 이제는 후회 없다고 말할 수 있을까? 우리는 이 세상에 처음 태어났고 모든 것들을 처음 해봤다. 자식, 배우자, 직장인, 부모, 할머니, 할아버지의 역할들을 배운 적이 없었다. 그래서 처음이다 보니 서툴고 부족했다. 어떻게 해야 좋은 어른, 좋은 부모, 훌륭한 자식이 되는지 알지 못했다. 부딪치고 넘어지며 배우는 방법밖에는 없었다. 다만 그 당시 스스로 가지고 있던 답안지에서 최선의 선택을 했을 뿐이다. 시간이 흐른 뒤, 생각했던 것과는 전혀 다른 결과가 일어나거나, 잘못된 선택이었음을 깨닫는다 하더라도, 당시엔 그것이 최선의 선택이었다.

어떤 선택을 하든 인간은 후회할 수밖에 없다. 그래서 살아온 날을 부정하는 것은 아무 의미가 없다. 시간을 되돌려도 후회는 계속된다. 세상 누구도 내가 얼마나 노력했고, 고생했는지, 힘들게 살아왔는지 알지 못한다. 부모도, 형제도, 자식도 모른다. 다만 나 자신만이 알 뿐이다. 그렇다면 가장 오랫동안 지켜봐 왔고, 얼마나 고생했는지 제일 잘 아는 사람이 위로해줘야 하지 않을까? 자신의 마음을 잘 위로하고 돌봤으면 좋겠다. 마음을 바라보는 시선은 곧 세상을 바라보는 시선이 된다. 마음을 살피면 세상을 살필 수 있고, 마음을 위로하면 곧 세상을 위로할 수 있다.

몇 년 동안 공무원 시험을 준비하던 친구가 또 시험에 떨어졌다. 축 처진 어깨로 찾아온 친구에게 무슨 말을 건네야 할까?

"으이그, 이 등신아. 또 떨어졌냐? 때려치우고 어디 가서 돈벌이라도 좀 해라. 나이가 몇인데. 하긴 맨날 술 처먹고 게임 하고 싸돌아다닐 때부터 알아봤다. 너 팔자에 공무원은 무슨 공무원이냐. 어차피 안 될 거, 빨리 포기하는 게 차라리 낫다."

이렇게 말을 건넬 친구가 있을까? 그렇지 않을 것이다.

"아, 아쉽다. 그치? 애썼네. 그래도 한다고 열심히 했는데, 이번에는 운이 없었나 보다. 다음번엔 분명 좋은 결과 있을 거야. 술이나 한잔하자, 내가 쏠게. 힘내자!"

친한 친구라면 대부분 이런 말들을 건넬 것이다. 이처럼 친구가 실패하거나 좌절하면 위로하고 격려한다. 그러나 우리 자신에게도 그럴 수 있을까? 실수하거나 잘못을 저지르면 우리는 자신도 모르게 스스로에게 화를 내고 비난한다. 설거지하다가 실수로 컵을 떨어뜨리면 스스로를 질책한다.

"여기 있는 걸 왜 못 봤지? 이거 비싼 컵인데……. 이걸 또 언제 치워. 나는 맨날 하는 게 왜 이럴까, 바보같이. 하여튼 하는 거 보면 답답해."

남이 실수했을 때는 위로하고 격려하면서, 자신은 위로하지 않는다. 실수나 잘못의 꼬투리를 물고 늘어진다. 그래서 남들에게 하지 못할 말은 스스로에게도 하지 말아야 한다. 남들에게 너그러운 만큼 스스로에게도 너그러워야 한다. "괜찮다. 고생했다. 그럴 수도 있지. 열심히 했다"라는 말을 스스로에게 할 수 있어야 한다.

경쟁을 넘어서 이제는 생존이 목표가 되어버린 오늘, 학창 시절부터 시작된 이 달리기는 언제 끝날까 싶을 만큼 힘겨운 세상에서 살아가고 있다. 높은 빌딩과 빠른 차를 보며 혼자만 느리게 걷고 있는 것은 아닌지 조바심이 난다. 뒤처지지 않기 위해 뛰어도 보지만 늘 불안하다. 그래서 있는 힘껏 자신을 밀어붙인다. 조금만 더 참고 버티면 좋은 날이 올 거라고 말한다. 남들보다 똑똑하고 아름답고 멋진 사람이 되기 위해 노력한다. 더 많은 것들을 갖고자 한다. 그렇게 꾹꾹 참아가며 살아내던 어느 날, 불현듯 화가 나고 슬프고 억울하고 지친다. 마음대로 되지 않아 짜증이 밀려온다. 아무렇지 않은 듯 잘 버텨냈는데, 자꾸만 마음 한구석이 저려온다. 마음을 지켜본 적이 없으니 어떻게 달래야 할지 모르겠다. 마음의 병이 깊어져 몸이, 그리고 삶이 아파진다.

죽음을 앞둔 사람들이 후회했던 것 중 하나는 자신에게 너무 가혹했다는 것이다. 남들과 비교하며 남들의 시선에 맞추며 살다 보니, 정작 자신이 무엇을 좋아하는지 몰랐다고 한다. 남편 눈치 보고, 시부모님 모시고, 자식들 키우다 보니 내 몸뚱이 덜 입고 덜 먹고 덜 재운 것이 후회되었다고 말한다. 어디 가서 힘들다는 하소연 한번 못 하고 살아온 것이 억울하다고 했다. 왜 스스로를 아끼지 못했는지, 조금이라도 스스로를 신경 썼으면 어땠을까 아쉬워했다. 내 마음에 나 하나 앉혀놓을 자리가 없었다. 마음속 내 자리는 좁고 불편했다.

그래서 우리는 늘 스스로의 마음을 들여다보고 돌봐야 한다. 그리고 용서해야 한다. 조금 더 너그러워도 된다. 생각보다 우리는 열심히 살아왔다.

우리 마음속에서 한 아이가 울고 있다. 울고 있는 아이를 모른 체할 것인가, 다그칠 것인가, 아니면 품에 안고 괜찮다며 위로해줄 것인가? 그 모습이 죽음의 순간, 당신이 삶을 품는 모습일 것이다.

29 그래도
용서할 수 있을까?

　이창동 감독의 영화 '밀양'에는 이런 장면이 나온다. 서른세 살 이신애는 남편을 잃고 아들과 함께 남편의 고향인 밀양으로 내려온다. 그곳에서 하나뿐인 아들은 유괴를 당하고 살해된다. 이신애는 남편과 아들을 잃은 슬픔을 이겨내기 위해 신앙을 갖게 되고, 이윽고 아들을 살해한 박도섭을 용서하겠다며 교도소로 면회를 가게 된다. 그러나 그곳에서 박도섭에게 뜻밖의 이야기를 듣는다.

　이신애: 내가 오늘 여기 찾아온 건요, 하나님의 은혜와 사랑을 전해주러 왔어요. 나도 전에는 몰랐어요. 하나님이 계시다는 것

도 절대 안 믿었어요. 내 눈에 안 보이니까 안 믿었죠. 그런데 우리 준이 때문에 하나님의 사랑을 알고 비로소 마음의 평화를 얻고 새 생명을 얻었어요. 그분의 사랑과 은혜를 느낄 수 있다는 게 얼마나 감사하고 행복하지 몰라요. 그래서 내가 여기까지 찾아온 거예요. 그분의 사랑을 전하기 위해서예요.

박도섭: 고맙습니다, 정말 고맙습니다. 준이 어머니한테 우리 하나님 아버지 이름을 듣게 되니 참말로 감사합니다. 저도 믿음을 가지게 됐거든예. 여기 교도소에 들어온 뒤로 하나님을 가슴에 받아들이게 됐습니다. 하나님이 이 죄 많은 인간한테 찾아와 주신 거지예.

이신애: 그래요? 하나님을 알게 됐다니 다행이네요.

박도섭: 예. 얼마나 감사한 일입니까. 하나님이 이 죄 많은 인간한테 손 내밀어주시고, 그 앞에 엎드려가 지은 죄를 회개하게 하고, 제 죄를 용서해주셨습니다.

이신애: 하나님이 죄를 용서해주셨다고요?

박도섭: 예, 눈물로 회개하고 용서받았습니다. 그라고 나서부터 마음에 평화를 얻었습니다. 아침에 일어나자마자 기도하고, 하루하루가 얼마나 감사한지 모릅니다. 하나님한테 회개하고 용서받으니 이래 편합니다, 내 마음이. 요새는 기도로 눈뜨고 기도로 눈감습니다. 준이 어머니를 위해서도 항싱 기도힙니다. 죽을 때까지 할 겁니다. 그런데 앉아 이렇게 직접 만나보니 하나

님이 역시 제 기도를 들어주시는 것 같습니다.

면회를 마치고 나온 이신애는 그를 위해 준비했던 꽃을 땅바닥에 던지고 쓰러진다.

이 장면을 보며 많은 생각이 들었다. 신앙을 가진 사람으로서, 상대방이 회개하고 신앙을 갖게 됐다면 환영할 일이다. 그러나 그녀는 받아들이지 못한다. 자신은 아직 용서한 적이 없는데, 내가 믿는 신에게 그 역시 용서를 받았다고 말한다. 그녀의 마음은 어떠했을까? 그녀의 용서는 참된 용서였을까? 진정한 용서란 무엇인지 다시금 생각해볼 장면이다.

사람들에게 용서에 관해 물으면, 잘 용서할 수 있다고 말한다. 어르신들 역시 마찬가지다. 이제는 나이가 들어 잘 용서할 수 있다고 말씀하신다. 용서는 곧 미덕이며, 선의 상징처럼 보인다. 그러나 우리는 정말 누군가를 쉽게 용서할 수 있을까? 예를 들어, 사기를 당해 우리 집의 전 재산을 잃어버렸다면, 상대방을 용서할 수 있을까? 음주운전 혹은 강력 범죄로 가족을 잃었으나, 범인은 반성하지 않고 사과 한마디 없다면 용서할 수 있을까?

굳이 위와 같은 극단적인 사례가 아니더라도 오늘날 대한민국은 혐오의 시대를 살아가고 있다. 인터넷에는 익명성에 숨어 댓글로 상대방을 저주하고 비난한다. 젊은 세대와 노인 세대, 동서와 남북, 보수와 진보, 남자와 여자로 편을 나눠 끊임없이 서로를 혐오한다. 그 결과 절대 나만 당할 수만은 없다는 생각으로 고소가 난무하고, 보복운전을 감행하며, 묻지마 테러 등의 범죄가 이어지고 있다. 쉽게 용서에 대해 말하지만, 이제 용서라는 단어는 경전에서나 찾아볼 수 있는 이상적인 단어가 되어버렸다.

오래전 메소포타미아의 함무라비 법전에는 '눈에는 눈, 이에는 이'라는 구절이 있다. 상대방의 눈을 다치게 한 사람은 똑같이 본인의 눈으로 갚아야 한다는 동일 처벌의 규정이다. 이 구절은 언뜻 보면 당한 만큼 대가를 치러야 한다는 복수의 법처럼 보인다. 그러나 자세히 들여다보면 이 법은 복수의 법이 아닌 절제의 법이다. 만약 내가 누군가에게 눈을 하나 잃으면 어떤 마음이 들까? 아마도 화난 마음에 상대방의 두 눈을 모두 뽑아버리고 싶을 것이다. 누군가가 나의 사랑하는 아들을 살해했다면 어떤 마음이 들까? 아마 상대방뿐 아니라 그의 가족 모두를 죽이고 싶은 마음이 들 것이다. 사람의 마음은 점점 커져 자신이 당한 것의 열 배, 스무 배로 복수하기를 원한다. 그래서 함무라비 왕은 눈 하나를 다쳤다면 상대방의 눈 하나만을, 손을 다쳤다면 상대방의 손 하나만을 벌하라고 했다. 이처럼 인간의 마음에서 용서는 결코 쉽지 않다.

분노와 복수심은 마음을 병들게 하고, 몸까지 집어삼킨다. 스트레스와 분노는 우리 몸에 많은 영향을 끼친다는 사실을 누구나 잘 알고 있다. 단순한 스트레스로만 생각했던 화병은 미국정신의학협회에 공식으로 등재되었으며, 우리나라에만 존재하는 것으로 알려졌다. 병명 역시 한국 표기로 Hwa-Byung(화병)으로 기재되어 있다. 분노와 스트레스가 우리 몸에 어떤 영향을 미치는지 조사를 해봤더니, 화를 낼 경우 혈압이 상승하여 심박수가 급격히 높아졌다. 반대로 화를 내지 않고 참는다면 어떨까? 정반대의 결과가 나오리라 예상하지만, 혈압은 역시 상승하였고 심박수도 높아졌다. 화를 내든 참든 몸에는 무리가 되었다. 결국 용서 외에는 이러한 감정을 해결할 방법이 없다. 그러나 평생을 품어 온 미움과 분노는 죽음 앞에서도 쉽게 내려놓을 수 없다. 양가감정. 상대방을 미워하는 마음과 용서하고 자유롭고 싶은 마음이 뒤섞여 혼란스러워진다. 결국 미움과 분노, 복수심은 좋은 죽음에서 멀어지게 한다.

역설적으로 쉽게 용서할 수 없는 사람 중 하나는 가장 가까운 사람이다. 부모, 자녀, 남편, 아내, 친척 등의 혈연관계 또는 끈끈한 우정을 자랑하던 사람들이 어느 날 둘도 없는 원수가 되어버리기도 한다.

어느 날 길을 걷다가 처음 만난 사람이 어려운 처지를 호소하며 10만 원만 빌려달라고 한다. 돈을 빌려주면 일주일 안에 반드시 갚겠다고 약속한다. 그의 처지가 안타까워 결국 돈을 빌려준다. 하지만 일주일이 지난 뒤, 그는 아무 연락도 없고 결국 돈을 받지 못했다. 그렇다면 우리는 순진했던 자신을 탓하며, 사기를 당한 셈 치고 포기하고 만다.

그런데 둘도 없는 친구가 급하게 돈이 필요하다며 10만 원을 빌려달라고 한다. 사정이 딱하고 거절하기도 어려워 돈을 빌려준다. 하지만 친구는 몇 달이 지나도 돈을 갚지 않는다. 어렵게 돈을 갚으라고 말을 꺼냈지만, 알겠다는 말만 되풀이한다. '남들 돈은 떼어먹어도 내 돈은 갚아야지. 어려운 사정 듣고 기껏 빌려줬더니, 어떻게 나한테 이럴 수 있어?' 화가 나고 섭섭한 마음이 든다. 두고두고 잊지 않는다.

길에서 처음 만난 사람은 용서할 수 있어도, 오랫동안 함께 지내온 사람을 용서하지 못하는 것이 사람이다. 그래서 가장 가까웠던 사람이 하루아침에 가장 섭섭하고 미워하는 사람으로 바뀐다. 기대가 큰 만큼 실망도 크기 때문이다.

어르신들과 이야기를 나누다 보면, 그런 사람들이 자녀들인 경우가 있다. "내가 지를 어떻게 길렀는데……. 결혼하더니 마누라 치마폭에 쌓여 가지고, 어떻게 애미한테 이럴 수가 있는지……" 하며 섭섭한 마음을 드러내신다. 가족은 이 세상에서 가장 큰 버팀목이지만, 반대로 가장 큰 걸림돌이 되기도 한다. 남들보다 못한 모습으로 죽음 앞에서 끝내 매듭을 풀지 않은 채 헤어지는 부모 자식의 모습들을 심심치 않게 볼 수 있다. 유산을 다른 자식들보다 더 주지 않았다고 부모님을 원망하며 장례식에도 참여하지 않고, 형제들과 인연을 끊기도 한다.

30 용서하되
   잊어버리지 않는다

   그렇다면 용서는 어떻게 하는 것일까? 용서에는 마음의 준비가 필요하다. 상대방에 대한 부정적인 마음이 사라져야 한다. 용서했다 하더라도 과거의 일을 떠올리거나, 상대방을 보고 다시 마음이 동요된다면 그것은 용서한 것이 아니다. 상대방을 이해하고 진심으로 잘 살아가기를 바라는 마음이 생겨야 한다. 상대방을 바라보는 마음이 바뀔 때 비로소 진정한 용서가 이루어지며, 스스로를 괴롭히는 미움의 감정에서 벗어날 수 있다.

   비슷한 의미로 사용되는 회해외는 어떤 치이가 있을까? 용서는 마음을 회복하는 것이고 화해는 관계를 회복하는 것이다.

서로 사랑하는 부부가 있다. 어느 날 남편이 바람을 피웠고, 아내는 이 사실을 알게 된다. 아내는 남편을 용서하기로 한다. 그러나 화해하고 싶지는 않다. 그래서 이혼을 결심한다. 반대로 아내는 남편과 화해하기로 한다. 이혼하지 않고 계속 부부로 지내기로 한다. 하지만 용서할 수는 없다고 말한다. 부부는 별거를 선택한다. 용서와 화해가 함께 이루어지는 것이 가장 이상적이다. 하지만 더 이상 상대방을 만날 수 없다면 화해는 불가능하다. 그러나 용서는 마음을 회복하는 일이므로 혼자서도 충분히 가능하다.

용서를 위해선 당시의 상황을 다시 돌아봐야 한다. 바둑을 마치면 복기(復棋)를 한다. 복기란 한 번 두고 난 바둑의 판국을 비평하기 위해 두었던 대로 다시 처음부터 놓아보는 것을 말한다. 패배한 이에게는 고통스럽고 괴로운 시간이다. 하지만 실수를 돌아보며, 다음 대국을 준비하는 과정이기도 하다. 이처럼 용서를 위해선 당시의 상황을 복기해야 한다. 어떠한 상황이었고, 상대방의 어떤 행동으로 자신이 상처받았는지, 그리고 그 당시 자신의 마음과 행동은 어땠는지 돌아보는 과정들이 필요하다. 물론 지나간 상처를 다시 직면하는 것은 괴롭고 힘들다. 그러나 이 과정을 통해 당시의 사실관계를 정확히 파악하고 객관적인 시선으로 바라보는 것이 필요하다. 기억은 시간이 지날수록 부풀려지고 왜곡된다. 상대는 한 번 잘못했지만, 자기 마음속에서 수십, 수백 번을 곱씹기 때문이다. 이와 같은 기억의 왜곡을 바로잡기 위해서는 당시의 상황을 차분히 돌아보는 것이 필요하다.

상대의 의도를 왜곡하는 경우도 발생한다. 자신은 이미 피해자이기 때문에 상대의 의도를 의심하고 재구성한다. 별다른 의도가 없었거나 선한 의도였던 상대방의 행동이 나를 괴롭히기 위해 의도된 행동으로 의심될 때가 있다. 그래서 역지사지라는 말처럼 관점을 바꾸어 상대의 입장에서 보는 것이 필요하다.

사람들은 대부분 잘못의 원인이 밖에 있다고 여긴다. 상대방을 탓하든지, 자기 팔자를 탓하든지, 아니면 신을 탓할 뿐 자신의 잘못은 없다고 생각한다. 교도소에서 근무하는 지인이 이런 말을 해준 적이 있다. 사람들은 교도소에 수감된 수형자들이 죄를 참회하고 반성할 것으로 생각한다. 하지만 수형자 대다수는 자기 잘못을 인정하기보다 억울함을 호소한다고 한다.

"돈을 잠깐 빌려서 쓰고 다시 갚으려고 했는데, 나를 고소한 거예요."

"그 사람이 먼저 나를 화나게 해서 때린 것뿐입니다."

"실수 한번 한 거예요. 그런데 형이 너무 과합니다."

그래서 수형자를 상담할 때는 다시 죄를 짓지 않고 계도하는 내용으로 상담해서는 효과가 없다고 한다.

"아이고, 얼마나 억울하십니까. 고생이 많으세요."

이런 말로 시작해서 상대방의 마음을 헤아려주면, 수형자들은 쉽게 마음을 연다고 한다. 이처럼 사람들은 자신이 잘못했다 하더라도 자신의 잘못을 쉽게 인정하지 않는다.

불교에는 '아수라'라는 신이 있다. 아수라는 전쟁이 끊이지 않는 아수라도에 머무는 전쟁의 신들이다. 흔히 말하는 '아수라장'이 바로 여기서 유래되었다. 아수라가 있는 곳은 난장판이 되기 때문이다. 아수라도에서는 늘 싸움이 끊이지 않는데, 아이러니하게도 아수라가 가장 좋아하는 것은 평화이다. 전쟁의 신이 왜 평화를 좋아할까? 그리고 평화를 좋아하는데 왜 전쟁이 끊이지 않을까? 아수라는 자신들이 생각하는 정의의 기준이 있다. 그러나 그 기준에 하나라도 벗어나면 정의롭지 않다고 여겨, 정의와 평화를 수호하기 위해 전쟁을 불사한다.

이 이야기를 처음 듣고 큰 충격에 빠졌다. 아수라의 모습이 마치 나의 모습과 같았기 때문이었다. 나는 이래야 한다, 직장은 이래야 한다, 사회는 저래야 한다는 자신만의 기준을 가지고 있었다. 그리고 그 기준에 맞지 않으면 잘못되었다고 화를 내고 비판하고 괴로워했다. 내가 생각하는 기준에 맞추기 위해 노력했지만, 마음속 전쟁은 끊이지 않았다. 템플스테이에서 접한 이 이야기는 그동안의 나를 돌아보는 결정적인 계기가 되었다.

한 친구가 있었다. 그는 자신의 어린 시절, 직장생활로 바빠 양육을 소홀히 한 부모님을 원망하곤 했다. 그는 어른이 되었지만, 원망은 계속되었다. 자신이 이렇게 된 건 부모님이 어릴 적 자신을 잘 봐주지 않고, 충분히 사랑을 주지 않아서라고 화를 내곤 했다. 친구들과 함께 이야기를 나누던 그 날도 친구는 계속해서 부모님에 대해 원망을 쏟아놓았다. 그런데 곁에서 듣고 있던 친구가 갑자기 질문했다.

"근데 너 어렸을 때 부모님 나이가 어떻게 되셨어?"

"응? 서른셋?"

그는 부모님의 나이를 말하고 깜짝 놀랐다. 지금의 본인과 비슷한 또래였기 때문이었다. 어릴 적 기억 속의 부모님은 큰 어른으로만 보였는데, 생각해보니 지금의 자신과 비슷한 젊은이였다. 지금 자신은 결혼도, 육아도 하지 않고, 회사 다니는 것도 힘들었다. 그런데 부모님은 자신과 비슷한 나이에 가정을 꾸리고 가족의 생계를 책임지고 있었다. 문득 '부모님도 어렸었구나. 어떻게 해야 하는지 잘 몰랐겠구나. 부모 노릇 하랴, 사회생활 하랴 힘들었겠다.'

그 후 부모님에 대한 원망이 조금씩 사라졌다고 한다. 이처럼 입장을 바꿔보고 상대방을 이해하면 용서가 시작된다.

다음으로 사신이 느꼈던 분노를 덜어내는 과정이 필요하다. 상대방의 잘못으로 내가 어떤 감정을 느끼고 어떤 상처를 받았는지 상대방에게 전해야 한다. 피해자는 기억하지만, 가해자는 기억하지 못한다. 얼굴을 마주하고 말하기 어렵다면, 편지 등을 통해 전달하는 것도 좋은 방법이다. 더 이상 만날 수 없는 경우라면, 상대방이 자신의 앞에 앉아 있다고 상상하고 그에게 자신의 심정을 말해보는 것도 좋다.

용서는 타이밍이다. 시간이 흐를수록 상처는 깊어지고 용서는 어려워진다. 하지만 불편한 상황을 피하거나 자신이 상처받지 않았다는 것을 증명하기 위해 서둘러 용서하는 것은 올바른 용서가 아니다. 용서에는 준비가 필요하다. 먼저 자신의 마음속 상처를 충분히 어루만지고 회복이 된 다음 용서가 이루어져야 한다. 형식적인 용서는 하지 않는 것만 못하다.

용서하기로 다짐했다면 끝까지 해야 한다. 용서하더라도 상대방에 대한 원망은 다시 반복될 수 있기 때문이다. 용서는 한 번에 끝나는 것이 아니라, 반복해서 마음의 상처를 보듬고 치유하는 과정이다. 그래서 오랜 시간이 걸린다. 하지만 용서할수록 상처는 단단해지고 마음은 평온해진다. 사과 역시 마찬가지다. 사과하기로 다짐했다면 끝까지 해야 한다. 자신의 잘못을 뉘우치고 계속해서 상대방에게 용서를 구해야 한다. 물론 상대방이 사과를 받아들이지 않을 수 있다. 몇 번의 사과와 거절이 반복되면 화가 난다.

"아니 이 정도 사과했으면 됐지, 어떻게 더 사과를 해요? 너무

하네, 진짜."

곧 사과할 마음이 사라진다. 다시 상대방의 잘못으로 책임을 돌리고, 상대방을 가해자로 만들어버린다. 그러나 사과를 받아들이는 데도 시간이 필요하다. 일방적인 사과는 상대가 무조건 용서해야 한다는 폭력과도 같다. 사과 역시 용서처럼 한 번에 끝나지 않는다. 상대방의 마음이 치유될 때까지 계속해야 한다.

미국의 정신과 의사이자 사회비평가인 토머스 사스는 이런 말을 했다.

"멍청한 사람은 용서하지도 잊어버리지도 않는다. 순진한 사람은 용서하고 잊어버린다. 현명한 사람은 용서하되 잊어버리지 않는다."

어리석은 사람은 용서하지 않아 평생을 괴로움으로 살아간다. 순진한 사람은 용서하지만 잊어버리기 때문에 같은 일이 일어났을 때 다시 똑같은 상처를 겪는다. 현명한 사람은 용서하되 다시 같은 일을 겪지 않기 위해 잊지 않는다.

학교폭력에 시달리던 외아들이 괴로움을 견디지 못해 옥상에서 뛰어내려 스스로 목숨을 끊었다. 아버지는 분노했다. 하지만 아들과 같은 비극이 다시 일어나서는 안 된다고 생각했다. 그래서 회사를 그만두고 시민단체를 만들어 학교폭력을 예방하는 일에 앞장섰다. 청소년폭력예방재단 김종기 이사장님의 이야기다.

그는 지금도 아들의 죽음을 생각하면 괴롭고 슬프다고 한다. 그러나 아들의 죽음을 잊지 않고 학교폭력으로 고통받는 또 다른 아들들을 위해 앞장서는 그분의 모습에서, 고통 속에서 성장하고 거듭나는 인간의 존엄함을 배운다. 그렇게 이사장님은 용서를 통하여 세상의 어두운 곳을 밝히고 있다.

잘 죽기 위해선 여러 준비가 필요하다. 영혼의 준비, 몸의 준비, 마음의 준비, 관계의 준비가 필요하다. 그중 가장 중요한 준비는 마음의 준비다. 죽음이 가까워지면 삶의 덧없음을 느끼며 자신의 삶을 되돌아본다. 바쁘게 살아왔던 시간 속에 남는 것은 결국 사람뿐이다. 상처와 원망과 미움이 드러난다. 소화되지 못한 감정들은 족쇄가 되고, 행복한 죽음을 향하는 발목을 붙잡는다.

어떤 이는 가슴이 답답하다는 말과 함께 끝내 용서를 하지 못하고 원망 속에서 눈을 감았다. 화해하지 못한 가족들은 용서를 구했지만, 부모님은 눈을 감으신 뒤였다. 묵은 감정을 털어내고 용서하고 사과한 다음 이제야 마음이 후련하다는 말과 함께 미소를 지은 채 눈 감은 이도 있었다.

죽음을 앞두게 된다면 나는 누구에게 용서를 청하고 사과할 것인가? 아직도 생각하면 화가 나는 이들이 있고, 괜한 자존심으로 사과하지 못한 이들도 있다. 그러다 성경의 한 구절이 문득 눈에 들어왔다.

「그러므로 네가 재단에 예물을 바치려고 하다가, 거기에서 형제가 너에게 원망을 품고 있는 것이 생각나거든, 예물을 거기 제단 앞에 놓아두고 물러가 먼저 그 형제와 화해하여라. 그런 다음에 돌아와서 예물을 바쳐라.」

- 마태오 복음서 5장 23-24절

나중에 용서하고 눈을 감는 것도 중요하지만, 지금 용서하고 남은 삶을 행복하게 살아야 한다는 생각이 문득 들었다.

31 상실수업

칸이 나눠진 종이 한 장을 받았다. 제목은 '내 삶에 소중한 것
들.' 이게 뭔가 싶었다. 종이는 가로 다섯, 세로 여섯 칸으로 나눠
어 있다. 칸의 맨 윗줄에는 이런 것들이 적혀 있다. 가장 소중한
물건 다섯 개, 가장 좋아하는 활동 다섯 가지, 신체 중 중요하게
여기는 부분 다섯 곳, 중요하다고 여기는 가치 다섯 가지, 가장
사랑하는 사람 다섯 명, 아래의 빈칸에 이런 것들을 채워넣는 건
가? 고민이 끝나자 앞에 서 있던 안내자가 말을 이어간다.

"우리는 죽음을 통해서 삶을 배웁니다. 그렇다면 정말 나한테
소중한 것들은 무엇일까요? 한번 적어보고 생각해보는 시간을

갖겠습니다. 별것 아닌 내용인 것 같지만, 막상 써보려고 하면 고민이 되더군요. 막연히 생각하는 것보다, 종이에 적어보는 것이 필요합니다. 시작 전에 산란했던 마음을 가라앉히도록 잠시 명상을 하겠습니다. 종이 울리면 눈을 감고, 다시 종이 울리면 눈을 떠주시면 됩니다. 그럼 시작해보겠습니다."

종이 울리자 안내대로 조용히 눈을 감았다. 그리고 질문을 하나둘 곱씹어 보았다. 답을 찾기도 전에 다시 종이 울렸다. 눈을 뜨고 빈칸을 하나씩 채워나가기 위해 연필을 들어본다.

1. 가장 소중한 물건 다섯 가지
- 나를 먼 곳까지 실어다주는 자동차, 하루 종일 붙잡고 사는 휴대폰, 대학교 때부터 내 삶에 80% 이상을 차지하는 컴퓨터, 오래된 손때 묻은 카메라, 그리고 죽음에 관한 책들. 적어놓고 보니 그렇게 비싼 물건은 없었다.
2. 가장 좋아하는 활동 다섯 가지
- 첫 번째는 '걷기'. 말하는 걸 워낙 좋아하니까 두 번째는 '대화하기', 고등학교 때부터 시든 수필이든 뭔가를 끄적끄적 노트에 적곤 했다. 세 번째는 '글쓰기', 역시 컴퓨터 하는 걸 빼놓을 수 없으니 네 번째는 '웹서핑'. 다섯 번째는 매일 빼놓지 않고 하는 '백팔배'.

3. 신체 중 중요하게 여기는 부분 다섯 곳

- 당연히 봐야 하니까 눈, 컴퓨터도 하고 글도 써야 하니까 손, 그
  래도 맘대로 돌아다녀야 하니까 다리, 사람들과 대화를 나눌
  수 있는 입과 귀.

4. 중요하다고 여기는 가치 다섯 가지

- 가족에 대한 사랑, 그리고 남들에게 인정받는 능력, 불편함 없는
  경제력, 상대방을 위한 배려심, 맡은 일에 대한 책임감.

5. 가장 사랑하는 사람 다섯 명

- 아버지, 어머니, 누나, 조카, 그리고 친구

고민 끝에 겨우 빈칸을 채워놓았다. 막상 써놓고 보니 생각 외
로 가진 것이 별로 없구나 하는 생각이 들었다. 좋아하는 활동
도 내향적인 것들이 대부분인 걸 새삼 알게 되었다. 주변을 둘러
보니 여전히 고민하는 사람들도 있었고, 일찌감치 다 적고 옆 사
람에 훈수를 두는 사람도 있었다. 옆자리에는 부부가 함께 참여
했는데, 가장 사랑하는 사람 다섯 명에 내가 왜 세 번째냐 옥신
각신 다투고 있었다. 분위기가 한참 왁자지껄해질 때쯤 안내자가
다시 말을 이어갔다.

"다 쓰셨나요? 막상 써보려니 힘드셨죠? 그래도 고생하셨습니
다. 분위기가 소란하니 잠시 명상을 하면서 마음을 가라앉혀볼
까요?"

다시 시작된 명상. 이제 서로 발표하면서 소감을 나누겠구나. 하기 싫은 마음이 올라왔다. 교육치곤 너무 단순한 거 아닌가 하는 생각도 들었다. 눈을 뜨니 안내자는 말을 이어 나간다.

"죽음을 앞두면 무엇인가를 잃게 됩니다. 내가 가진 것들을 하나둘씩 내려놔야만 하죠. 지금부터 그런 경험들을 함께해 보려합니다. 작성하신 종이를 앞에 두고 조용히 집중해주세요. 그리고 지금부터 말씀드리는 안내에 따라주시면 됩니다. 그럼 이야기를 시작해보도록 하겠습니다."

"추운 겨울이 지나가고 이제 막 아지랑이가 피어오르는 3월의 어느 날. 오늘은 기분이 참 좋습니다. 가족들과 함께 나들이를 다녀왔습니다. 멋진 풍경과 맛있는 음식, 다양한 볼거리로 오붓한 시간을 보내서 행복했습니다. 작년 말 나는 회사를 정년퇴직했습니다. 열심히 일했고, 은퇴하면 그동안 소홀했던 아내와 가족들과 함께 좋은 시간을 보내야지 하고 다짐했습니다. 이제 그런 시간을 보낼 수 있을 것 같아서 기분이 좋습니다. 씻고 잠자리에 누우려고 했는데 저녁때 먹은 음식들이 아직도 소화가 안 되는 것 같습니다. 과식해서 그런가, 자고 일어나면 괜찮아지겠지. 더부룩한 속을 진정시키려 소화제를 한 알 털어넣습니다.
자, 그럼 이제 눈을 뜨고 먼저 버릴 수 있는 것 두 가지를 지워보겠습니다."

뭐? 지워보라고? 모두들 웅성거린다. 나 역시 당황스럽기는 마찬가지였다. 기껏 고민해서 적었는데 지워야 한다니. 적어두었던 것들을 재빨리 하나둘씩 헤아려 본다. 가장 먼저 버릴 수 있는 것 두 가지. 뭐가 있을까. 그래도 버려야 한다면 우선 카메라와 책을 버리는 게 낫겠지. 그렇게 두 칸에 ×표를 그어본다. 주위를 둘러보니 다른 사람들도 하나둘씩 지우고 있었다. 다 지운 사람은 연필을 내려놓고 눈을 감으라는 안내가 나오고, 다시 다음 이야기가 이어졌다.

"예전에 위염이 조금 있긴 했는데, 요즘 밀가루, 튀김, 고기 같은 음식을 많이 먹어서 그런 거겠지, 앞으로 식단조절 좀 해야겠다 생각하고 대수롭지 않게 여겼습니다. 그렇게 몇 주가 흘렀습니다. 그런데 여전히 식사 후에는 속이 더부룩하고 답답했습니다. 가끔 뒤틀릴 만큼 쓰리고 아플 때도 있었습니다. 자, 이제 눈을 뜨고 다시 두 가지 항목을 지워보겠습니다."

다시 두 개. 뭐를 지워야 할까. 곰곰이 생각해본 결과 역시 물건이 제일 쉽게 포기가 되었다. 그래도 컴퓨터는 놓칠 수 없었다. 자동차와 휴대폰에 ×표를 그어본다. 웅성웅성하던 분위기는 사라지고 사람들은 조용한 가운데 하나둘씩 무엇인가를 지워나갔다. 다음 이야기가 이어진다.

　"혹시나 하는 마음이 들어 인터넷에 검색을 해보고, 아는 사람들한테 물어보니 큰 병은 아닐 거라고 말했습니다. 어차피 이렇게 된 거 정확히 검사나 받아 봐야겠다는 생각에 병원을 찾아갔습니다. 오랜 시간 끝에 나온 검사 결과는 위암이었습니다. 의사는 회복될 가망성이 낮다고 합니다. 믿을 수 없었습니다. 하늘이 무너지는 것 같았습니다. 그래도 회복된 경우가 있다고 합니다. 희망의 끈을 놓지 않고 치료를 해보기로 결정했습니다. 자, 이제 눈을 뜨시고 여섯 가지 항목을 더 지워보겠습니다."

　교실에서 탄식이 흘러나온다. 여섯 개라니. 모두들 조용해진다. 여섯 개, 무엇을 지워야 할까. 고민 끝에 컴퓨터, 웹서핑, 남을 위한 배려심, 맡은 일에 대한 책임감, 남들에게 인정받는 능력, 불편함이 없는 경제력을 지워본다. 경제력이 고민이 되었지만, 그래도 어쩔 수 없었다. 이제 남은 건 사랑하는 사람들과 좋아하는 활동, 몸뚱이밖에는 남지 않았다. 뭔가 기분이 초조해졌다. 하지만 여기서 끝이 아니라는 듯 안내자는 이야기를 이어간다.

　"수술은 잘 끝났습니다. 하지만 앞으로도 계속 치료를 받아야 한다고 합니다. 항암 치료 및 방사선 치료를 받게 되었습니다. 치료를 받는 날이면 견딜 수 없을 만큼 괴롭고 고통스럽습니다. 머리카락도 빠지고 구토와 설사가 계속됩니다. 이렇게 살아서 정말 무슨 의미가 있을까 싶습니다. 자, 이제 눈을 뜨고 다시 여섯 가지 항목을 지워보겠습니다."

이제는 탄식조차 나오지 않았다. 나는 무엇을 지워야 할까. 머리를 굴려보지만 마땅치 않다. 백팔배하기, 글쓰기, 대화하기, 걷기, 말할 수 있는 입, 가족에 대한 사랑을 지운다. 반 이상이 이미 ×표로 가득 차 있다. 이제 사람들은 발을 동동 구르고 어떻게 하지 하며 고민한다. 이제 가진 것이 얼마 남지 않았다. 그런데 다시 이야기가 시작된다.

"투병을 시작한 지 꽤 시간이 흘렀습니다. 그러나 암세포는 줄어들지 않고 결국 전이되었습니다. 하루하루 천국과 지옥을 오가는 기분입니다. 차라리 죽는 게 낫지 않을까 싶을 정도로 아프고 괴롭습니다. 예전엔 몰랐는데, 건강하다는 것이 이처럼 감사한 일일지 몰랐습니다. 왜 하느님은 나한테 이런 시련을 주실까? 정말 나는 죽는 것일까? 가족들에게 화를 내기도 하고 그래도 살고 싶다고 기도도 해보지만, 점점 의식은 흐려져만 갑니다. 이제 정말 얼마 남지 않은 것 같습니다. 자꾸만 호흡은 더뎌지고 눈이 감깁니다. 자, 이제 눈을 뜨시고 다시 네 가지 항목을 지워보겠습니다."

다시 네 가지. 고민 끝에 어쩔 수 없이 눈과 손, 귀, 다리를 지운다. 만질 수도, 걸을 수도, 들을 수도 없겠지만, 그래도 끝까지 가족 곁에 남고 싶다. 이제 남은 건 부모님, 누나, 조카, 친구밖에는 없었다. 다시 이야기가 시작되면 나머지 다섯 가지도 지워야겠지. 괜히 한숨이 나온다. 더는 못하겠다고 하는 사람도 있다. 어디선가 훌쩍거리는 소리도 들리기 시작한다. 안내자는 아랑곳하지 않고 모두에게 눈을 감으라고 말한다. 교실이 정적에 휩싸인다. 잠시의 침묵이 지난 다음 안내자의 멘트가 이어진다.

"다행히도 이야기는 여기서 끝이 납니다. 눈을 뜨고 다시 현실로 돌아오시면 됩니다. 이제부터 마음을 나눠보는 시간을 가질 텐데요. 가장 먼저 지워진 것은 어떤 것들인가요?"

사람들은 안도의 한숨을 쉬었다. 귀금속, 가방, 자동차 등의 물건들을 지웠다는 의견이 대부분이다. 남편을 먼저 지웠다는 한 여자분의 우스갯소리에 웃음꽃이 핀다.

"그럼 가장 마지막까지 남은 것은 어떤 것들인가요?"

부모님 세대는 자녀, 혹은 손주들을 남겼고, 자녀 세대는 아내, 부모님을 남겼다. 대부분이 사랑하는 사람들을 가장 마지막까지 남겼다. 이야기가 끝나지 않았다면 자녀들을 지워야 해서 눈물이 날 것만 같았다고 말씀하시는 분들도 있었다. 무엇보다도 가장 끝까지 남는 것은 가족뿐이라는 생각이 들었다는 말씀도 하셨다. 바쁘다는 핑계로 부모님을 자주 뵈러 가지도 못하고, 직장생활 하느라 바빠서 애들과 많이 놀아주지 못했던 것이 마음에 걸렸다고 하셨다. 대부분 그 말에 고개를 끄덕거리며 동의하였다. 결국 남은 건 가족과 사랑이었다.

　"네, 대부분 비슷한 경험과 생각을 하신 것 같네요. 잠시 상상을 하는 것만으로 참 힘들고 괴로웠죠. 우리는 가상으로 체험을 해봤고, 짧게 끝나서 다행이었지만, 호스피스에서 투병하시는 분들은 실제로 이 경험을 매일 하고 계십니다. 하루하루 병이 깊어질수록 내가 가지고 있는 것들을 하나둘 포기해야 하죠. 먹는 것을 좋아했지만 더 이상 먹는 것을 포기해야 할 때도 있고, 기력이 떨어져 움직이지도 못하게 됩니다. 몸은 한 곳 두 곳 허물어져 버립니다. 통증은 점점 심해집니다. 매일이 상실의 연속입니다. 가진 것들도 모두 의미가 없어지겠죠. 결국 남은 시간 동안 일상의 소중함과 가족에 대한 사랑을 깨닫고 확인합니다. 그래서 누군가는 호스피스에서의 시간이 일생 동안 가족을 가장 사랑한

때였다고 말합니다. 힘들고 괴롭지만, 고통 속에서 사랑을 배우고 성장하는 시간이 되었다고 합니다. 앞으로도 살아가시면서, 죽음이란 거울에 비추어 내 삶에 소중한 것들을 놓치지 않고 간직하시며 살아가시길 바랍니다. 감사합니다."

수업을 마치고 돌아가는 길, 함께 수업에 참여하셨던 스님 한 분과 동행하였다. 상실수업을 하면서 들었던 이런저런 생각들을 말씀드리니 빙긋이 미소를 지으신다. 그리고 말씀하셨다.

"대부분 결국 가족이 남았겠지요. 사람이라면 누구나 당연하겠죠. 그런데 불교에서는 결국 그 남은 것이 가장 큰 집착이에요. 죽음 앞에서도 끝내 놓지 못하는 것, 그 집착까지 내려놓아야 비로소 해탈하고 자유로워질 수 있습니다. 우리 같은 승려들은 그것마저 놓아버려야 하지요. 허허허."

스님은 다음에 또 보자는 말씀과 함께 자리를 떠나셨다.

버스에 올라 창밖을 바라본다. 버스에는 이어폰을 끼고 스마트폰을 보는 지친 얼굴의 직장인들이 앉아 있다. 상실수업의 내용과 스님의 말씀이 마음속을 헤집어놓는다. 내 삶의 마지막 순간 결국 남게 될 것은 무엇인지 상상해본다. 그것마저 뛰어넘어 해탈하지는 못할 것 같다. 그러니 나중이 아니라 지금을 생각하며 그것들을 소중히 해야겠다고 다짐했다.

32 글보다는 삶으로, 유언장

　매년 연말 유언장을 작성한다. 웰다잉 플래너라는 직업 때문이기도 하지만, 한 해를 마무리하며 지난 삶을 정리해보기 위한 목적도 있다. 젊은 사람이 너무 오버하는 건 아닌가 싶기도 하지만, 죽음은 늘 불현듯 우리를 찾아온다. 나 역시도 예외는 아니다. 다른 사람의 웰다잉을 도와주는 것도 필요하지만, 무엇보다 나의 웰다잉을 준비해두어야 한다. 막상 유언장을 작성하기 위해 펜을 들면, 행복하고 감사했던 기억보다 아쉽고 미안했던 기억이 많다. 벌려놓고 수습하지 못한 일들과 자질구레한 물건들이 눈에 들어온다. 반성이 된다. 겸손해지고 너그러워진다. 자연스럽게 앞으로 어떻게 살아가야 할지가 고민이 되며 새해 계획이 세워진다. 잘 죽기 위한 준비는 결국 다시 잘 살기 위한 준비로 바뀐다.

좋은 죽음, 행복한 죽음을 위해 준비하는 것 중의 하나가 바로 유언장이다. 유언장은 웰다잉을 위한 영혼의 준비, 마음의 준비, 몸의 준비, 관계의 준비 중 관계의 준비에 해당된다. 유언장은 자신의 마지막 뜻을 밝혀 기록한 문서를 말한다. 자신이 떠난 후 남은 이들에게 보내는 마지막 작별인사와도 같다.

하지만 굳이 미리 작성을 해두어야 할까? 임종이 가까워졌을 때 써도 늦지 않을까? 물론 그래도 되지만 임종이 가까워지면 정상적인 판단이 어렵다. 또한 임종 직전 유언을 남기는 것은 영화에서나 가능하지 실제로는 불가능하다. 그리고 유언장을 통해 미리 유산 배분에 대해 뜻을 밝혀두지 않으면 가족 간에 혼란과 다툼이 일어난다. 그러기 위해선 건강할 때 미리 유언장을 작성해두어야 본인의 뜻을 왜곡 없이 전달할 수 있다.

유언장도 물론 준비해야 하지만, 최근 어르신들 사이에서는 '효도 계약서'를 작성하는 것이 유행이라고 한다. 효도를 계약한다? 다소 생소하다. 그렇다면 효도 계약서는 어떤 서류일까?

어느 날 혼자 사시는 할머니께 아들이 찾아온다.

"엄마, 나 드릴 말씀이 있어요. 요새 경기기 힘들어서 회사도 어렵고 먹고 사는 것도 힘들어요. 거기다가 애들 둘 학원 보내려고 하니 정말 휘청휘청하네. 여기저기 대출받은 것도 만기가 가까워지는데 갚을 길은 없고…… 엄마, 그러니까 나중에 이 집 나물려주실 거잖아요. 근데 미리 주시면 안 될까요? 염치없지만, 정말 힘들어서 그래, 엄마. 한 번만 부탁드려요. 앞으로 내가 잘 모실게."

하나뿐인 아들의 말에 할머니는 마음이 아프다. 그래, 죽은 다음에 주나 지금 주나, 차라리 필요할 때 주는 게 낫지. 할머니는 아들을 도와주기 위해 집을 팔아 돈을 주고, 자신은 전세방으로 거처를 옮긴다. 아들은 기뻐하며 감사하다는 인사를 거듭하고 잘 모시겠다고 한다.

그런데 돈을 받은 다음, 자주 찾아오던 아들의 발걸음이 뜸해진다. 전화를 해도 바쁘다는 말만 하고, 명절 때는 해외여행을 간다며 용돈만 보낸다. 바빠서 그렇겠지 생각하고 이해하려 하지만, 한편으론 괘씸한 마음이 든다.

그러던 어느 날 할머니는 길에서 넘어져 대퇴부가 골절된다. 다행히 수술로 치료할 수 있었지만, 회복에 긴 시간이 걸려 장기간 요양이 필요했다. 아들은 맞벌이를 해서 어머니를 모시기 힘들다고 죄송하다고 했다. 결국 할머니는 요양원에 모셔졌다. 아들은 가끔 찾아오긴 했지만, 다시 사정이 어려워졌다며 요양원 이용료를 내는 것이 어렵다고 한다. 결국 할머니는 모아둔 보증금으로 요양원 비용을 낸다. 그러나 할머니는 끝내 회복되지 못하고, 요양원에서 눈을 감는다.

　이런 일을 방지하기 위해 대안으로 나온 것이 바로 '효도 계약서', 정식 명칭은 부담부증여계약서다. 부모가 자식에게 유산을 물려주는 대가로, 자식이 부모를 잘 모시겠다고 약속하는 각서를 말한다.

　"그래, 네가 필요하다고 하니 미리 유산을 주마. 하지만 그 대가로 한 달에 한 번 이상 나를 보러 와야 하고, 명절 때도 찾아오고, 나중에 내가 병원에 입원했을 때도 병원비를 내주고, 정기적으로 용돈도 주어야 한다. 여기에 동의하면 내가 유산을 미리 주마. 하지만 만약 어길 경우엔 유산은 다시 반납해야 해."

　이처럼 부모와 자식 간에 유산과 효도로 계약을 맺게 된다. 어르신들 사이에 효도 계약서가 유행인 이유는 이런 일이 빈번하게 일어나기 때문이다. 유산을 물려주자 자식이 부양을 거부해 버림받는 부모들이 늘어나고 있다. 이런 일들이 사회적으로 큰 문제가 되고 있어, 국회에서는 불효자 방지법의 제정까지 대두되고 있다.

　효도 계약서가 생전 증여에 대해 준비하는 과정이라면, 유언장은 사후 상속에 관한 문서이다. 유언장은 다양한 방식으로 작성할 수 있다. 자필 증서, 녹음, 공정 증서, 비밀 증서, 구수증시 등이 방식이 있다. 공정 증서, 비밀 증서, 구수 증서의 경우 공증인과 변호사가 필요하며 큰 비용이 들어 일반적으로 쓰이지는 않는다. 많이 이용하는 방법은 자필 증서와 녹음 방식이다. 정해진 요건을 준수하면 충분히 법적인 효력을 발휘할 수 있다.

자필 증서의 경우 자필로 유언내용을 작성하고 작성연월일, 주소, 성명을 기재한 다음 날인하면 된다. 반드시 본인이 자필로 작성해야 하며, 다른 사람이 일부분을 작성한다든가 워드프로세서 등으로 작성한 경우에는 법적인 효력이 인정되지 않는다. 또한 작성년월일, 주소가 정확히 기재되어야 한다. 이와 같은 조건에 조금이라도 어긋날 경우에는 유산 분쟁에서 법적인 효력을 인정받을 수 없다. 실제로 유언장에 주소를 '강남구 압구정동에서'라고만 적은 사례가 법적인 효력을 인정받지 못해 100억 원 상속의 유언장이 무효가 되기도 했다. 유언장이 인정받기 위해선 '강남구 압구정동 17-3번지'와 같이 정확하게 주소가 기재되어야 한다.

최근에는 스마트폰의 보급으로 녹음 및 동영상 유언도 빠르게 늘어나고 있다. 자필 증서나 다른 유언 방식에 비해 번거로운 절차가 필요 없고 비용이 들지 않는다는 장점이 있다. 작성 방법은 말 그대로 동영상이나 녹음을 조건에 맞추어 남기면 된다. 지켜야 할 조건에는 유언내용, 성명, 연월일을 말한 다음 증인 한 명이 유언이 정확하다는 내용을 진술하고, 자신의 이름을 함께 녹음해야 법적인 효력을 인정받는다.

이처럼 유언장 작성은 좁은 의미에서는 유산 상속에 국한되지만, 넓은 의미에서는 사랑하는 이들에게 남기는 마지막 작별인사이자 선물이 될 수 있다. 마음은 통장에 담을 수 없다. 마음이 담긴 유언장은 남은 이들을 위로하고, 앞으로의 삶을 살아가는 데 큰 힘이 된다.

시대의 큰 어른이자, 무소유의 삶을 살아오셨던 법정 스님은 유언장에서도 당신의 삶을 그대로 보여주셨다. '풀어놓은 말빚을 다음 생으로 가져가지 않으려 하니 자신의 이름으로 출간된 모든 출판물을 거둬달라'는 뜻을 밝히셨다. 장례식과 같은 의식을 행하지 말고 사리도 찾지 말며, 관과 수의를 마련하지 말고 가사한 장만 덮은 다음 화장하라고 하셨다. 제자들은 이와 같은 스승님의 뜻에 따라 다비식을 진행하였다. 입적하시던 날, 주지로 있던 길상사에서 처음이자 마지막으로 하룻밤을 묵으셨다. 살아 있을 때는 삶에 충실하고, 죽을 때는 죽음에 충실하라는 경전의 말씀 그대로 초연히 입적하셨다. 육신을 버린 후에는 어린 왕자가 사는 별나라로 가 하루에도 몇 번씩 해지는 모습을 보고 싶다던 글을 남기셨던 법정 스님. 한글을 사랑해서 다시 한반도에 태어나고 싶다던 소망처럼, 출가 수행자로 다시 이 땅에 태어나지 않으셨을까 생각이 든다.

권정생 작가님의 유언장 역시 깊은 울림을 안겨준다. 그는 어릴 적부터 가난으로 어렵게 생계를 이어갔으며, 교회 문간방에서 종지기로 살며 평생을 병마와 싸웠다. 1969년 동화『강아지 똥』으로 아동문학상을 수상했고, 이후『몽실 언니』등 여러 편의 작품을 발표하며 베스트셀러 작가 반열에 올랐다.

하지만 이후에도 변함없이 흙집을 짓고 살며 검소한 삶을 살아오셨다. 임종을 앞두고 두 통의 유언장을 남기셨는데, 첫 번째 유언장에는 다음과 같은 내용이 적혀 있었다.

「만약에 죽은 뒤 다시 환생을 할 수 있다면 건강한 남자로 태어나고 싶다. 태어나서 스물다섯 살 때쯤 스물둘이나 스물셋쯤 되는 아가씨와 연애를 하고 싶다. 벌벌 떨지 않고 잘할 것이다. 하지만 다시 환생했을 때도 세상엔 얼간이 같은 폭군 지도자가 있을 테고 여전히 전쟁을 할지 모른다. 그렇다면 환생은 생각해봐서 그만둘 수도 있다.」

작가님의 재치와 성품, 아이들과 평화를 사랑하셨던 모습을 엿볼 수 있다. 유산과 관련해서는 다음과 뜻을 남기셨다.

「내가 쓴 모든 책은 주로 어린이들이 사서 읽는 것이니 여기서 나오는 인세를 어린이에게 되돌려주는 것이 마땅한 것이다.」

「제 예금통장 다 정리되면 나머지는 북측 굶주리는 아이들에게 보내주세요. 제발 그만 싸우고, 그만 미워하고 따뜻하게 통일이 되어 함께 살도록 해주십시오. 중동, 아프리카, 그리고 티베트 아이들은 앞으로 어떻게 하지요. 기도 많이 해주세요. 안녕히 계십시오.」

인세를 통해 얻은 수익금 10억 원을 어린이들을 위해 써달라고 부탁하셨고, 그 뜻을 기려 권정생어린이문화재단이 설립되어 지금까지 불우어린이 돕기 사업을 실천해오고 있다.

누구보다 검소하게 살며 아이들을 사랑하고, 죽어서는 강아지 똥처럼 흙으로 돌아가 사랑의 꽃을 피운 모습이 담겨 있는 유언장이다.

'만득이'로 불렸던 충주 주평교회 전생수 목사님의 유언장은 100세의 나이에 자연사한 스콧 니어링의 모습과도 닮았다. 평생 가난한 시골교회에서 목회 활동을 하셨던 목사님은 스스로 촌놈이라는 의미로 '만득이'란 별명을 짓고 활동했다. 유언장에는 다음과 같은 내용이 적혀 있었다.

「(중략) 첫째, 나는 치료하기 어려운 병에 걸리면 치료를 받지 않을 것인즉, 병원에 입원하기를 권하지 말라. 둘째, 나는 병에 걸려 회복하기 어렵다고 판단되면 어떤 음식이든 먹지 않을 것인즉, 억지로 권하지 말라. 또한 내가 의식이 있는 동안에 나의 죽음에 관한 이야기 나누기를 꺼려하지 말라. 셋째, 내가 죽으면 가까운 사람들에게만 알려 장례를 번거롭게 하시 말라. 넷째, 내가 죽으면 내 몸의 쓸모 있는 것들은 필요한 사람들에게 나누어주고, 나머지는 내가 예배를 집례할 때 입던 옷을 입혀 화장을 하고, 현행법에 어긋나지 않는다면 고향 마을에 뿌려 주기를 바란다. 다섯째, 내가 죽은 뒤에는 나에 대한 어떠한 흔적도 땅 위에 남기지 말라(푯말이나 비석 따위조차도). 와서 산만큼 신세를 졌는데 더 무슨 폐를 끼칠 까닭이 없도다.

사랑하는 이들이여! 나는 목회자로 살면서 목회를 위한 목회, 교회를 위한 목회를 하지 않고, 우리 모두의 한 사람 한 사람 속에, 그리고 우리 가운데 하느님의 나라가 이루어지기를 소망하며 목회를 하였으니 여러분들이 앞으로도 계속하여 하느님의 나라를 이루기를 바라며 우리 모두가 영원한 생명 안에서 어우러질 수 있으리라 확신하노라.」

유언장은 스스로의 삶을 돌아볼 수 있는 거울과 같다. 어떻게 살아왔으며, 어떤 것을 가졌고, 무엇을 남기고 갈 것인지를 고민해볼 수 있는 성찰의 기회가 된다. 또한 남겨진 가족의 혼란과 다툼을 줄일 수 있다. 그러한 점에서 유언장 작성은 좋은 죽음을 위해 반드시 필요한 준비다. 또한 유언장은 남은 이들에게 전하는 마지막 인사와 더불어, 어떻게 살아가야 할지를 말해주는 삶의 안내서가 될 수 있다.

글로 유언장을 작성해두는 것도 좋지만, 삶으로 쓴 유언장은 보다 더 의미가 있다.

평소 가족의 화목과 형제간의 우애를 중시하며, 검소하고 나눔의 삶을 살아오셨던 분이 계셨다. 유언장을 써놓지 못하고 돌아가셨다 할지라도 그러한 모습을 보며 자라온 자식들은 고인이 보여주신 모습과 뜻을 따라 그대로 살아갈 것이다. 이처럼 좋은 삶은 그대로 좋은 유언장이 된다.

다음은 78세에 세상을 떠나신 할머니 한 분께서 자식들에게 남긴 유언장이다.

자네들이 나를 돌보아줌이 고마웠네.
자네들이 세상에 태어나 나를 어미라 불러주고
젖 물려 배부르면 나를 바라본 눈길에 참 행복했다네.
지아비 잃어 세상 무너져,
험한 세상 속을 버틸 수 있게 해줌도 자네들이었네.

병들어 하느님 부르실 때,
곱게 갈 수 있게 곁에 있어줘서 참말로 고맙네.

자네들이 있어서 잘 살았네
자네들이 있어서 열심히 살았네.

딸아이야. 맏며느리, 맏딸 노릇 버거웠지?

큰애야. 맏이 노릇 하느라 힘들었지?

둘째야. 일찍 어미 곁 떠나 홀로 서느라 힘들었지?

막내야. 어미젖이 시원치 않음에도 공부하느라 힘들었지?

고맙다. 사랑한다. 그리고 다음에 만나자.

- 2017년 12월, 엄마가

사잣밥 *
- 강원남

저고리 들고

지붕 위에서

고복(皐復)은 했지만서도

그래도 쉽게 못 데려가지. 우리 아를.

어디서 보이 엽하다

살아 난 사람도 있다던데,

코 틀어 막으려 하이

에취 하며 재채기했다더라.

그르게 살아올지 모른다.

아직은 아이다.

여기 밥 까득 퍼놨으이

저기 대문 앞에 채 위에다 올려둬라.

저승사자고 뭐고 푸지게 먹으면

잠이 오지 않겠나.

짚신은 오래 못 가게

몇 군데 몰래 끊어놓고

노잣돈도 조금만 놓거래이.

거다 종지에 간장 까득 담아가 올려봐라.

물 놓지 말고

찬 없이 밥 먹다가 심심하니

간장이라도 찍어 먹겠지.

아 데리고 가다가도

목 매려서 다시 오지 않겠나.

안 데려가지 않겠나.

그럼 우리 아 다시 살아나지 않겠나.

그렇게라도 살려야 하지 않겠나.

할 수 있는 거이 이거뿐이 더 있겠나.

* 사잣밥은 죽은 사람의 영혼을 데리러 온다고 하는 저승사자를 잘 대접함으로써 편하게 모셔가 달라는 뜻이 담긴 음식이다. 간혹 지방에 따라 사잣밥에 간장을 놓기도 하는데, 그 이유는 간장을 먹으면 목이 말라 물을 자주 찾게 되고 물을 마시러 되돌아올 때 죽은 이도 함께 되돌아오기를 바라는 마음 때문이라고 한다.

33 마지막 이별의 순간, 장례식

장례식은 슬프다. 사랑하는 이를 떠나보내는 자리이며, 마지막 예를 다하는 의식이다. 장례식이 진행되는 3일 동안 고인을 떠나보낼 마음의 준비를 하며 예를 다한다. 염을 하고, 수의를 입히고, 입관을 한다. 고인의 떠남을 슬퍼하는 이들이 찾아와 마지막 인사를 한다. 가족들과 슬픔을 나누며 위로한다. 그리고 시신을 다시 돌려보낸다. 하지만 이와 같은 우리나라의 장례식은 언젠가부터 본래의 의미를 잃어버리고 있다.

아일랜드가 고향인 워렌 닐랜드 교수는 한국의 장례식을 보며 낯설다고 말힌다. 유족들은 방 한구석에서 쪽잠을 자고, 고인을 알지 못하는 사람들이 북적거린다. 조의금을 내기 위해 현찰을 주고받고, 유족과 조문객들이 웃고 떠들기도 하며, 밤새도록 화투장을 돌리기도 한다. 복도에는 긴 조화 행렬이 늘어서 있다. 고인에 대한 추모는 사라진 채, 번호표를 받고 순서를 기다렸다가 장례식을 치르고 화장(火葬)하는 모습이 마치 패스트푸드점처럼 느껴졌다고, 주인공이 빠진 생일 파티처럼 보였다고 한다. 그래서 그는 한국을 좋아하지만, 한국식으로 죽고 싶지는 않다고 말한다.

조사된 바에 따르면 2015년 기준 평균 장례비용은 1380만 원이라고 한다. 마지막 가시는 길을 섭섭하지 않게 모셔야 한다고 생각하지만, 그래도 적지 않은 비용이다. 왜 이렇게 많은 돈을 써야 할까? 1970~80년대 장례식은 대부분 집에서 이루어졌다. 가족 친지와 이웃들이 함께 모여 장례식을 치렀다. 고인을 모시는 장지는 선산이나 공원묘지였다. 그래서 크게 돈이 들지 않았다. 그러나 이제는 더 이상 집에서 치를 수 없다. 장례식을 치를 줄 아는 사람들도 없다. 그러다 보니 장례는 장례식장에서, 장례 전문가들이 주가 되어 진행하게 되었다. 과거의 장례식이 가족 중심이었다면, 오늘날 장례식은 전문가 중심이 되었다. 조문객을 위해 식사를 접대하고 부대시설을 이용하는 데도 많은 돈이 들어간다.

그렇지만 장례식장에는 고인이 없다. 고인의 시신은 따로 냉동고에 보관이 되어 있다. 고인이 없는 자리에서 고인을 추모하는 어이없는 장면이 연출된다. 3일간의 장례식 동안 유가족들은 몸과 마음이 지친다. 고인을 떠나보낸 슬픔도 추스르지 못했는데, 몰려오는 조문객들을 응대하느라 경황이 없다. 가장 위로받아야 할 사람이지만, 위로받을 시간조차 없다. 또한 장례식 비용, 조의금 정산, 유산 분배로 가족 간의 갈등이 드러나기도 한다. 한국의 장례식은 이처럼 고인을 떠나보낸 예를 다하고 슬픔을 추스르기보다 보여지는 것이 우선인 행사가 되어버렸다.

하지만 좋은 장례식은 고인을 추억하며, 남은 이들을 위로하고, 기쁘게 작별하는 순간이 될 수 있다. 장례식을 통해 가족이 화합하고, 고인의 뜻을 이어가며, 앞으로의 삶을 살아갈 새로운 힘을 얻기도 한다. 그런 의미에서 장례식은 고인이 가족과 남은 이들에게 전하는 마지막 선물이 될 수 있다.

결혼식의 주인공이 신랑과 신부라면, 장례식의 주인공은 고인이다. 자신의 장례식을 미리 준비해놓으며 마지막 이별의 순간을 멋지게 장식한 사례들도 있다.

비디오 아티스트 백남준 작가의 장례식은 유명하다. 백남준 작가의 장례식이 끝날 무렵 사회자는 다음과 같이 말했다.

"고인은 평범한 장례식을 원하지 않았을 겁니다. 고인은 괴기 넥타이를 잘랐던 행위예술로 유명했지요. 이제부터 여러분께 가위를 나눠드리겠습니다. 바로 옆에 앉아 있는 사람들의 넥타이를 잘라주세요. 비싼 넥타이가 있을지 모르지만, 아마 고인이 갚아줄 겁니다."

사람들은 모두 웃음을 터트렸다. 그리고 조문객들은 준비해놓은 가위로 옆 사람의 넥타이를 자르기 시작했다. 장례식장은 어느새 행위예술의 공간이 되었고, 사람들은 웃으며 작품 활동에 참여했다. 그리고 자른 넥타이를 고인의 시신 위에 올려놓으며 마지막 작별인사를 건넸다. 백남준 씨의 관에는 잘린 넥타이들이 수북해졌고, 장례식에 참가한 사람들은 백남준 씨의 멋진 모습을 기억하며 기쁜 마음으로 떠나보냈다.

한국 미용계의 대모로 불렸던 그레이스 리(이경자)의 장례식 역시 특별했다. 해외 유학파 1호이며 귀국 후 단발머리를 유행시켰던 그녀는 10년간의 긴 암 투병 중에도 웃음을 잃지 않던 긍정적인 성격의 소유자였다. 그러나 2011년, 결국 긴 투병 끝에 세상을 떠났다. 그녀는 생전 평소 성격대로 자신의 죽음과 장례식에 대해서 즐겁게 이야기했다.

"나 죽으면 갖고 있는 옷 중에 제일 예쁜 옷 입고 와야 해. 그리고 꽃도 말이야, 왜 장례식장에서는 흰 꽃만 쓰지? 난 핑크나 빨강처럼 예쁜 게 좋아. 그리고 절대 울고 짜고 하지 마. 음악은 아주 경쾌한 걸로 틀었으면 좋겠어. 죽는 건 자연스러운 일이야. 그러니 좋지 않겠어? 장례식도 경쾌하게 치르면."

제사에 대해서도 다음과 같은 말을 남겼다.

"내가 죽은 날에 모이지 말고 그냥 내 생일에 모여. 절대 홍동백서 같은 제사 음식 차리지 말고 맛있는 음식 만들어서 즐겁게 먹어. 내가 없으니 내 흉 실컷 보면서 실컷 웃어. 그럼 내가 하늘나라에서 지켜보고 따라 웃을 거야."

효자였던 아들은 어머니의 말씀을 따라 장례식을 치렀고, 어머니의 생일에는 가족들이 함께 모여 어머니께서 즐겨 드시던 음식을 차려놓고 어머니를 추억했다. 열정적으로 살아왔던 그녀의 장례식은 살아온 모습 그대로 아름답게 치러졌다.

2017년 1월 소천하신 허순길 목사님의 장례식을 찾은 사람들은 당황했다. 영정이 있어야 할 나무 테이블에는 장례예식 알림이라는 안내지가 붙어 있었다.

"본 장례식장은 고 허순길 목사님의 유언에 따라 부의금을 사양하오며 조화를 사양하오며 영정을 설치하지 않으며, 유족들과 위로의 문안하는 것으로 상례를 대신해주시면 감사하겠습니다. 유족 일동."

안내 그대로 장례식장에는 영정사진이 없었고, 이름, 꽃, 부의함도 없었다. 장례 예배도 없었다. 영정사진이 있어야 할 제단에는 성경 말씀이 적혀 있는 현수막만 붙어 있었다.

'나는 부활이요 생명이니 나를 믿는 자는 죽어서도 살겠고
- 요한복음 11장 25절'

가족들은 조화가 도착하자 고인의 뜻을 설명하고 정중히 돌려보냈다. 조문객들이 건네주는 부의금도 받지 않았다. 부의금을 받지 않았지만 조문객들에게 음식을 대접했다. 발인 후에도 가족들만 가서 하관하기로 했다며 장의 버스도 준비하지 않았고, 시신 안치실에서 꺼낸 관은 리무진이 아닌 응급구호 차량에 실려 운구됐다. 허순길 목사님은 평소 검소하게 살아오신 삶 그대로 자신이 생각해온 신앙의 뜻을 마지막까지 몸소 실천했다. 사람들은 죽은 뒤에도 자신을 드러내지 않고 하느님을 드러낸 고인의 성품을 추모했다.

영화 배트맨 시리즈 '다크 나이트'에서 조커 역할로 큰 사랑을 받았던 배우 히스 레저의 장례식 역시 특별했다. 2008년, 스물여덟의 나이에 안타깝게 세상을 떠난 히스 레저의 장례식은 고향인 호주에서 진행되었다. 장례식을 마친 후 전 약혼녀와 친구들은 히스 레저가 좋아했던 코테슬로 해변에 함께 모였다. 친구들은 히스 레저와 함께 수영하며 놀던 어린 시절을 추억했다. 그리고 히스 레저가 함께 머무는 것처럼 바다에 뛰어들어 물장구를 치며 즐거운 시간을 보냈다. 마지막으로 석양이 저무는 바다를 바라보며 세상을 떠난 히스 레저에게 작별의 손을 흔들었다.

미국의 작가 헌터 톰슨은 할리우드 배우 조니 뎁의 친구이다. 헌터 톰슨은 평소 자신이 죽으면 하늘의 별이 되고 싶다는 말을 자주 했다. 시신을 대포에 넣어서 하늘에 쏘아달라고 했고, 대포의 모습을 직접 스케치로 남기기도 했다.

그러던 중 헌터 톰슨이 안타깝게 세상을 떠나자, 조니 뎁은 하늘에 별이 되고 싶다는 그의 꿈을 이루어주기로 한다. 사막 한가운데 헌터 톰슨이 남긴 스케치 그대로 대포 제작을 의뢰했고, 관련된 모든 비용을 지불했다. 마침내 대포가 완성되던 날, 그의 유골은 소원대로 대포에 담겨 폭죽과 함께 하늘로 쏘아 올려졌고, 자리에 모인 모두가 함께 그의 명복을 빌어주었다.

서울에서 외국인을 대상으로 게스트하우스를 운영 중인 장기철 씨는 2014년 집에서 어머니의 장례식을 치렀다. 차가운 병원보다는 추억이 담긴 집에서 어머님을 보내드리고 싶어서였다. 집 외벽에는 'Good bye Mom'이라고 적힌 어머님의 젊은 시절 사진을 대형 현수막으로 제작해 설치했고, 골목길에는 조등을 달았다. 집에서 음식을 준비하는 것이 조금 번거로웠지만, 조문객들을 앞마당과 게스트하우스 객실에 모셔 고인에 대한 기억을 함께 나누고 위로했다. 어두운 골목길을 비추던 하얀 조등과 어머님의 얼굴이 담긴 펄럭이는 현수막에서, 진정으로 어머니를 사랑했던 아들의 마음을 느낄 수 있었다.

푸에르토리코에서는 테마 장례식이 치러지기도 한다. 73세의 나이에 암으로 세상을 떠난 빅토르 페레스 카르도나의 장례식은 큰 관심을 불러일으켰다. 평생을 열심히 일했던 그는 50대 후반의 나이에 택시 운전을 시작했다. 15년 동안 택시 운전을 해온 그는 '택시 기사야말로 나의 천직이다'라고 말하며 큰 보람을 느꼈다. 암 투병 중에도 운전대를 놓지 않았던 그는 임종이 가까워지자 가족들에게 택시에서 장례를 치러 달라고 유언을 했다. 고인의 유언에 따라 유족들은 길가에 택시를 세워놓고 고인의 시신에 택시 운전사 옷을 입혀 운전대에 안치하였다. 카르도나가 세상을 떠났다는 소식을 들은 주민들은 장례식에 찾아왔고 고인에게 감사의 인사를 전했다. 꽃을 올리고 기도를 하기도 했으며 함께 기념사진을 촬영하며 마지막 작별의 인사를 건넸다.

이처럼 자신의 죽음을 생각하며 미리 준비해놓은 장례식은 남겨진 이들과 기쁘게 작별할 수 있는 멋진 순간이 될 수 있다.

최근의 장사(葬事) 방식은 매장(埋葬)보다 화장(火葬)을 선호한다. 10년 전에는 매장 80%, 화장 20%로 매장의 비율이 월등히 높았으나 최근에는 화장 80%, 매장 20%로 화장의 비율이 점차 늘어가고 있다. 과거 조상의 묘를 가꾸고 찾아보는 것을 효의 덕목으로 여겼지만, 핵가족화가 진행되면서 이러한 전통들은 점점 희미해졌다. 또한 사망자 증가로 국토 내 묘지의 비율이 점차 늘어나면서 삼천리 '금수강산'이 아닌 '묘지강산'이 되어버릴지도 모른다는 우려도 발생했다. 이에 정부는 국민들에게 화장을 적극적으로 권장했으며, 지금은 고인과 유족의 자발적인 선택으로 화장의 비율이 점차 늘어나고 있는 추세다.

수업에 참여하는 어르신들에게 여쭤보면 대다수가 화장을 선호하신다. "어휴, 나 있을 때나 벌초하고 성묘하고 그러지, 애들이 먹고살기도 바쁜데 앞으로 그런 걸 하겠어? 그냥 깨끗하게 가고 싶어"라고 말씀하신다. "화장하시고 싶으시다면서 동네에 화장터 들어온다고 하면 왜 그렇게 반대하세요?"라고 여쭤보면 이내 "그러게, 허허허." 멋쩍은 웃음을 지으신다.

그러나 어떤 어르신들은 화장은 꺼려진다고 말씀하신다. "뜨거운 불구덩이 속으로 들어가는 거 보는 것도 힘든데, 얼마나 뜨겁겠어. 난 싫어. 그냥 땅에 묻힐래요." 그러면 최근 유럽에서 도입 중인 빙장(氷葬)을 설명해드린다. 빙장은 액체질소를 이용하여 시신을 급속냉각한 후 흔들어 부서트린 다음 가루로 만드는 방식을 말한다. 수분과 이물질을 제거하면 화장과 똑같이 재만 남게 된다. 시신을 훼손하는 것은 아닌가 생각이 들기도 하지만, 화장 중에 발생하는 유해가스가 없고, 넓은 부지와 많은 연료가 필요하지 않으며, 1년 이내 분해된다는 장점이 있다. 그래서 뜨거워화장이 싫다고 하시는 어르신들에게 "차가운 빙장도 있습니다"

하고 말씀드리면 그건 더 싫다며 웃음꽃을 피우신다.

이처럼 매장보다 화장을 선호하는 비율이 점차 늘어나고 있다. 그리고 납골당, 납골묘에 이어 수목장(樹木葬)으로 대표되는 자연장 방식을 선호하는 비율도 역시 증가하고 있는 추세다. 수목장은 화장한 유골을 분해가 가능한 용기에 담아 나무 밑에 매장하는 방식을 말한다. 화장한 유골을 매장한 다음 고인을 기리는 작은 푯말, 묘비석 등을 설치하면 끝난다. 화분장, 잔디장 역시 같은 방식이다. 자연으로 돌아간다는 취지와 더불어 관리가 용이하다는 점에서 선호하는 이들이 점차 늘어나고 있다. 농촌에 사셨던 한 분은 아버지가 돌아가신 후 아버지의 유골을 집 마당 나무 밑에 모셨다고 한다.

"아침, 저녁으로 오고 가면서 아버님이 계신 것처럼 나무에 인사드려요. 명절 때도 따로 성묘 갈 필요도 없고요."

외국은 우리나라보다 수목장의 역사가 더 길다. 수목장이 이루어지는 곳은 도심 근교에 위치하며, 공원같이 아름답게 꾸며져 있어 자연스럽게 시민들이 찾는 휴식처로 자리 잡았다. 우리나라의 수목장 시설은 높은 땅값과 장묘시설에 대한 거부감으로 도심보다는 외곽, 그리고 산에 자리 잡고 있다. 해외의 사례처럼 수목장 시설이 도심에 자리 잡는다면, 자연스럽게 죽음을 묵상하며 삶을 돌아볼 수 있는 성찰과 휴식의 공간이 되어, 생활 속에 웰다잉 교육이 이루어지지 않을까 생각해본다.

수업 중 어르신 한 분께서 이런 말씀을 하셨다.

"자식들한테 나 죽으면 화장해서, 찰밥을 해가지고 거기에다 유골을 섞어서 산에다 훠이훠이 뿌려달라고 했어요. 새들, 동물들 먹을 수 있게." 옆에서 듣고 있던 어르신은 자신은 바다가 고향이라며 그렇게 해서 물고기 밥 되게 바다에 뿌려줬으면 좋겠다고 맞장구를 치셨다. 어르신의 말씀처럼 화장한 유골을 바다에 뿌리는 해양장(海洋葬)도 새로운 장묘 방법으로 주목받고 있다. 과거 강이나 바다에 유골을 뿌리는 경우 환경에 유해하다는 이유로 법으로 금지되었다. 그러나 최근 들어 정부는 관련 규정을 완화했고, 특정 지역에 한해 해양장을 진행하는 것을 허가했다. 해양오염을 우려하는 의견도 있지만, 수질검사 결과 큰 영향을 미치지는 않는 것으로 조사되었다. 그 결과 해양장을 이용하는 숫자는 매년 늘어나고 있으며, 현재 인천의 특정 지역에서 제한적으로 진행하는 것을 완화하여 전국으로 확대해야 한다는 주장도 이어지고 있다.

미국에는 새로운 자연장법으로 우주장 업체가 생기기도 했다. 'Mesoloft'라는 회사는 애드벌룬에 망자의 유골을 담아 대기권 상층까지 올라가서 유골을 뿌린다. 애드벌룬에는 카메라가 설치되어 있어서 고인의 유골이 뿌려지는 장면을 녹화한 다음, 가족늘에게 전달해준다. 비용은 대략 300만 원이 든다.

레나토 비알레티의 유골도 색다른 곳에 담겼다. 레나토 비알레티는 원두커피를 내리는 주전자인 모카 포트를 개발한 알폰소 레알레티의 아들이다. 그는 아버지처럼 모카 포트에 대한 애정이 깊었고, 사업을 발전시켜 전 세계에 3억 개 이상을 판매하는 성과를 올려 모카 포트의 대중화에 기여했다. 그는 93세의 나이에 세상을 떠났는데, 눈을 감기 전 가족들에게 자신의 유골을 모카 포트에 담아달라고 말했다. 가족들은 그의 뜻을 따랐으며, 모카 포트에 담긴 비알레티는 어릴 적 다니던 성당에서 사람들과 작별의 인사를 건넸다.

이처럼 자신의 장례 방식을 미리 준비한다면, 유가족들은 혼란이 없을뿐더러, 자신이 원하는 모습으로 떠날 수 있다. '사전장례의향서(事前葬禮意向書)'는 사망 이후에 자신이 바라는 방식으로 장례가 이루어질 수 있도록 생전에 미리 작성해두는 양식을 말한다. 부고 여부, 장례식 진행 방식, 종교에 따른 장례 형식, 장례를 치르는 기간, 부의금 및 조화 여부, 조문객에 대한 음식 대접, 염습 여부, 수의 방식, 관의 종류, 시신 처리 방식, 삼우제와 사구재 진행 여부를 선택할 수 있으며 기타 영정사진, 제단장식, 배경음악에 대한 의견을 남길 수도 있다. 사전장례의향서 양식은 한국골든에이지포럼 홈페이지에서 무료로 다운로드 받을 수 있다. 사전연명의료의향서, 사전장례의향서, 유언장, 장기기증서약서, 이렇게 네 가지를 작성해서 준비해두면 좋은 죽음을 위한 서류

상의 준비는 모두 끝난다.

정신과 의사이자 죽음학자였던 엘리자베스 퀴블러 로스는 2004년 78세의 나이로 세상을 떠났다. 그녀의 장례식은 조금 특별했는데, 가족과 친구들의 작별인사가 끝나자 두 자녀가 관 앞에 놓인 작은 상자를 열었고 그 안에서 호랑나비 한 마리가 날아올랐다. 이어서 조문객들이 미리 받았던 봉투를 열자 그 안에 들어 있던 나비들이 일제히 하늘로 날아올랐다. 평소 그녀는 아이들에게 죽음에 대해 설명할 때, "인간의 몸은 영혼을 감싸고 있는 번데기와 같으며, 죽으면 영혼은 나비가 되어 다른 세상으로 날아간다"고 말하곤 했는데, 이와 같은 자신의 철학을 그대로 장례식에 반영한 것이었다. 그리고 이러한 것들을 생전에 직접 기획하고 준비했다고 한다. 그녀의 묘비명은 다음과 같았다.

"나는 은하수로 춤추러 갈 거예요. 그곳에서 노래하고 춤추며 놀 거예요."

가끔 나의 장례식을 떠올려본다. 웰다잉 플래너라는 이름처럼 멋지게 퇴장하고 싶다는 소망이 있다. 몇 해 전 파란 밀밭에서 가족들만 모시고 조촐하게 치렀던 유명 연예인의 결혼식을 보며 나의 장례식도 그랬으면 어떨까 상상해본다. 스콧 니어링처럼 대지에서 하늘을 바라보며 눈을 삼고 싶다. 하지만 현실적으로는 어려울 것이다. 그렇다면 3일장보다는 펜션 하나를 빌려 가까웠던 이들만을 초대해 검소한 영결식을 치르고 싶다. 오신 분들께 그동안 보살펴주셔서 감사하다는 의미로 정성스러운 식사 한 끼를 대접하고 싶다. 벽에는 나의 사진들을 전시해놓고, 미리 촬영해둔 작별인사를 영상으로 함께 나누고 싶다. 살아온 기억들과 남기고 싶은 말들을 작은 책자로 만들어 전하고 싶다. '천 개의 바람이 되어', '민물 장어의 꿈', '우리 앞에 생이 끝나갈 때'와 같이 좋아했던 노래를 틀어놓고 싶다. 그리고 함께 기도해줬으면 좋겠다. 슬프지만 어둡지 않게, 아쉽지만 기쁜 작별의 시간이 되었으면 좋겠다. 조의금은 받지 않거나, 각자의 이름으로 필요로 하는 곳에 기부해줬으면 좋겠다. 재가 된 시신은 내가 태어난 춘천의 강변 한 기슭 나무 밑에 묻어줬으면 좋겠다. 푯말에는 다음과 같이 묘비명을 적어줬으면 좋겠다.

"일생 동안 죽음을 궁금해하다 이제 죽음을 만나러 갑니다."

《티베트 사자의 서》에 이런 말이 있다.

「내가 태어났을 때 나는 울었고 내 주변의 모든 사람은 웃고 즐거워하였다. 내가 내 몸을 떠날 때 나는 웃었고 내 주변의 사람은 울며 괴로워하였다.」

하지만 삶의 마지막 순간, 떠나는 이도 떠나보내는 이도 함께 웃을 수 있는 시간이 되었으면 좋겠다. 그러한 이별을 위해선 다만 부지런히 삶의 의미를 찾으며 사랑하며 살 일이다.

나의 장례식

— 강원남

병원보다는 집에서

항암제보다는 진통제를

눈물보다는 침묵을

혼침보다는 명상을

남은 각막은 필요한 이에게

누울 곳은 하늘이 보이는 탁 트인 잔디밭

드레스 코드는 하얀색

배경음악은 천개의 바람이 되어

꽃보다는 종이 나비 한 마리씩

벽에는 사진들을

답례로는 자서전을

동영상으로 남기는 마지막 작별인사

고별사는 모든 이가

해탈주와 장례미사를

모든 이에게 식사 한끼 대접하면서

한지로 된 수의와 종이관으로

매장보다는 한줌의 재,

납골당보다는 나무 뿌리로

남은 것은 필요한 이들에게

나무 밑 묘비명은

일생 동안 죽음을 궁금해하다가

이제 만나보러 갑니다.

34 떠나보낸
이를 위로하며

선생님께.

댁에 잘 들어가셨나요? 오늘 만나 뵙게 되어 반가웠습니다. 큰 도움이 되지 못한 것 같아 괜히 죄송스럽기만 하네요. 아들을 잃고, 지푸라기라도 잡는 심정으로 저를 만나고 싶다고 말씀하셨을 때, 얼마나 놀랐는지 모릅니다. 먼 걸음 하기 쉽지 않으셨을 텐데 용기내 주셔서 감사합니다. 행복한 죽음을 도와드린다면서, 죽음을 찾아 공부한다 말하지만, 감히 제가 사람들 앞에 설 만한 자격이 있는지 늘 고민이 됩니다. 그런 부담감으로 오히려 더 책임감을 느낍니다.

만나 뵙기 전 사실 어떤 말을 건네야 할지 걱정이 앞섰습니다.

사람들은 제가 죽음을 자주 들여다봤으니 익숙할 거라고 생각합니다. 시신도 많이 보고, 장례식 절차도 줄줄이 꿰고 있으며, 죽음에 익숙할 것이라 말합니다. 남의 이야기를 잘 듣고, 생각이 깊으며, 사별의 아픔을 잘 위로하고, 자살하려는 이들에게 희망을 줄 수 있는 사람으로 여깁니다. 좋은 일을 하는 좋은 사람이라고 말합니다.

그러나 안타깝게도 저는 그렇지 못합니다. 누구보다 죽음이 두려워서 공부를 시작했고, 오랜 시간이 지났지만 지금도 방황하고 있습니다. 여전히 죽음을 두려워합니다. 어떻게 위로를 해야 할지 몰라 서투르기만 합니다. 어떻게 선생님을 위로하고 도움을 드려야 할지 걱정이 앞섰습니다. 먼 걸음 하셨는데 실망하시면 어쩌나, 도망치고도 싶었습니다.

그래서 그냥 거짓 없이 평소의 모습대로 만나 뵙기로 했습니다. 그냥 열심히 듣고, 같이 우는 것 외에는 할 수 있는 것이 없었습니다. 그리고 선생님을 뵙고 돌아오는 길, 제대로 된 위로의 말조차 전하지 못한 스스로가 부끄러워 이렇게 몇 글자 적어 올립니다.

사실 잘 모르겠습니다. 제가 감히 선생님의 슬픔을 어찌 헤아릴 수 있을까요. 열 달 동안으로 온몸으로 키워냈고, 태어나서는 온 마음으로 정성을 다해 키운 세상에서 가장 소중한 보물. 그러나 새벽이슬처럼, 잠시 눈 깜빡인 사이 사라져버린 아들을 잃은 슬픔을 제가 어찌 알 수 있을까요. 자식 잃은 어미의 마음은 10리 밖에서도 썩은 내가 진동한다는 말처럼, 귀가 있어도 선생님의 애끓는 마음을 다 들을 수 없고, 입이 있어도 슬픔을 위로하지 못합니다. 그래서 뭐라고 말씀을 드려야 할지 모르겠다는 말밖에 해드릴 수 없었습니다. 솔직한 마음을 전할 수밖에 없었습니다.

오래전 부모님이 돌아가시면 삼년상을 치렀습니다. 삼일장도 버거운 요즘, 삼년상을 치른다는 것은 쉽게 이해되지 않습니다. 너무하다는 생각도 들고 비효율적으로 느껴집니다. 장례식을 치르는 동안 상주는 밥도 먹을 수 없었습니다. 부모님을 잃은 슬픔에, 어디 밥이 넘어가겠느냐는 이유에서였지요. 장례식을 주관하는 어른께서 상주의 건강을 염려하여 미음을 권하면, 세 번을 거절한 다음 그제야 겨우 미음 한 수저를 입에 넣었다고 합니다. 잠자리 역시 마찬가지였지요. 이불도 없는 거친 바닥에서 겨우 쪽잠을 잤고, 삼일장을 마친 후에도 한동안은 편한 잠자리에 누울 수 없었습니다.

이러한 불편함은 3년 동안 계속되었고, 시간이 흐르며 식사, 잠자리, 의복 능 하나둘씩 원래의 모습으로 돌아갑니다.

과하게 느껴질 수도 있습니다. 그러나 심리학자들은 사별의 슬품을 극복하는 데 평균 3년 이상이 걸린다고 합니다. 그런 점에서 오히려 산 사람을 위한 배려라고도 할 수 있지요. 3년 동안 너무 슬퍼하여 몸을 상하지 않고, 너무 아무렇지 않아 인심을 상하지 않도록 이 기간을 정해놓았습니다. 그래서 남의 눈치를 보지 않고, 하루 두 번 아침저녁으로 곡을 하며 마음껏 슬퍼하도록 했습니다. 그래서 시간이 흐를수록 슬픔의 감정은 자연스럽게 흩어지고, 천천히 마음의 상처를 회복할 수 있었습니다.

사람들의 말 한마디에 더 상처를 받는다고 말씀하셨지요. 겨우 6개월이 지났을 뿐인데, 이제는 잊고 다시 삶으로 돌아오라는 말이 괴롭다고 하셨습니다. 아마 그것은 유족을 대하는 우리 모두의 모습이 아닐까 싶습니다. 사흘 동안 정신없이 장례를 마치고, 한 줌의 재가 된 아들을 묻고 돌아온 그 날 밤. 방안에는 아직 아들의 옷과 이불, 책상에 손때가 묻어있는데, 지금이라도 다녀왔다며 현관문을 열고 들어올 것만 같았습니다. 아들의 체취라도 맡고 싶어 코를 묻었던 점퍼에서 끝내 일어나지 못하고 한참을 울었던 밤이었습니다. 장례식을 마치고 이제 슬픔이 밀려오는데, 사람들은 이제 슬픔이 끝난 것처럼 말했습니다.

"이제 그만 좀 해. 산 사람은 살아야지."

"하늘나라에서 잘 지내고 있을 거야. 하느님이 아껴서 먼저 데려가신 거야."

"왜 당신만 유별나게 그래? 세상에 아들 잃은 사람이 당신 혼자야? 당신만 슬퍼?"

"내버려 둬, 저러다 말겠지."

"그러지 말고 정신과 한번 가보는 게 어때?"

"시간이 약이야."

이런 말들은 아직도 덜 아문 마음의 상처를 손톱 끝으로 어루만지는 것만 같았습니다.

더는 상처받고 싶지 않아 마음의 문을 닫고 억지로라도 미소 지으며 다니던 어느 날, "아들 잃은 사람이 생긋생긋 웃고 다니는 거 봐, 독해"라고 하는 한마디에 화장실에서 한참을 울었던 말씀. 저 역시도 그 말씀에 마음이 아파 눈물을 꾹 참았습니다. 화가 났습니다. 제가 대신 죄송하고 또 죄송했습니다.

아들이 불의의 사고로 세상을 떠난 그날, 선생님의 마음속 시계는 그때로 멈춰 있다고 하셨죠? 빛은 꺼지고 공기는 사라지고 물은 말랐다고 했습니다. 아직도 꿈이 아닐까. 꿈속에서 본 아들의 모습이 선하고, 차라리 깨지 않길 바란다고 하셨습니다. 하느님이 원망스러웠다고 하셨습니다.

아들의 생일과 같은 특별한 날은 미리 마음의 준비를 해서 괜찮은데, 예고 없이 찾아오는 기억은 힘들다고 하셨지요. 아들이 좋아했던 반찬이나, 함께 공원을 걷다가 들렀던 카페를 보면 갑자기 그리움이 밀려와 눈물이 흘렀다는 말씀. 잘해준 것보다 해주지 못한 것들만 기억에 남는다는 말씀. 왜 이런 일이 일어났는지 이해할 수 없다고 했습니다. 아무 일도 없다는 듯 돌아가는 세상이 야속하다고 했습니다. 너무나 그리워서, 시신이라도 다시 한번 안아보고 싶다는 말씀, 세월이 흘러 그리움은 흩어지겠지만, 그래도 내가 죽어서야 비로소 그리움이 끝날 것 같다던 말씀.

만나 뵙고 못다 한 말씀을 올려봅니다. 조금 더 우셨으면 좋겠습니다. 눈물 나는 대로, 화나는 대로 소리치고 슬퍼하셨으면 좋겠습니다. 내 맘대로 울 수조차 없다면, 그건 너무나 가혹합니다. 다른 사람의 눈치 보지 마시고 마음껏 아파하셨으면 좋겠습니다. 삼년상을 치르는 마음으로 그러셨으면 좋겠습니다. 이제는 잊고 새 출발 하겠다는 마음으로 유품을 서둘러 정리하지 않으시면 좋겠습니다. 먼 훗날 아들이 다시 그리울 때 부여잡고 울 옷 한 벌 없다면, 그건 너무나 잔인한 일입니다. 물건을 치워도 기억은 지워지지 않습니다. 오랜 시간을 두고 천천히 정리하셨으면 좋겠습니다.

아들이 기억나는 특별한 날에는 케이크에 촛불도 켜고 즐겨듣던 노래를 틀어놔도 좋을 것 같습니다. 기도하는 것도 좋습니다. 기억은 감추기보다 완성되어야 합니다. 아들과의 추억을 소중히 간직하고 오래 볼 수 있도록, 잘 다루어 주셨으면 좋겠습니다.

충분히 마음이 추슬러졌을 때, 엄마의 모습을 아들이 보고 있다면 어떤 당부를 할지 생각해보시면 어떨까요? 아들의 입장에서 헤아려본다면 어떻게 살아가야 할지 조금은 알 수 있지 않을까 싶습니다. 분명 먼 곳에서도 우리 엄마가 행복하게 살아가기를 기도하고 있지 않을까 믿어 의심치 않습니다.

겪어본 사람만이 안다는 말은 참 무섭습니다. 경험하면 이해하게 됩니다. 아직도 마음이 아프지만, 그럼에도 불구하고 나와 같이 자식을 잃은 부모들을 위해, 다시는 안타깝게 목숨을 잃는 아이들이 없도록 집 밖으로 나섰다는 말씀을 듣고 할 말을 잃었습니다. 고통은 결코 인간을 쓰러뜨릴 수 없음을 다시 깨달았습니다. 인간이 고난을 어떻게 받아들이고 성장하는지 배웠습니다. 만나줘서 고맙다며, 이제 조금 속이 후련하다며 미소와 함께 악수를 청하시던 모습은 저에게 다시 삶과 죽음에 대해 더 깊이 공부하라는 가르침으로 다가왔습니다. 이제 오르기 시작한 산길에, 선생님은 정상에서 내려오신 분이셨습니다.

아프리카 한 부족에게는 사사(SASA)와 자마니(ZAMANI)라는 시간이 있습니다. 사람이 세상을 떠나더라도, 한 사람이라도 그를 기억하는 사람이 있나면 그는 사사의 시간에 머무른다고 합니다. 그리고 세월이 흘러 아무도 그 사람을 기억하는 사람이 없을 때 비로소 영원한 침묵의 시간 자마니로 들어간다고 합니다. 제가 참 좋아하는 이야기입니다. 그래서 저 역시도 기억하는 한 살아있다고 믿습니다.

선생님의 힘겨운 시간들이, 그리고 길 위에 선 시간들이 아들을 잊지 않기 위한 노력이 아닐까 합니다. 그래서 영원히 자마니의 시간에서 살아있지 않을까 생각합니다. 그리고 많은 아이들도 함께 살아있으리라 믿습니다. 비록 떠났지만, 곁에서 함께함을 믿습니다.

하지 못했던 어설픈 위로의 말씀을 이렇게 몇 글자에 적어 올립니다.

먼 길 찾아와주셔서 제가 더 고맙습니다.

먼 곳에서나마 선생님과 아드님을 위해 두 손 모으겠습니다.

다만 건강하시길. 또한 살아가시길.

벚꽃 피는 어느 봄날,
강원남 웰다잉 플래너 드림

35 불행한 죽음, 자살

웰다잉은 좋은 죽음, 곧 잘 죽는 것이다. 그러나 나는 자살에도 관심이 많다. 웰다잉의 반대말을 꼽으라면 자살이라고 말하고 싶다. 행복한 죽음이 웰다잉이라면, 불행한 죽음은 곧 자살이다. 그래서 웰다잉 교육 시간에도 반드시 자살에 대한 내용을 진행한다. 행복한 죽음을 위해서는 불행한 죽음에 대해서도 알아야 한다.

우리는 인터넷과 매스컴을 통해 자살에 대한 소식을 자주 접하지만, 정작 자살에 대해서는 잘 알지 못한다. 막연히 살기 힘들어 목숨을 끊는 것으로 생각한다. 그리고 사는 게 힘들면 차라리 죽는 게 낫다고 쉽게 동의한다.

여든을 넘기신 어르신 한 분이 계셨다. 어르신은 무릎과 허리가 망가져 거동이 어렵고, 치아도 다 망가져 식사 때는 밥과 김치를 믹서에 갈아드셨다. 자녀들과는 오래전에 연락이 끊겼다. 그러나 부양의무자가 있다는 이유로 국민기초생활 보장법의 혜택을 받지 못했다. 사회복지관으로부터 월 20만 원의 후원금을 받으셨는데 방세와 병원비, 약값, 물리치료비로 쓰고 나면 남는 돈은 없었다. 사회복지사가 후원 물품을 들고 찾아가면 고맙다는 말과 함께 이런 말씀을 하셨다.

"김 선생, 남들은 죽으면 지옥이 있다던데, 나는 지금 살아있는 게 지옥이야. 목숨이 붙어 있고 자살할 용기가 없어서 숨만 쉬고 있지, 밤마다 내일 아침에 눈 뜨지 않기만을 바랄 뿐이야."

젊은 청년이 자살하겠다고 한다면, 그래도 희망을 품고 살아보자고 설득할 수 있다. 그러나 몸도 불편하고 돌봐주는 사람도 없으며, 앞으로 아무것도 나아질 것이 없는 어르신이 자살하겠다고 하면, 어떻게 설득할 수 있을까? 어르신의 심경을 위로해드리는 것밖에는 다른 방법이 없다.

한국인의 사망원인을 보면 1위 암, 2위 심장 질환, 3위 뇌혈관 질환, 그리고 4위가 자살이다. 우리가 많으리라 생각하는 교통사고는 9위다. 교통사고로 6000명이 사망할 때 자살로는 14000명이 사망한다. 생각보다 훨씬 더 많은 사람이 스스로 목숨을 끊고 있다. 그래서 한국의 자살률은 10년 동안 OECD 1위를 차지하고 있다. 한때 전문가들은 일본의 자살률을 보며 우려했지만, 지금 우리나라는 일본보다 1.5배 높은 자살률을 보이고 있다.

그렇다면 어느 연령대의 자살률이 높을까? 10대, 20대의 사망원인 1위는 자살이다. 그러나 가장 많이 자살하는 연령대는 노인 세대이다. 60대에서 70대, 80대를 향할수록 자살률은 점점 높아진다. 20대 청년이 20명 자살할 때 80대 이상 노인은 90명이 자살한다. 굳이 복지제도를 말하지 않더라도 한국은 더 이상 노인들이 살기 좋은 나라가 아니다.

조금 더 이해하기 쉽게 시간으로 나눠보면 우리나라는 40분마다 1명씩 목숨을 끊는다. 2시간마다 3명이 목숨을 끊고, 자정에서부터 18시간이 지난 오후 6시가 되면 고등학교 한 반과 맞먹는 30명의 사람이 목숨을 끊는다. 24시간이 지나면 고속버스에 탑승한 승객과 맞먹는 40명의 사람이 목숨을 끊는다. 매월 월급날인 24일이 되면 KTX 고속열차에 탑승한 승객과 맞먹는 950명 사람이 목숨을 끊는다. 한 달이 되면 300세대 아파트에 사는 주민 수와 맞먹는 1200명의 사람이 목숨을 끊는다. 8개월이 지나면 울릉도 주민 수와 맞먹는 1만 명의 사람이 목숨을 끊는다. 막연히 자살률이 높다고 생각하지만, 시간으로 따져본 자살자 수는 우리의 예상을 뛰어넘는다. 이 글을 읽고 있는 이 순간에도 대한민국 어딘가에서는 누군가가 스스로 목숨을 끊고 있다.

그렇다면 왜 자살하면 안 될까? 살다가 힘들면 자살할 수도 있지 않을까? 내 목숨 내 마음대로 하겠다는데 무슨 상관이냐고 주장하는 사람들이 있다. 인간은 누구나 자살할 권리와 자유가 있다고 말한다. 그러나 권리는 의무를 다할 때 주장할 수 있다. 우리는 국민의 의무를 다할 때 비로소 권리를 행사할 수 있다. 삶에 의무는 말 그대로 살아가는 것이다. 힘들고, 괴롭고, 고통스러운 삶이라고 할지라도 어떤 상황에서도 살아가는 것이다. 이러한 의무를 다한 다음 비로소 주장할 수 있는 것이 죽음이다.

웰다잉의 관점에서 보면 죽음은 삶을 완성하는 가장 중요한 순간이다. 원불교에서는 죽음을 맞이할 때 어떤 마음가짐을 갖느냐에 따라 다음 생이 정해진다고 한다. 원불교뿐 아니라 대부분 종교에서 죽음의 순간을 중요시한다. 그러나 자살은 고통스러운 죽음이다. 죽음의 순간이 고통스럽다. 목을 매거나, 투신하거나, 약물로 목숨을 끊은 이들의 죽음의 순간이 과연 평화롭고 행복할까? 아마 죽음을 맞는 그 순간까지 슬퍼하며 두려움을 느꼈을 것이다. 죽음의 순간은 육신과 영혼이 자연스럽게 분리되어야 한다. 영혼이 존재한다고 믿는 사람들은 자살할 경우 육신에서 강제로 영혼이 빠져나와 영혼이 다치거나 정신을 잃고 방황하게 된다고 말한다. 이런 의미에서 자살은 삶의 완성이자 가장 중요한 순간을 망쳐버리는 잘못된 선택이다.

또한 자살은 더 큰 고통을 부른다. 자살하면 모든 고통이 끝나고 안식이 찾아올 것으로 생각한다. 그러나 고통은 끝나지 않는다. 죽음의 순간을 경험한 임사체험자들은 자신의 몸에서 빠져나와 하얀 빛의 존재를 만났으며, 평화와 행복을 느꼈다. 빛과 함께 자신이 태어났을 때부터 죽을 때까지의 과정들을 돌이켜 보며 자신의 삶을 평가하는 기회를 가진다. 이후 강, 바다, 장벽을 넘어서지 못하고 다시 몸으로 돌아오는데, 평화롭고 행복했기 때문에 몸 안으로 돌아오고 싶지 않았다고 한다. 다시 살아난 이후에는 죽음 이후의 삶을 확신하기 때문에 죽음이 더 이상 두렵지 않다고 말한다.

임사체험 연구는 점점 범위를 넓혀 자살을 시도했다가 다시 살아난 사람들의 임사체험에도 초점을 맞춘다. 그들도 역시 임사체험을 했지만, 경험의 내용은 달랐다. 그들은 하얀 빛의 존재를 본 적이 없으며, 끝을 알 수 없는 어두운 곳을 헤매고 다녔다고 말했다. 좁고 어두운 곳에 갇혀 있었고 두렵고 무서웠다는 증언도 있었다. 그래서 다시 몸 안으로 돌아왔을 때, 죽지 않아 천만다행이라고 생각했다고 한다.

전생을 연구하는 사람들은, 최면을 통해 실험자에게 전생의 죽음의 장면을 떠올리게 했다. 그리고 무엇이 보이는지 질문한 결과 자신은 전생에 일본의 사무라이였으며, 스스로 할복하여 목숨을 끊었다는 말을 했다. 하지만 자살은 어리석은 짓이었고,

자신의 선택을 후회한다고 말했다.

물론 이와 같은 증언들이 사실인지는 알 수 없다. 하지만 만약 영혼과 사후세계가 존재하고, 자살 이후에 영적으로 더 큰 고통을 받는다면 굳이 자살할 필요가 있는지 고민해봐야 하지 않을까? 현세의 일은 얼마든지 바꾸고 이겨낼 수 있지만, 죽음 이후의 일은 결코 바꿀 수 없다.

굳이 사망 이후의 일을 말하지 않아도 자살 시도를 후회하는 사례는 많다. 한 중년의 남자가 거듭된 사업 실패로 자살을 결심했다. 스스로 목숨을 끊기 위해 농약을 마신 순간, 갑자기 후회가 되었고, 살고 싶다는 생각이 들어 농약을 뱉었다. 그러나 소량의 농약이 목으로 넘어간 뒤였다. 그는 택시를 타고 대학병원 응급실을 찾았다. 그리고 의사에게 살려달라고 애원했다. 그는 농약을 입에 머금었던 순간 "머리끝, 손톱 끝에서부터 후회가 밀려왔다. 잘못된 선택이다. 살고 싶다"라고 말로 당시의 심경을 표현했다. 몸으로 들어간 농약을 희석하려고 매일 4~5리터의 물을 마셨고 하루에도 몇 끼씩 억지로 밥을 먹기도 했다. 하지만 일주일 뒤 그는 안타깝게도 숨을 거뒀다.

또 다른 자살 시도자는 음독자살 이후 7일 동안 혼수상태에 빠졌는데, 깨어난 후 자신이 겪었던 고통을 설명하며, 다시는 자살을 시도하지 않겠다고 말했다.

미국 샌프란시스코의 금문교(Golden Gate Bridge)는 전 세계적으로 유명한 자살 명소이다. 이곳에는 많은 사람이 자살을 시도하는데, 그중 기적적으로 생존한 사람들은 추락하는 동안 자신의 삶을 돌아보며 자살 시도를 후회했다고 증언했다.

자살하면 안 되는 또 하나의 이유는 자살은 한 사람의 불행으로 끝나지 않는다는 것이다. 자살은 바이러스처럼 전염된다. 보통 한 명이 자살하면 주변의 6명에게 전염된다. 자살을 생각하고 있는데 주위에 누군가가 자살로 죽었다면 그는 같은 방식으로 죽을 가능성이 상당히 커지는데, 이를 '낙진 현상'이라고 한다. 마치 방사능이 주변을 오염시키는 것처럼, 자살은 주위 사람들을 힘들게 만든다. 자살 충동을 이겨내며 정신적 고통에서 살아남은 유가족을 자살생존자(Suicide survivor)라고 말한다.

19세 여대생이 삶을 비관하여 스스로 목숨을 끊었다. 그가 남긴 실제 유서에는 먼저 가서 죄송하다는 말과 함께 엄마, 아빠는 제 생각하면서 잘 살아달라는 당부가 적혀 있었다. 유서를 발견한 부모님은 딸의 말처럼 잘 살아갈 수 있을까? 평생 자식을 지키지 못했다는 죄책감에 괴로워할 것이며, 강한 자살의 유혹에 시달릴 것이다. 딸은 부모가 잘 살아가기를 바랐지만, 자살하면 어떤 일들이 일어날지 몰랐기에 이와 같은 당부의 말을 남겼을 것이다. 고통은 무지에서부터 시작된다.

우리가 잘 아는 비극적인 사례가 있다. 2008년 3월, 배우 안재환 씨가 스스로 목숨을 끊었다. 이후 2008년 10월, 안재환 씨의 아내였던 정선희 씨의 친구 최진실 씨가 스스로 목숨을 끊었다. 자살한 최진실 씨의 시신을 수습했던 사람은 동생 최진영 씨였다. 동생 최진영 씨는 누나의 1주기를 마치고 2010년 3월, 누나와 유사한 방법으로 스스로 목숨을 끊었다. 이후 2013년 1월 최진실 씨의 전 남편이었던 야구선수 조성민 씨도 최진실 씨와 유사한 방법으로 스스로 목숨을 끊었다. 그리고 2013년 11월 최진실 씨의 전 매니저 역시 최진실 씨와 유사한 방법으로 스스로 목숨을 끊었다.

최진실 씨의 어머니 정옥숙 씨와 최진실 씨의 아들 환희 군과 딸 준희 양은 다행히 두 아이는 잘 버텨내주었다. 하지만 준희 양은 우울증과 자살충동을 보인다는 소식을 접하기도 했다. 아이들은 평생 자살의 유혹과 싸워야 할 것이다. 자살생존자가 자살을 선택할 확률은 일반인의 6~7배이다. 아이들은 살면서 힘들거나 슬플 때, 어려운 일이 생길 때 "나도 자살할까? 엄마도 자살했는데, 아빠도 자살했는데, 삼촌도 자살했는데……"라는 생각이 무의식적으로 들지 모른다. 다시는 그런 일이 있어서는 안된다. 이처럼 자살은 결코 한 사람으로 끝나지 않는다.

더군다나 최진실 씨는 일반인이 아니라 대중의 사랑을 받는 한국의 톱스타였다. 최진실 씨가 자살한 이후 국내 주요 언론사는 최진실 씨의 자살을 특종으로 보도한다. 최진실 씨의 자살 정황과 동기, 도구, 방법 등을 국민의 알 권리라는 이름으로 자세히 보도한다. 신문과 TV, 인터넷을 통해 최진실 씨의 자살이 매일 보도되었고, 이후 전국에서는 최진실 씨가 사용한 자살 도구가 불티나게 팔리기 시작한다. 그리고 최진실 씨 사망 이후 최진실 씨와 같은 방법으로 자살한 사람들이 한 달 동안 전국에 1008명이었다. 이와 같은 사례들은 비단 최진실 씨만이 아니라 다른 연예인들의 경우도 마찬가지였다. 연예인 자살 보도 이후 한 달간 모방 자살 건수는 안재환 씨 694명, 유니 513명, 이은주 씨 495명, 정다빈 씨 322명이었다. 이렇게 유명인의 자살은 한 사람으로 끝나는 것이 아니라 여러 사람에게 전염이 된다.

이와 같은 현상을 '베르테르 효과(Werther effect)'라고 한다. 베르테르 효과는 괴테의 소설 '젊은 베르테르의 슬픔'에서 유래되었다. 베르테르 효과(Werther effect)는 유명인이 자살한 이후 비슷한 방법으로 자살하는 현상을 말한다. 대부분 언론사에서 보도하는 내용을 모방하여 일어난다.

이 사실을 알고 한동안 광화문 신문사 거리에서 1인 시위를 한 적이 있다. 피켓에 쓴 문구는 '신문기사 한 줄이 누군가의 자살을 결심하게 합니다.' 자실예방센터에서는 언론 종사자들을 대상으로 자살보도 권고기준을 제시한다. 언론의 자살 보도 방식이 자살에 영향을 미치기 때문이다. 자살자와 유가족을 보호해야 하며, 자살의 상세한 경위를 묘사하지 말아야 한다. 자살 동기를 단정적으로 보도해서는 안 되며, 미화하거나 유일한 해결책으로 보도해서는 안 된다. 그러나 이와 같은 권고기준을 지키는 언론사는 찾아보기 어렵다. 인터넷 기사만 보아도 자살 충동을 가지고 있는 이가 쉽게 따라 할 수 있을 정도로 자세히 묘사되어 있다. 또는 감정적으로 호소하며 자살만이 유일한 해결책인 것처럼 말한다.

베르테르 효과와 반대되는 효과를 파파게노 효과(Papageno effect)라고 한다. 파파게노 효과는 모차르트의 오페라 '마술피리'에서 유래되었다. 파파게노 효과는 언론사가 자살 보도를 자제하고 구체적인 자살 방법과 수단에 대해 보도하지 않음으로써 자살률을 낮추는 효과를 말한다. 아직은 안타깝게도 대한민국 언론사에는 파파게노를 따르는 이보다 베르테르를 따르는 이들이 더 많다.

정신과 의사이자 죽음학자였던 엘리자베스 퀴블러 로스는 자살은 삶의 숙제를 포기하는 것이라고 말했다. 인간은 누구나 삶에서 마쳐야 할 숙제가 있다. 사랑, 고통, 이별, 슬픔, 상실 등을 배워야 하며 이를 통해 성장한다. 이 과정을 모두 마쳐야 삶의 목적을 달성할 수 있다. 하지만 자살은 이번 삶에 자신이 배워야 할 숙제를 미루고 포기하는 것과 같다. 그래서 다음 삶에서 처음부터 다시 똑같은 과제를 해야 한다. 또한, 다음 생의 숙제까지 함께해야 하므로 더 큰 어려움을 겪게 된다고 말했다. 그래서 그녀는 자살을 반대했다.

이와 같은 주장을 종합해보았을 때, 자살은 문제의 해결책이 될 수 없다. 또한 영적으로 더 큰 고통을 받고, 자신만 아니라 주위 사람들이 함께 죽어가며, 그 어떤 문제도 해결되지 않는다. 그렇다면 굳이 우리는 자살을 선택할 필요가 있을까? 어떤 것도 이득이 되지 않는다. 이처럼 죽음이 무엇인지, 자살하게 되면 어떤 일들이 일어나는지 자세히 들여다본다면, 사람들은 쉽게 자살을 선택하지 않을 것이다.

딸을 자살로 잃은 한 어머니의 인터뷰에서 우리는 다시 한번 자살에 대하여 생각해본다.

"큰 애 같은 경우는 '엄마, 나 죽을 줄 몰랐어.' 죽을 줄 모르고 뛰어내렸대요. 너무 후회한대. 막 그렇게 슬프게 울고 딱 깨면 꿈이야. 정말 살아서 우는 것 같아요. 그럴 때 내가 죄인 같지요. 아휴, 나는 천벌 받았구나. 죽으려고 했죠. 만날 죽으려고, 지금도 죽으려고 준비 중이에요."

36 자살하려는 사람을
어떻게 도와야 할까?

그렇다면 어떤 사람이 자살을 할까? 흔히 자살은 정신력이 약한 사람, 감수성이 예민한 사람, 정신질환 혹은 우울증을 겪는 사람들이 시도한다고 생각한다. 우울증을 자살의 원인으로 지목하는데, 우울증은 자살이 일어나기 전의 증상일 뿐, 우울증이 곧 자살을 야기한다고 생각하지 않는다. 우울증은 어느 날 갑자기 찾아오는 것이 아니라 건강악화, 실업, 파산, 학업, 사별, 트라우마 등의 정신적 스트레스 등이 축적되어 일어난다. 이러한 문제는 살아가면서 누구에게나 일어날 수 있는 일이다. 우울증 또한 누구에게나 일어날 수 있는 일이며, 자살도 역시 마찬가지다.

그렇다면 우리는 자살을 시도하려는 사람을 어떻게 알아볼 수 있을까? 자살을 시도하려는 사람들은 직간접적으로 주위 사람들에게 본인의 심경을 밝힌다. 다만 주위 사람들이 알아차리지 못할 뿐이다. "죽을 거야. 죽고 싶어. 자살하려고. 이제 다 정리하려고"처럼 직접적으로 표현한다거나, "지쳤어, 이제 버틸 힘이 없어. 차라리 내가 없는 게 나을 거야. 나 하나 없어진다고 누구 하나 신경 쓰겠어?"처럼 간접적으로 표현하기도 한다. 또는 평소와는 다른 행동을 하기도 한다. 수면제를 모은다든지, 주위를 정리하고, 자신의 물건을 나눠주기도 한다. 식사량이 줄거나 불규칙적으로 바뀌며, 수면시간 또한 마찬가지다. 한 번이라도 자살을 시도한 사람은 자살 고위험군으로 분류하는데, 3개월 이내에 다시 자살을 시도할 확률이 80% 이상이므로 더욱 유의해서 지켜봐야 한다. 가족 중에 스스로 목숨을 끊은 사람이 있는 경우도 마찬가지다. 또한 배우자나 자녀가 사망했거나, 말기 질환으로 시한부 삶을 판정받은 경우, 범죄를 저질렀거나 경제적으로 파산한 경우, 주위 사람에게 짐이 된다는 부담감을 느끼는 경우와 같이 극단적인 환경에 처할 때도 자살을 시도할 확률이 높다.

어느 날 남편은 아내가 보는 앞에서 셀카를 찍었다. 아내는 평소에 하지 않던 남편의 행동을 의아하게 여겼다. 며칠 뒤 남편은 경제적인 어려움으로 스스로 목숨을 끊었고, 자신이 찍은 셀기를 영정사진으로 써달라는 말을 유서에 남겼다.

노인복지관을 이용하시던 할아버지 한 분이 담당 사회복지사를 찾아와 디지털카메라를 건넸다. 왜 주시는지 여쭤보자 손자가 준 것인데 더 이상 쓰지 않아 복지관에 후원하고 싶다고 했다. 담당 사회복지사는 할아버지의 뜻에 따라 후원 처리하기로 하고 카메라를 받았지만 계속 마음이 찜찜했다. 그리고 다음 날, 할아버지가 스스로 목숨을 끊었다는 소식이 들려왔다.

금슬이 좋은 어르신 부부가 있었다. 그러던 어느 날 할머니께서 말기 암 진단을 받았다. 할아버지는 열심히 간병하며 할머니의 곁을 지켰지만, 결국 안타깝게도 할머니는 세상을 떠났다. 할아버지는 사별의 슬픔으로 힘들어하셨다. 그리고 할머니와 함께 다니던 복지관에도 발길을 끊었다. 담당 사회복지사는 할아버지가 걱정되어 전화통화를 시도했지만, 연락은 닿지 않았다. 곧 괜찮아겠지 생각했으나 한 달 뒤 경찰서에서 연락이 왔다. 할아버지는 할머니가 그리워 따라간다는 유서를 남겼고, 한강에서 투신하여 변사체로 발견되었다.

이처럼 자살 사망자의 93%가 스스로 목숨을 끊기 전 자살을 시도하겠다는 메시지를 보내지만, 가족과 주위 사람들은 이 사실을 쉽게 알아차리지 못한다. '이러다 말겠지. 괜찮아지겠지. 그냥 하는 말이겠지. 자살은 뭐 아무나 하나? 설마 자살 같은 걸 하겠어?' 하는 마음으로 넘겨버린다. 결국 세상을 떠난 뒤에야 비로소 알아차리지 못한 점을 후회한다. 그러므로 주위 사람들이 평소 하지 않는 말이나 행동을 할 경우 주의 깊게 관찰할 필요가 있다.

자살을 결심한 사람들은 오직 죽고 싶다는 생각밖에 없을까? 그렇지 않다. 죽고 싶은 마음 반, 살고 싶은 마음 반, 각각 50%의 마음을 가지고 있다. 죽고 싶다고 생각하지만, 지금의 문제만 해결된다면 그래도 살고 싶다는 마음을 갖는다. 이를 양가감정이라고 한다. 그들은 끝까지 삶과 죽음을 저울질하며 고민한다. 그리고 저울이 어느 쪽으로 기울어지는가에 따라 삶과 죽음이 결정된다.

자살한 사람에게서 주저흔(躊躇痕)이 발견되는 경우가 있다. 주저흔은 자해로 생긴 상처를 말한다. 칼로 손목을 그어 자살한 사람의 예를 들어보자. 아무리 죽고 싶은 사람이라도, 한 번에 자신의 팔목을 긋기는 어렵다. 그래서 여러 번을 시도하고 실패한 흔적이 남는다. 마지막으로 성공했을 때 비로소 사망한다. 이와 같은 주저흔은 자살과 타살을 구분하는 증거가 되기도 한다. 자살로 사망했지만, 주저흔이 없는 경우 타살을 의심해볼 수 있다. 처음 주저흔의 사례를 배웠을 때, 마음이 아팠다. 비록 자살을 결심했지만, 두려움에 손을 떨며 자살을 시도했을 그들의 모습이 눈앞에 그려졌다. 그들은 끝까지 살고 싶었으리라 생각이 들었다.

스스로 목숨을 끊은 20대 청년의 일기장에는 다음과 같이 적혀 있었다. '나는 오늘 죽기 위해 칼을 샀다. 그리고 혹시 몰라 로또도 샀다.' 그렇게 그는 삶과 죽음 사이에서 끝까지 갈등했다. 하지만 안타깝게도 결국 세상을 떠났다.

자살로 세상을 떠난 40대 가장의 유서에는 살고 싶다는 문장이 반복해서 적혀 있었다. 오랜 실직 끝에 결국 삶을 포기한 20대 청년의 유서에는 이 좋은 세상에 자신이 왜 이렇게 가야 하는지 억울하다고 적혀 있었다.

사람들은 자살을 한 사람들을 죽지 못해 안달이 난 사람들로 생각한다. 제정신인 사람이라면 어떻게 그런 생각을 할 수 있겠냐며 혀를 차기도 한다. 하지만 그들이 마지막으로 남긴 말은 '살고 싶다'였다. 그들은 끝까지 살고 싶어 했다. 지금의 어려움이 해결된다면, 이 고비만 넘긴다면 살고 싶다고 말했다. 하지만 결국 눈물을 닦고 쓸쓸히 몸을 던졌다.

그렇다면 자살을 고민하는 이들을 어떻게 도울 수 있을까? "죽고 싶다. 자살하고 싶다. 이만 끝내고 싶다"는 말을 하면 사람들은 깜짝 놀란다. 그리고 어쩔 줄 몰라 한다.

"'자살'을 거꾸로 하면 '살자'라고 하던데, 정신 차려. 왜 그래? 너보다 힘들게 사는 사람들이 얼마나 많은데? 죽을힘이 있으면 기운 내서 살아야지. 자살은 아무나 하는 줄 아니? 자살하면 지옥 간다더라."

　이런 충고를 하거나, 그냥 하는 소리겠지 하며 무시해버린다. 그러면 그들은 '나의 이야기에 귀 기울여 주는 사람은 없구나. 나 하나 죽어도 아무도 신경 쓰지 않겠구나' 하는 생각을 하며 살고 싶은 마음과 죽고 싶은 마음의 수평 상태에서 죽고 싶은 마음 쪽으로 기울어진다.

　한국형 자살예방 프로그램의 이름은 '보고 듣고 말하기'다. 이름만 들어도 어떻게 행동해야 하는지 쉽게 이해가 된다. 자살을 암시하는 말과 행동들을 잘 보고, 자살하려는 이들의 생각과 이야기를 구체적으로 들으며, 중요한 사항을 점검하여 전문기관에 도움을 요청하면 된다. 이와 같은 방법으로 그들을 도울 수 있다. 가장 중요한 부분은 잘 들어주는 것이다. 상대방을 가르치려 하거나, 바로잡으려 하면 안 된다. 같은 편에 서서 적극적으로 공감하며 들어주면 된다.

　"이야기를 들어보니 지금까지 살아있는 게 용하네. 나 같아도 당연히 죽고 싶은 마음이 들겠다. 얼마나 힘들었을까. 그래도 지금까지 잘 버텨왔네. 애썼다. 고생했어."

　마음을 열고 이야기를 들어주면 살고 싶은 쪽으로 마음이 기울어진다. 그래서 우리는 편견 없이 상대방의 이야기를 잘 들어주는 것만으로도 사람을 구할 수 있다. 물론 세상에서 가장 힘든 일 중 하나는 누군가의 이야기를 들어주는 것이다. 하지만 속상하고 괴로울 때, 이 세상에서 단 한 명이라도 내 편이 되어 이야기를 들어준다면, 누구도 결코 자살을 선택하지 않을 것이다.

자살의 책임이 오직 개인에게 있다고 생각하지 않는다. 나는 사회복지사이자 웰다잉 플래너이다. 사회복지사가 인간을 바라보는 관점은 '환경 속의 인간'이다. 죽음을 연구하는 생사학(生死學)에서는 자살은 죽음에 대한 오해에서 시작된 선택이라고 말한다. 죽음이 무엇인지 알게 된다면 자살을 하지 않을 것이라고 말한다. 의료계에서는 자살의 원인을 우울증이라고 말한다. 현재 우리나라의 자살예방정책은 우울증을 선별하고 고위험군을 발굴하며 모니터링하는 데 중점을 두고 있다. 두 가지 주장 모두 자살을 개인의 문제로 바라보고 있다. 반면 사회학자들은 자살을 사회적인 문제로 본다. 자살은 사회적 때문에 야기되며 부의 불평등, 상대적 박탈감, 경쟁 중심의 사회를 문제로 발생한다고 본다. 즉 자살을 환경의 문제로 바라보고 있다. 하지만 자살은 한 가지 원인에 의해 일어나는 것이 아니라 개인과 환경 양쪽 모두의 복합적인 원인으로 발생한다. 따라서 자살 문제 해결을 위해 개인과 사회에 대한 다방면적인 접근이 필요하다.

몇 년 전에 생긴 유행어 중 하나는 '헬조선'이다. 'Hell(지옥)+조선(전근대적인 한국)'을 뜻하는 젊은이들이 쓰는 신조어다. 헬조선에서 사는 젊은이를 '삼포세대(三抛世代)'라고 하는데 경제적인 어려움으로 연애, 출산, 결혼을 포기한 세대라는 의미라고 한다. 여기에 집과 경력 두 가지를 더 포함하여 오포세대(五抛世代)라고 부르기도 한다. 2017년 한국의 20~30대는 부모세대보다 더 가난한 세대라고 한다. 그래서 청년들은 '헬조선은 탈조선(脫朝鮮)이 답'이라며, 기회와 여건만 된다면 언제든지 한국을 탈출하고 싶다고 말한다.

중년 가장들 역시 어렵긴 마찬가지이다. 경기불황으로 인한 명예퇴직으로 거리를 헤매고 있다. 생계를 위해 퇴직금으로 가게를 차리지만 대기업 프랜차이즈의 골목 상권 진출로 운영이 어렵다.

빈곤은 노인 세대까지 이어진다. 국민소득 2만 달러의 나라지만, 노인들은 끼니를 걱정하고 거리를 배회하며 폐지를 줍는다. 오늘날 우리나라의 경제 수준은 6·25 전후보다 300배 이상 성장했고 국민소득 3만 달러를 향해 달려가고 있다. 하지만 경제가 성장한 만큼 우리는 과연 행복해졌을까? 국민 행복도는 오히려 6·25 전후와 다를 바가 없다.

편의점보다 더 많은 교회가 골목마다 자리 잡고 있다. 동네마다 성당을 찾을 수 있으며, 산 곳곳마다 절들을 찾을 수 있다. 종교는 많아졌지만, 종교 역시 사람들을 위로하지 못하고 있다. 행복은 우리에게서 섬섬 멀어지기만 한다. 이제 인생의 목표는 행복이 아닌 생존이다. 하루에도 수십 명의 사람이 스스로 목숨을 끊지만, 정부는 마땅한 정책조차 내놓지 못하고 있다. 자살예방을 위해 투입되는 예산은 턱없이 부족해서 일본의 한해 자살예방 예산의 1/30조차 되지 않는다.

싹이 트지 않는 것을 씨앗의 탓으로만 바라보면 안 된다. 여러 씨앗이 싹을 틔우지 못한다면 그것은 밭의 문제이다. 밭을 가꾸어 약한 씨앗도 싹을 틔울 수 있도록 만들어야 한다. 그래서 자살을 예방하기 위해선 자살에 대한 개인의 인식 개선과 함께 사회의 변화도 더불어 이루어져야 한다.

한때 조금이라도 도움이 될 수 있을까 하는 생각으로 인터넷에 메신저 아이디를 공개한 적이 있다.

"삶이 힘겨울 때, 그래서 포기하고 싶을 때, 자살하고 싶을 때, 힘든 마음 들어드릴게요. 메시지 주세요."

하루이틀이 지나자 실제로 사람들은 말을 걸기 시작했다. 성적 때문에 옥상에서 뛰어내리고 싶다던 초등학교 5학년 아이, 산후 우울증으로 모든 걸 포기하고 죽고 싶다던 아기 엄마, 취업이 되지 않아 몇 년째 백수로 지내고 있고, 이제는 사는 것을 포기하고 싶다던 청년, 친구들의 따돌림으로 힘들어했던 여고생 등 여러 사람이 자신의 고민을 털어놓았고, 나는 마음을 열고 듣기 위해 노력했다. 옥상에서 뛰어내리기 전이라던 청년의 마지막 한마디에 밤새 잠 못 이루며 걱정하던 때도 있었다. 다음 날 아침

다행히도 어제 술을 많이 마셔 깜빡 잠이 들었다는 답장에 얼마나 한시름 덜었던지…….

그렇게 꾸준히 상담을 했지만, 시간이 흐르며 점점 지치기 시작했다. 매일 밤 열 시부터 새벽 두 시까지, 혼자서 감당할 수 없을 만큼 메시지가 쏟아졌기 때문이다. 동시에 대화를 나누다 보니 한 분 한 분의 이야기에 집중하기도 힘들었고, 개개인의 심각성을 판단하기도 어려웠다. 결국 한 달 뒤 공개했던 메신저 아이디를 게시판에서 지웠고, 활동을 중단했다. 밤마다 계속되던 상담으로 일상생활이 어려워졌고, 어느 순간 스스로 감당할 수 없다는 생각이 들었기 때문이다. 끝까지 함께 하지 못해 미안한 마음이 들었지만, 얼마나 많은 사람이 자살을 생각하고 있는지 피부로 직접 느낄 수 있었다. 자살예방센터에서 24시간 밤낮으로 상담을 해주시는 분들이 존경스러웠다.

그들 대부분은 이런 말을 했다.

"왜 이렇게 살아야 하는지 이유를 모르겠다. 이럴 바에 차라리 죽는 것이 낫다."

니체는 이렇게 말했다.

"자신이 왜 사는지, 그 이유를 아는 사람은 어떤 어려움과 고통도 극복할 수 있다."

개인이든, 사회이든 우리는 그들이 왜 살아야 하는지를 말해줄 수 있어야 한다. 어떤 모습이든, 충분히 가치 있는 사람이며,

더불어 사는 사회라는 것을 말해줄 수 있어야 한다.

자살은 전염이 된다. 그들이 살지 못하면 우리도 살지 못한다. 그렇다면 그들을 돕는 것이 곧 우리 스스로를 돕는 것이다. 자살하려는 이들의 이야기에 귀 기울인다면, 우리는 무슨 일을 해야 할지 알 수 있을 것이다. 조금만 더 관심을 기울인다면, 우리는 그들을 살릴 수 있다.

주저흔*(躊躇痕)

- 강원남

술을 마셔도 두려웠겠지.

눈을 질끈 감아도 무서웠겠지.

덜덜 거리는 두 손으로

눈을 질끈 감고

어설프게 칼자루를 쥐고

이 정도면 될까,

아프진 않을까,

그을까 말까,

차라리 그냥 포기할까,

몇 번을 놓치고, 긋고,

그었던 그곳에서

시뻘건 피가 흘러나올 때,

갑자기 엄마 생각도 났겠지.

더 많은 눈물이 흘렀겠지.

구깃한 옷깃이

하얗게 메마른 걸 보면

햇볕 한 줌 들어오지 않는

깜깜한 세상 속에서

숨 좀 쉬고 싶다고

그래도 살고 싶다고

박박 그었을

네 마음속 주저흔을

나는 왜 네가 떠난 뒤에야

발견했을까.

* 자살시도자는 심리적으로 자신에게 한 번에 치명상을 가하지 못하고, 여러 번 시도하다가
실패하거나 또는 마지막으로 치명상을 가하여 사망한다. 이와 같이 치명상이 아닌, 자해로
생긴 손상을 주저흔(躊躇痕, hesitation mark) 또는 미수 손상(未遂損傷)이라고 한다. 주
저흔은 자살과 타살을 구분하는 기준이 되기도 한다.

37 고독사,
죽어서도 죽지 못하는

몇 년 전 TV에서 우연히 고독사에 대한 다큐멘터리를 보고 큰 충격을 받았다. 행복한 죽음을 도와드린다고 말하고 다니지만, 다큐멘터리에서 본 한국 사람들은 정반대로 비참하게 죽음을 맞고 있었다. 가장 불행한 죽음은 자살이라고 생각하지만, 어쩌면 고독사는 자살보다 더 비극적인 죽음이 아닐까 생각이 들었다. 자살은 시신을 발견하고 수습이라도 가능하지만, 고독사는 죽어서도 발견조차 되지 못했고 오랜 시간이 지나서야 겨우 수습이 되었다.

고독사. 혼자 사는 사람이 갑작스레 사망한 사례를 말한다. 외로운 죽음이다. 자살과 달리 스스로 선택한 죽음은 아니다. 고독은 자신이 선택할 수 있는 것이 아니다. 관계의 단절과 무관심, 외면 속에 어쩔 수 없이 고립되고, 그렇게 죽음을 맞이한 것이다.

서울시 무연고 사망자의 장례식을 진행하시는 비영리단체 나눔과나눔 사무국장님을 알게 되었고, 그 후 기회가 닿을 때마다 장례식 자원봉사에 참여하고 있다. 나눔과나눔은 서울시립승화원에서 일주일에도 여러 번 무연고 사망자의 장례식을 진행한다. 화려한 리무진 차량과 관광버스 사이로 작은 봉고차에 실린 시신이 도착한다. 소박한 관에 누워 있는 시신은 오래도록 냉동된 상태다. 시신을 운구해서 화장로로 모시고 화장을 진행한다. 짧게는 몇 주, 길게는 몇 달간 냉동된 터라 일반 시신에 비해 화장 시간이 더 오래 걸린다. 화장을 하는 동안 유족 대기실에서 상을 차리고 위패를 모신다. 하지만 유족은 없다. 흔한 영정사진도 없다. 나눔과나눔 직원들과 자원봉사자 몇 명이 모여 고인을 추모하는 영결식을 진행한다. 때로는 종교단체에서 오셔서 추모를 해주시기도 한다. 복도에 무연고 사망자의 영결식을 알리는 입간판을 세워놓으면, 간혹 시민들이 와서 함께 추모하기도 한다. 영결식을 마친 후 화장이 끝난 시신을 수골한다. 무연고 사망자의 시신은 추후 가족들이 찾으러 올 수 있기 때문에 가루로 분쇄하지 않고 뼈째로 유골함에 담는다. 유골함을 봉고차에 실어 무연고 사망자 추모의 집으로 보낸 후, 위패의 지방을 꺼내 태우는 것으로 장례식을 마친다. 무연고 사망자 추모의 집에는 찾아가지 않은 수백 개의 유골이 캐비닛 위에 나란히 자리 잡고 있다.

무연고 사망자의 장례식을 자주 진행하다 보면 조금 익숙해지지 않으셨을까 국장님께 여쭤본 적이 있다. 국장님은 비록 장례 절차는 같지만, 한 분 한 분의 사연을 듣다 보면 절대 익숙해지지 않는다고 하셨다. 살아서도 잊힌 이들에게 마지막으로 술 한 잔 올리며 그분들을 기억해드리고 싶다고 하셨다. 말씀 그대로, 한 분 한 분의 사연을 접하다 보면 마음이 먹먹하고, 눈물이 쏟아질 때가 있다.

살아온 모습이 다양하듯 세상을 떠난 분들의 모습도 다양했다. 끝내 이름조차 확인할 수 없어 무명(無名)으로 치러지는 장례식도 있다. 베이비 박스에 버려진 아기는 세 살을 넘기지 못하고 안타깝게 눈을 감았다. 간혹 세상을 먼저 떠난 아기를 보내기 위해 승화원을 찾는 부모님들이 있다. 작은 관 위에 아기의 사진과 장난감을 올려주며, 관을 품에 안고 눈물을 흘린다. 하지만 베이비 박스에 버려진 아기는 마지막 순간까지도 부모의 품에 안기지 못했고, 한 줌의 재로 돌아갔다. 돈을 벌기 위해 한국으로 왔으나, 이곳에서 쓸쓸히 눈을 감은 외국인 노동자들도 있었다.

장례식 추도사를 읽으며 눈물을 주체할 수 없었던 적도 있었다. 손자도 없는 자리에 아버지와 아들의 위패가 나란히 놓였다. 59세의 아버지와 26세의 아들은 무더웠던 여름, 자택에서 연탄

불을 피우고 함께 세상을 떠났다. 부자의 시신은 두 달이 지나서야 발견되었고, 첫눈이 내리던 날 화장터의 화로에 나란히 몸을 뉘었다. 수골을 마치고 몇 가지 남은 유품을 살피던 중, 아들이 쓰던 수첩이 나왔다. 수첩에는 분식집을 차리기 위해 준비했던 메모가 깨알같이 적혀 있었고, 마지막 페이지에는 로또 번호 몇 자리가 적혀 있었다. 몸이 편찮으셨던 아버지, 집을 나간 어머니를 대신해 열심히 살아보고자 노력했지만, 자신의 힘으로 세상을 버텨낸다는 것은 어렵다는 것을 깨달았다. 결국 아버님을 누이고 마지막으로 연탄불을 붙였을 모습이 그려지자 눈물이 멈추지 않았다. 두 달여 만에 냉동고에서 꺼내진 아버지와 아들의 시신은 추운 날씨도 따스하게 느꼈는지 흥건히 녹아 있었다.

오랫동안 연락을 끊고 지내다가 눈을 감은 다음 비로소 재회하는 경우도 있다. 경제적인 어려움, 이혼, 결별 등으로 인연을 끊고, 오랜 시간이 흐른 뒤 산 자와 죽은 자로 마주하게 된다. 찾아온 이들은 살아있을 때 화해하지 못한 것을 후회하고 사과한다. 하지만 떠난 이는 말이 없다.

고독사로 세상을 떠난 분 중에 실제로 연고가 없는 분은 적다. 대부분 가족과 형제, 친척이 있지만 시신 인수를 포기하거나 거부한다. 경제적 어려움으로 장례를 치를 형편이 되지 않거나 혹은 연락이 되지 않는 경우, 그리고 죽음 앞에서도 서로를 마주하고 싶지 않은 경우다. 무연(無緣)이 아닌 절연(緣)이다.

그렇다면 어느 연령대가 가장 많이 고독사로 사망할까? 물론 60대 이상 혼자 사는 노인도 많지만, 그보다 더 많은 비중을 차지하는 이들은 도시에서 혼자 사는 50대 남자다. 이혼, 파산, 실직, 건강 악화, 혼자 사는 기러기 아빠 등과 같은 사연을 가진 사람들이다.

고독사는 먼 곳이 우리 아닌 주위에서 일어나고 있는 일이다. 쉽게 찾아볼 수 있는 고시원에서 고시생을 찾기란 더 이상 쉽지 않다. 전·월세를 구하지 못하는 노인 등 저소득층이 거주하는 비율이 오히려 높다. 그러다 보니 고시원에서도 자주 고독사가 발생한다.

반지하 원룸에서 홀로 사는 노인들 역시 위험하다. 쪽방촌에 사는 어르신 한 분은 죽고 나서 발견이 되지 않을까 두렵다며, 주위에 피해를 주는 것이 싫다고 하셨다. 그래서 매일 밤 머리맡에 자신의 영정사진과 장례비, 시신기증서약서를 놓고 잠자리에 드셨다. 시신기증서약서를 작성한 이유는 대학병원에 시신을 기증하면 해부가 끝난 후 장례식을 치러주기 때문이다. 부산에서는 추위를 견디기 위해 점퍼를 입고 잠자리에 들었던 할머니가 돌아가신 지 5년 만에 백골이 되어 발견되기도 했다.

노인뿐만 아니라 오랜 실직과 사회관계 단절로 홀로 살아가는 청년의 고독사도 점차 늘어가고 있다. 1인 가구가 점점 늘어나고 있지만, 정확한 통계조차 나와 있지 않다.

아직 결혼 전인 친구들과 이런 대화를 한 적이 있다. 스마트폰 메신저에 메시지를 남긴 다음, 읽었다는 확인 표시가 일주일 이상 보이지 않으면 전화로 안부를 묻거나 경찰서에 신고해주자고 했다. 모두가 혼자 살기에 필요성에 공감했다. 친구 한 명은 욕실에서 넘어져 머리를 부딪쳤는데, 그대로 정신을 잃은 채 몇 시간 만에 깨어났다고 한다. 이처럼 고독사는 특정 연령만이 아닌 1인 가구 시대에 누구에게나 일어날 수 있는 일이 되었다.

고독사가 점차 늘어나면서 유품정리인이라는 새로운 직업도 생겨났다. 고독사로 사망한 사람의 집을 정리하는 직업이다. 하지만 이삿짐센터처럼 단순히 가재도구와 집기를 옮기는 것이 아니라, 장기간 방치되어 부패한 시신에서 발생한 혈흔과 시신, 해충을 제거하는 일이 주된 업무다. 시신이 부패하며 생기는 특유의 악취는 락스를 부어도 쉽게 사라지지 않는다고 한다. 특수 처리된 용액으로 청소해야 하며 벽지, 창틀, 장판 등 가능한 모든 것을 교체해야 한다. 하지만 집주인들은 조용하게 청소를 해달라고 하거나, 밤에 해달라고 요청하는 경우가 있다. 고독사가 일어난 집이라고 소문이 나면 집값이 떨어지거나 임차인을 구하기가 어렵기 때문이다.

유품정리인은 고인의 유품을 정리하면서 고인의 삶이 보인다고 한다. 고인이 쓰던 물품에 외로움이 묻어 있다고 말한다. 그들은 어느 날 갑자기 고독하게 죽은 것이 아니라, 고독하게 살다가 고독하게 죽은 것이라고 말한다.

내가 사는 동네에서 몇 년 전 '송파 세 모녀' 사건이 일어났다. 사건 이후 정부는 재발 방지를 약속하며 다양한 정책들을 발표했지만, 생활고로 쓸쓸히 세상을 떠나는 분들은 점점 늘어 가고 있다. 그리고 사람들은 점점 더 무뎌져 갔다. 이후 고독사에 대해 관심을 갖게 되면서 사회복지사 분들을 모시고 수업을 할 때, 송파 세 모녀 사건을 예로 들며 부탁드리는 말이 있다. 사람은 살아온 모습 그대로 죽음을 맞이한다. 그러나 오늘날 이 사회에는 쓸쓸한 죽음이 점점 늘어가고 있다. 그들은 '갑자기' 고독하게 죽은 것이 아니라 고독하게 '살다가' 고독하게 '죽은 것'이다. 지역사회의 죽음을 보면 우리는 어떤 일을 해야 할지 알 수 있다. 사회복지사는 사회적 약자를 위해 일하는 사람이다. 세상에서 가장 약한 이들은 죽음을 눈앞에 둔, 죽음을 선택하는 이들이다. 또한 사회복지사의 가장 중요한 소명은 클라이언트의 생명을 보호하는 일이다. 죽음을 너무 두려워하거나 무서워하지 말고, 우리 마을, 우리 지역에서 일어나는 죽음의 모습을 자세히 들여다보면 좋겠다. 그래서 그들이 행복하게 살다가 행복하게 죽을 수 있도록 도와줬으면 좋겠다. 좋은 죽음은 흙으로 돌아가 개인과 공동체가 성장할 수 있는 밑거름이 되지만, 비극적인 죽음은 썩지 않고 개인과 공동체를 병들게 한다. 웰다잉은 스스로의 준비도 필요하지만, 사회의 도움 없이는 불가능하다. 국민의 웰다잉을 위해선 외롭고 힘들게 살아가는 이들을 돌볼 수 있는 정책과 제도가 함께 이루어져야 한다.

언젠가 '복지국가란 무엇인가'라는 질문을 받았을 때, 나는 '잘 죽여주는 나라가 곧 복지국가'라고 답했다. 복지는 잘 사는 것에만 필요한 것이 아니라 잘 죽는 것에도 필요하다. 살아온 모습 그대로 죽음을 맞이한다면 삶의 복지와 죽음의 복지는 곧 같은 말이 된다.

웰다잉 플래너로 활동하며 나는 여전히 사회복지사인가를 고민한 적이 있다. 사회복지에는 아동복지, 청소년복지, 장애인복지, 여성복지, 동물복지 등 다양한 영역이 있다. 그러나 죽음에도 역시 복지가 필요하다는 사실을 깨닫고, 나는 당연히 사회복지사임을 자부한다. 그래서 나는 '죽음 복지'를 위해 일하는 사회복지사로 활동하고 있다.

몇 년 전 장애인 한 분이 112에 전화를 걸었다. 그의 부탁은 햇볕을 쬐고 싶다는 것이었다. 1년 동안 집 밖으로 나가지 못했다고 했다. 곧 경찰이 출동했고 그는 휠체어를 타고 세상 밖으로 나와 1년 만에 햇볕을 쬘 수 있었다. 또 다른 어르신 한 분이 112

에 전화를 걸었다. 이유를 물어보니 사람과 이야기를 나누고 싶었다고 한다. 집에만 있어 사람과 이야기를 해본 적이 언제였는지 기억이 나지 않는다고 했다. 잠깐이라도 사람 목소리가 듣고 싶어 전화를 걸었다고 한다. 혼자 사시는 어르신들에게 여쭤보면 죽음에 대한 가장 큰 두려움은 자신이 죽고 나서 발견조차 안 되는 것이다. 홀로 살던 50대 가장은 늘 아파트 현관을 열어놓고 지냈다. 자신이 죽으면 시신 썩는 냄새가 퍼져 조금이라고 빨리 발견되기 바라는 마음에서였다. 무연고 사망자 장례식에 자원봉사로 참여하는 20대 대학생이 있었다. 참여한 동기를 물었더니, 자신도 혼자 살고 있으며 혼자 죽을지도 모른다는 두려움에 참여했다고 한다.

가족도 서로의 안부를 묻지 않는다. 이웃집에 어떤 사람이 사는지 알지 못한다. 수백만의 사람들이 매일 서로를 스쳐 가지만, 서로를 알지 못하고 알려 하지 않으며 관심조차 갖지 않는다. 고독사를 예방하기 위해 필요한 건 오직 관심뿐이다.

이웃집 우편물이 계속 쌓여 있다거나, 밤낮으로 형광등이 켜진 상태로 TV 소리가 들려온다면 주의 깊게 보는 것이 좋다. 이러한 작은 것들에 관심을 가진다면, 고독사를 조금은 예방할 수 있지 않을까 싶다.

무연고 사망자의 유골함을 품에 안으면 아직 따뜻함이 남아있을 때도 있다. 손끝으로 전해오는 그 온기에 마음이 아프다. 유골함을 무연고 사망자의 집으로 보낸 다음, 위패를 열어 지방을 태운다. 이름 석 자에 불이 붙어 사라지면 원래 없었던 사람이 되어버리는 것 같아 괜히 눈물이 난다. 다시 아프리카 부족의 사사와 자마니의 시간이 떠오른다. 사람이 세상을 떠나더라도, 한 사람이라도 그를 기억하는 사람이 있다면 그는 사사의 시간에 머문다. 그리고 세월이 흘러 아무도 그 사람을 기억하지 못할 때 비로소 영원한 침묵의 시간 자마니로 들어간다. 그들은 살아서도 자마니의 시간에 살았고, 죽어서도 자마니의 시간으로 떠났다. 죽음의 모습을 보면 삶이 보인다. 잊히는 죽음이 없도록, 쓸쓸한 죽음이 없도록, 죽음의 순간이 행복할 수 있도록 돕겠다는 다짐을 다시 품에 안는다.

38 그래서 삶으로, 다시 삶으로

　20대 중반에 시작한 죽음 공부는 아직도 계속되고 있다. 이제까지 드넓은 우주에서 작은 별빛 하나 정도를 겨우 본 것 같다. 하지만 질문은 점점 다른 곳을 향했다. 거울에 죽음을 비춰봤더니 삶이 마주 섰다. 사람들은 살아온 모습 그대로 죽음을 맞이했다. 죽음의 모습은 곧 삶의 모습이었다. 잘 죽기 위해선 잘 살아야 했다. 그렇다면 어떻게 사는 것이 잘 사는 것인지 의문이 들었다. 죽음을 통해 다시 삶이 궁금해졌다.

　삶의 이유는 무엇일까? 왜 고통스러운 삶을 살아야 하느냐고 물었다. 아무 대답도 할 수 없었다. 삶에 대해 설명하기엔 아직 어리고 생각도 짧다. 생명은 소중하며 희망을 갖고 살아야 한다고, 스스로도 납득할 수 없는 답을 할 수는 없다. 다만 태어났으니 우리는 살아간다. 삶을 살아가는 의미 따위는 딱히 없을지도 모른다.

사람들은 행복하기를 바란다. 행복이 곧 삶의 목표이다. 행복하지 않은 삶은 고통스럽다. 그러나 학창 시절 "왜 당신은 고통스럽지 않아야 한다고 생각하십니까?"라고 적힌 시 한 구절은 내겐 큰 충격이었다. 모두가 고통스러운데, 왜 나만 고통스럽지 않기를 바랄까. 모두가 죽는데, 왜 나만 죽지 않기를 바랄까. 이후 삶과 고통을 바라보는 관점이 바뀌었다. 괴롭고 고통스러운 인생도 나의 인생이었다. 시련은 평등하지만, 시련을 받아들이는 태도는 평등하지 않다. 좌절하는 사람이 있는 반면, 시련 속에서 의미를 찾고 성장하는 사람이 있다. 어르신들이 살아온 이야기를 들을 때가 있다. 상상할 수조차 없는 시간을 견뎌냈거나, 고통스러운 세월을 담담히 마주하고 묵묵히 견뎌낸 어르신들이 있다. 그런 어르신들의 모습에서 비교할 수 없는 인간의 성숙함을 느낀다. 삶을 배운다.

가끔 밤하늘의 별을 바라본다. 중학생 시절, 친구의 망원경으로 본 달의 표면은 경이로웠다. 토끼가 절구질하는 줄만 알았는데, 표면은 운석의 충돌로 움푹 패이고, 협곡이 가득했다. 별빛이 지구에 도착하는 데 수백만 광년이 걸린다는 사실에 놀라기도 했다. 밤하늘의 별과 우주를 들여다볼수록 나는 우주의 먼지만도 못한 작은 존재였다. 우주의 시간으로 따지면 나의 탄생과 죽음은 눈 한 번 깜짝할 짧은 순간이었다. 인류가 생겨난 이래 헤아릴 수 없는 사람이 태어나고 죽었다. 나도 예외는 아닐 것이다. 이런 생각을 하면 마음을 괴롭혔던 일들이 별것 아닌 것처럼 느껴졌다.

그러나 반대로 나 자신이 우주라는 생각이 들기도 했다. 세상은 기쁠 때 아름다웠고, 괴로울 때 고통스러웠다. 세상은 마음속에서 만들어졌다. 내가 없으면 세상도 존재하지 않았다. 나 자신이 우주의 중심이라는 것을 깨닫게 될 때마다 삶을 대하는 태도를 바로잡았다. 나는 우주의 일부이지만, 곧 우주이기도 했다.

행복한 죽음 웰다잉 연구소를 개소하고 처음 3년은 힘들었다. 웰다잉 플래너, 사회복지사, 강사로 활동하다 보니 사람들은 나를 꿈을 좇는 성공한 청년 기업인으로 보았다. 투철한 사명감으로 활동하는 사람으로 보기도 했다. 하지만 실상은 전혀 그렇지 않았다. 지금 가는 길이 맞는 길인지 늘 불안했고, 힘든 일이 생기면 빨리 포기하고 다른 일을 찾아야 하는 건 아닌지 고민했다. 한두 분의 어르신을 모시고 수업을 하거니, 반 이상의 어르신들이 교실을 나갔던 날에는 풀이 죽어 고개를 들 힘조차 없었다.

왜 내가 사서 고생을 하나 싶었다.

관련 분야에 전문가를 찾아가 고민을 상담하면, 아직 어린 나이라 죽음을 말하기엔 이르다고 했다. 학사로는 전문성이 부족하므로, 죽음에 대해 함부로 말해서는 안 된다고 했다. 석사가 아니라는 이유로 무시당하기도 했다. 죽음이란 주제보다는 밝고 행복한 주제를 찾던지, 다른 길을 찾아보라고 했다. 거기다가 경제적인 어려움도 더해졌다. 첫해 수입은 고작 300만 원이었고, 생계를 유지하기 위해 대출과 마이너스 통장으로 버텼다. 매월 25일 월급이 나오는 안정적인 직장이 부러웠고, 후회도 되었다.

그렇게 고민이 계속되던 중 규모가 큰 기관의 직원 채용 소식을 지인이 말해주었다. 고민 끝에 이력서를 제출했다. 퇴직금도 모두 바닥이 났고 빚은 점점 쌓여만 갔다. 이러한 상황이 계속된다면 가족들에게 부담이 될 수도 있었다. 더 이상 꿈을 좇는 건 사치라는 생각이 들었고, 결국 연구소 운영을 중단하기로 결정했다. 다른 일로 경력을 쌓고 돈을 벌어 나중에라도 다시 운영하자 다짐했지만, 속상하고 아쉬운 마음은 어쩔 수 없었다.

서류 접수를 통과하고 면접을 앞두게 되었다. 하지만 그때까지도 하고 싶은 일과, 생계를 위한 일 중 무엇을 선택해야 할지 갈등은 계속되었다. 며칠 뒤 가수 신해철 씨가 안타깝게 세상을 떠났다는 소식이 들려왔다. 어려서부터 좋아했던 가수였기에, 그의 죽음은 큰 충격으로 다가왔다. 그의 노래를 며칠이나 반복해서 듣고, 장례식장을 찾아가 조문도 했다. 고민 끝에 템플스테이 때 가르침을 얻은 법사님을 찾아가 내 고민을 털어놓았다.

"법사님, 저는 사람들이 행복한 죽음을 맞이할 수 있도록 돕는 일을 하고 있습니다. 죽음에 대해 관심이 많고, 제가 좋아하는 일이기도 합니다. 하지만 경제적인 어려움에 부딪혔고, 고민 끝에 취업을 결정했습니다. 그런데 마음이 편하지 않습니다. 며칠 전 제가 좋아하던 가수가 안타깝게 세상을 떠났습니다. 이처럼 언제 다가올지 모르는 것이 죽음인데, 그래도 꿈을 갖고 제가 좋아하는 일을 계속해야 할까요? 아니면 이제 정신 차리고 현실적인 일을 해야 할까요? 아직 제가 철이 없는 건가요?"

법사님은 웃으며 말씀하셨다.

"지금 상태를 보니, 뭘 해도 후회할 것 같네요, 하하하. 의미 있는 일을 한다는 것은 맞아요. 그런데 정말 그 일을 좋아하나요?"

"네, 저의 문제를 해결하기 위해 시작한 일이라서요, 관심도 많고 정말 좋아합니다. 그리고 꼭 필요한 일이라고 생각합니다."

"그래요? 아이들 전자오락 참 좋아하죠? 초등학교 학생들한테 오락을 시켜준다고 합시다. 그런데 똑같은 레벨만 계속 시켜주면 재미있어할까요? 처음에는 재미있어하겠지만, 아마 금방 싫증을 낼 거예요, 그렇죠? 오락은 레벨을 거듭할수록 어려워져야 하는 사람이 재미가 있겠죠. 실패하고 자꾸 죽어야 레벨을 정복했을 때 비로소 쾌감이 있는 겁니다. 그래서 아이들은 게임을 좋아하는 거예요.

좋아하는 일이라는 건 어렵거나 힘들거나 포기하고 싶을 때도 그래도 계속해 나가는 겁니다. 어려움이 있더라도 이겨내고 극복해나갈 때 진짜 좋아하는 일이라고 할 수 있지요. 그렇다면 다시 질문해봅시다. 정말 그 일을 좋아하나요? 좋아한다면 어려움이 있더라도 그 일을 계속하면 되는 거고, 아니다 싶으면 포기하면 됩니다. 그런데 포기했다고 실패한 건 아니에요. 꼭대기에 올라야만 성공한 인생은 아닙니다. 산 중턱까지 올라갔다면, 올라간 만큼 세상이 보이겠지요. 한 만큼 성공한 거예요. 실패한 게 아닙니다. 그러니 어떤 선택을 해도 괜찮아요. 다만 정말 내가 그 일을 좋아하는지 다시 생각해보세요."

법사님의 말씀이 비수처럼 꽂혔다. 집으로 돌아오는 길, 이어폰에서는 신해철 씨가 부른 '민물 장어의 꿈'과 '우리 앞에 생이 끝나갈 때'가 반복해서 들려왔다. 길거리에는 수많은 음식점이 늘어서 있었다. 죽기 직전 가보지 못한 맛집이 아쉬울까, 이루지 못한 꿈이 아쉬울까. 10년 전 학창 시절에 적어두었던 웰다잉 연구소에 대한 메모가 스쳐 지나갔다. 나의 고민을 죽음이라는 저울에 올려놓았다. 저울은 한참을 흔들리다가 한쪽으로 기울어졌다. 방황하던 숲속에서 죽음은 나에게 길을 가르쳐 주었다. 다시 손을 털고, 운동화 끈을 묶고, 조금 더 단단하게 발길을 옮겼다.

조로병(早老病)은 일반인보다 8배 빠르게 노화가 일어나는 희귀

질환이다. 조로병을 앓던 영국의 소녀 헤일리 오카인스는 17세의 나이에 세상을 떠났다. 당시 그녀의 신체 나이는 104세였다. 남들보다 빠른 시간을 살아온 소녀는 자신에게 주어진 시간이 짧다는 사실을 깨닫고 늘 버킷리스트를 작성했다. 16세에는 대학에 입학하기도 했으며, 자서전을 펴내 조로증 환자에 대한 인식 개선 캠페인과 모금 활동을 하기도 했다.

인생의 선배는 먼저 태어난 사람이 아닌 먼저 죽은 사람이었다. 좋은 삶과 좋은 죽음은 얼마나 오래 사는지에 달려 있지 않았다. 주어진 삶에서 의미를 발견하고, 의미를 통해 어떻게 살아가는지가 중요하다는 걸 그녀를 통해 배울 수 있었다. 그녀도 죽음이라는 나침반을 들고 삶을 살아갔다.

하지만 인간은 망각의 동물이다. 죽음만을 생각하면서 살아갈 수는 없다. 머리로는 알았지만 실천은 느렸다. 중요하지 않은 것들을 쫓아다니며 바쁘게 살곤 했다. 상처 주고 상처받았다. 사람은 쉽게 바뀌지 않았다. 살아온 모습은 죽음 앞에서도 변하지 않았다. 예수님은 40일간 광야에서 죽음을 마주한 다음에야 비로소 거듭나셨다. 부처님은 6년 동안 죽음을 마주한 고행 끝에 해탈하셨다. 성인들조차 이렇게 오랜 시간이 걸렸는데, 사람이 쉽게 바뀌나는 것은 어려운 일이다.

그렇지만 사람은 반드시 바뀔 수 있다. 나는 군 복무 시절, 박격포를 운용하는 포수로 근무했다. 발사 전 거리, 화약, 각도, 바람 등을 계산한 다음, 포수와 부포수가 정확한 자세를 취해야 명중이 가능하다. 하지만 실제 명중률은 낮다. 발사 전 각도가 1센티미터만 어긋나도 수 킬로미터를 날아가면 예상지점과 몇십 미터나 차이가 나기 때문이다. 자그마한 실수가 큰 차이로 벌어진다. 삶도 마찬가지다. 작은 습관 하나가 사람을 바꿀 수 있다. 하지만 오랜 시간이 필요하다. 변화는 천천히 일어난다. 쉽게 일어난 변화는 쉽게 사라진다. 할 수 있는 작은 것들부터 실천한다면 반드시 바뀔 수 있다.

1년에 한두 번 명상 수련에 참여한다. 수련에 참여하면 오랜 시간 앉아만 있기 때문에 에너지가 많이 필요하지 않아 적게 먹는다. 아침, 점심식사로 밥 한 수저, 채소, 과일 하나를 먹고, 저녁에는 찐 감자를 한 알 먹는다. 나는 식탐이 많고 육식을 좋아해서 평소 찐 감자나 고구마를 좋아하지 않는다. 그러나 명상 수련에 참여할 때는 다르다. 오후가 되면 감자 먹을 때만 기다려진다. 눈을 감고 명상을 하지만 머리는 감자 생각으로 가득하다. 저녁이 되면 드디어 감자를 받고 공양게송(供養偈頌)을 읊는다. 공양게송은 공양할 때 외우는 짧은 글을 말한다.

「한 방울의 물에도 천지의 은혜가 깃들어 있고, 한 톨의 밥에도 만인의 노고가 깃들어 있으며, 한 올의 실타래 속에도 베 짜는 여인의 피땀이 서려 있다. 이 물을 마시고 이 음식을 먹고 이 옷을 입고 부지런히 수행 정진 하여 괴로움이 없는 사람, 자유로운 사람이 되어 일체 중생에 은혜에 보답하는 보살이 되겠습니다.」

게송이 끝나고 손에 쥔 따뜻한 감자를 들여다보면 마음이 뭉클해진다. 그동안 내가 잘나서, 내 돈으로 내가 먹고사는 줄 알았지만 아니었다. 감자 한 알에도 세상 사람들의 도움이 가득했다. 감자를 심고 길러 수확하신 분, 포장하고 날라주신 분, 감자를 파시는 분, 감자를 씻고 쪄주신 분, 내 손에 오기까지 많은 분의 손이 없이는 불가능했다. 세상 사람들의 도움 없이는 나는 하루라도 살 수 없었다. 이 사실을 깨달으니 감자는 참 귀한 음식이었다. 그래서 지금도 식사 전 공양게송을 외운다.

사랑하며 나눔의 삶을 살아온 이들의 마지막 모습은 편안했고 아름다웠다. 보람 있었다고 말했다. 고대 로마어 중 '살다'라는 말은 원래 '사람들 사이에 존재하다'라는 뜻이라고 한다. 반대로 '죽다'라는 말은 '사람들 사이에 존재하지 않다'라는 뜻이다. 내가 잘 사는 것도 중요하지만, 모두가 함께 잘 사는 것이 중요하다. 우리는 사람들 사이에 존재할 때 비로소 살아가기 때문이다.

냉장고를 가진 동물은 사람밖에 없다. 동물은 음식을 보관하지 않는다. 사자가 배가 고파 사슴을 잡았다. 배불리 고기를 먹

없고 고기가 남았다. 아마 사자는 같은 무리나 다른 동물들이 먹도록 놓아둘 것이다. 하지만 사람은 어떤가? 보관해두었다가 나중에 먹을 생각으로 냉동실에 넣어둔다. 그리고 잊어버린다. 몇 달 뒤 냉동실에는 정체를 알 수 없는 하얀 벽돌들이 가득하다. 새로운 음식을 넣기 위해 다시 음식을 꺼내 음식물 쓰레기통에 버린다.

북한에서 온 새터민 한 분이 이런 말씀을 하셨다. 남한에 와서 들은 말 중 '음식물 쓰레기'라는 말이 이해가 되지 않았다고 한다. 왜 음식이 쓰레기인지 납득할 수 없었다고 했다. 그렇게 우리의 음식은 쓰레기가 된다. 내가 배고플 때 밥 한 그릇을 먹고 싶은 것은 욕심이 아닌 욕구다. 그러나 배불리 먹고 밥이 남았는데, 옆에 배고픈 사람이 있는데 주지 않고 냉장고에 넣는다. 그리고 다시 버린다. 이것은 욕심이다. 생존을 위한 기본적인 욕구는 채울 수 있는 시대에 살고 있다. 하지만 동시에 욕심이 넘쳐나는 시대에 우리는 살고 있다.

이런 가정을 해본다. 수업을 마치고 교실 왼편에 앉아 계시는 어르신들에게 "어르신, 수업 열심히 들어주셔서 감사합니다. 약소하지만 댁으로 돌아가시면서 따뜻한 차 한잔 사드세요" 하고 만 원씩을 드린다. 어르신들은 고맙다며 최고의 강사라고 엄지손가락을 치켜세울 것이다. 자리를 옮겨 교실 오른편에 앉아 계시는 어르신들에게 "어르신, 수업 열심히 들어주셔서 감사합니다. 약소하지만 댁으로 돌아가시면서 저녁 식사 한 그릇 사드세요" 하고 5만 원씩을 드린다. 어르신들은 고맙다며 정말 좋은 강사라고 역시 엄지손가락을 치켜세울 것이다. 그러면 왼편에 앉아 계시는 어르신들은 표정은 이내 굳어진다. 서운하고, 섭섭하다고 말씀하신다. 주려면 똑같이 주지 왜 차별하냐며 역정을 내신다. 좋은 사람인 줄 알았더니 잘못 봤다고 말을 바꾸신다. 차라리 모두 공평하게 주지 말라고 말씀하시는 분들도 계신다. 1분 만에 나는 좋은 사람에서 나쁜 사람으로 바뀔 것이다.

이처럼 우리는 받는 것에 익숙하다. 남들보다 더 많이 받기를 바란다. 남들보다 더 많은 것을 가져야 행복하다고 느낀다.

복지관에서는 겨울이 가까워지면 홀로 사시는 어려운 어르신들을 위해 김장 김치를 가져다드린다. 처음 김장 김치를 드릴 때는 민망할 정도로 감사 인사를 하신다.

"선생님 때문에 제가 이번 겨울을 살 수 있을 것 같아요. 너무 감사해요."

담당 사회복지사는 보람을 느낀다. 매년 김장 김치를 전해드렸고 5년이 지났다. 올해도 김장 김치를 가져다드리지만, 어르신의 인사가 첫해와 조금 달라졌다.

"김치 가지고 와요? 그런데 내가 오늘 어딜 나가서, 그냥 문 앞에다 두고 가세요."

또 몇 년이 지났다. 김치를 문 앞에 두고 왔는데, 복지관으로 찾아오셨다.

"저기 뒷집 할머니는 다른 복지관에서 라면하고 이불도 가져 다줬는데 우리는 뭐 더 없수?"

개인의 탐욕과 복지 제도의 문제점을 말하려는 것이 아니다. 받는 것에 익숙해지는 인간에 대해 말하는 것이다. 욕구가 채워 지면 욕심으로 바뀐다.

6·25 전쟁 전후 대한민국은 힘겨운 시절을 보냈다. 먹을 것이 부족해서 보릿고개를 겪었다. 그래서 어르신들은 밥그릇에 밥이 가득 담긴 모습을 보면 행복하셨다고 한다. 월급이 들어오면 쌀 독을 우선 채웠다. 쌀독에 쌀이 가득 찬 모습을 보면 든든했다. 한때는 플라스틱 쌀통이 결혼 혼수였던 시절도 있었다.

그런데 어느새 나이가 들어 회사를 은퇴한다. 수입은 점점 줄 어든다. 건강도 예전 같지 않다. 그래서 내가 가진 밥그릇에 밥 을 가득 채우기가 어려워진다. 그러면 어떻게 하면 다시 밥그릇 에 밥을 가득 채울 수 있을까? 그것은 바로 밥그릇을 작은 것으 로 바꾸는 것이다. 심리학자들은 행복의 공식은 '가진 것 / 원하 는 것 = 행복'이라고 말한다. 더 가지려고 하기보다, 가진 것에 만 족하고 욕구를 넘어 욕심을 줄일 수 있다면 우리는 조금 더 쉽게 행복해질 수 있다.

밭에서 일을 하는 두 사람이 있다. 뒷모습만 보면 누가 밭의 주인인지, 하루 품삯을 받고 일하는 일꾼인지 알 수 없다. 하지만 일이 모두 끝나고 "오늘 수고하셨습니다"라고 말하며 품삯을 건네주는 사람이 밭의 주인일 것이다. 이처럼 받기만 한다면 우리는 일꾼으로 살 수밖에 없다. 주는 사람의 눈치를 봐야 하고, 받지 못하면 화가 난다. 자존심도 상한다. 하지만 스스로 베푼다면 우리는 일꾼이 아닌 주인으로 살 수 있다. 삶을 살아가면서 어떤 모습으로 살지는 오직 우리의 선택에 달려 있다.

그렇다면 누구와 함께 나누어야 할까? 낮은 곳, 약한 이들을 향하라고 성인들은 말한다. 부처님이 열반에 드시기 전 제자인 아난다가 여쭈었다.

"우리는 늘 스승님께 공양을 올려서 큰 공덕을 지었는데, 스승님이 계시지 않을 때 누구에게 공양을 올려야 큰 공덕을 지을 수 있습니까?"

그러자 부처님께서 말씀하셨다.

"네 가지를 공양하라. 첫째로 배고픈 자에게 음식을 공양해서 배불리 먹게 하고, 둘째로 병든 자에게 약을 공양해서 병을 낫게 하고, 셋째로 가난한 자를 돕고 외로운 자를 수호하며, 넷째로 청정하게 수행하는 자를 잘 외호하라."

성경에는 이런 구절이 있나.

「너희는 내가 굶주렸을 때에 먹을 것을 주지 않았고, 내가 목

말랐을 때에 마실 것을 주지 않았으며, 내가 나그네였을 때에 따뜻이 맞아들이지 않았다. 또 내가 헐벗었을 때에 입을 것을 주지 않았고, 내가 병들었을 때와 감옥에 있을 때에 돌보아 주지 않았다.' 그러면 그들도 이렇게 말할 것이다. '주님, 저희가 언제 주님께서 굶주리시거나 목마르시거나 나그네 되신 것을 보고, 또 헐벗으시거나 병드시거나 감옥에 계신 것을 보고 시중들지 않았다는 말씀입니까?' 그때에 임금이 대답할 것이다. '내가 진실로 너희에게 말한다. 너희가 이 가장 작은 이들 가운데 한 사람에게 해주지 않은 것이 바로 나에게 해주지 않은 것이다.'」

부처님과 예수님 모두 세상 가장 낮은 곳, 약한 이들을 돌보는 것이 곧 자신과 함께하는 것이라고 말씀하셨다. 대한민국의 기독교 신자와 불교 신자를 합치면 2100만 명이 넘는다고 한다. 하지만 우리는 과연 성인의 가르침대로 살고 있을까? "기도를 할 때는 발을 움직여라"라는 아프리카 속담이 있다. 예수님은 우리에게 "가서 너희도 그렇게 하여라"라고 말씀하셨다. 성인을 믿는 신자(信者)는 많지만, 성인의 뜻을 실천하는 행자(行者)를 찾기는 어렵다.

2016년, 인터넷을 달구었던 사진 한 장이 있다. 초등학교 3학년의 과제물인데, 제목은 '난 행복한 사람'이었다. 사진에는 영양실조에 걸린 듯한 아이가 땅에 떨어진 빵 부스러기를 주워 먹고 있는 모습이고, 첫 번째 문제는 '그림 속의 장면을 자세하게 설명해봅시다. 누가, 어디에서, 무엇을, 왜 하고 있는지 그림 속 하나하나를 상상하여 이야기해봅시다'였다. 아이는 답을 적었다. '굶은 아이가 길모퉁이에 쪼그리고 앉아서 배가 고파 바닥에 떨어진 빵가루를 주워 먹고 있다.'

두 번째 문제는 '나 자신을 그림 속의 아이와 비교해봅시다. 난 얼마나 행복한 사람인지 이유를 들어서 설명해봅시다'였다. 선생님이 의도한 정답은 '저는 집도 있고, 부모님도 있고, 먹을 음식이 있어서 행복합니다'였을 것이다. 그러나 예상과 달리 아이는 다음과 같은 답을 적었다.

'남의 아픔을 보고 내가 얼마나 행복한 사람인지 아는 것은 별로 좋지 않다고 생각한다. 같이 아픔을 해결해주려 하고 같이 잘 먹고 잘 살아야 할 것이다.'

이 사진 한 장에 많은 네티즌들은 감동을 받았다. 그리고 '우문현답(愚問賢答)'이라는 제목으로 공유하기 시작했다. 예수님은 어린아이들과 같이 되지 않으면 천국에 들어가지 못한다고 하셨다. 아이의 눈에 그려진 천국은 어른들이 생각하는 천국과 달리 함께 아픔을 해결해주고 같이 잘 먹고 잘 사는 곳이다.

삶은 짧고 시간은 부속하다고, 죽음을 앞둔 이들은 말했디. 먼 곳보다 가까운 곳, 부족한 것보다는 가진 것, 갖기보다는 나누며, 남들보다는 자신을, 바깥보다는 안을 바라보라고 말했다. 어떤 곳에서 어떠한 모습이든 행복하게 살아야 한다고 말했다. '그럼에도 불구하고'라는 말이 가장 아름다운 말로 뽑힌 적이 있다. '그럼에도 불구하고'는 역경을 이겨내며 상황을 반전시킬 때 쓰는 말이다.

"나는 가난한 집에서 태어났다. 그럼에도 불구하고 자수성가해서 가난한 사람들을 도우며 살았다."

"나는 가난해서 학교에 다니지 못했다. 그럼에도 불구하고 배움의 끈을 놓지 않았다."

이처럼 그럼에도 불구하고 우리는 행복해져야 한다.

"우울하면 과거에 사는 것이고, 불안하면 미래에 사는 것이고, 편안하면 이 순간에 사는 것이다"라고 노자는 말했다. 지나간 시간을 곱씹으며 과거에 집착하거나, 오지 않은 미래를 미리 걱정하며 살기보다, 오늘을 살라고 말한다.

미래를 위해 늘 인내하며 살았던 한 남자가 있었다. 그는 행복한 미래를 꿈꾸며 매일 생겨나는 행복은 저금통에 넣었다. 세월이 흘러 그는 노인이 되었고, 이제 행복해지기로 결심했다. 그래서 그는 행복을 모아둔 저금통의 배를 갈랐다. 그러나 저금통에는 아무것도 들어 있지 않았다. 행복은 저축이 되지 않았기 때문이다. 행복은 매일 아침에 생겨나 밤이 되면 사라져버렸다. 그래서 우리는 지금 행복해져야 한다. 행복은 늘 우리 발밑 가까운 곳에 있어 쉽게 찾지 못한다. 하지만 천천히, 자세히 들여다본다면 우리는 쉽게 행복해질 수 있다.

제2차 세계 대전 중 아우슈비츠 수용소에서 살아 돌아온 빅터 프랭클이라는 심리학자가 있다. 그는 자신의 경험을 통해 수용소에서 살아남은 사람과 죽은 사람들의 차이를 연구하기 시작했다. 그리고 다음과 같은 결론을 내렸다. 과거에 대한 그리움이 매우 강하거나, 미래에 대한 희망이 매우 강한 이들은 대부분 수용소에서 죽음을 맞았다. 살아남은 사람들은 과거를 그리워하거나 미래를 꿈꾸기보다, 하루하루 인간다운 존엄함을 잃지 않고 고통 속에서 의미를 찾아 살아가던 이들이었다. 이처럼 고통을 피할 수는 없지만, 고통을 대하는 태도는 바꿀 수 있다. 그리고 고통을 대하는 태도는 곧 삶을 대하는 태도가 된다. 그는 자신이 겪은 일을 《죽음의 수용소에서》라는 책으로 남겼으며, 이를 바탕으로 '로고 테라피(의미 요법)' 이론을 확립한다.

마지막 수업시간, 끝을 맺을 때는 늘 세 장의 사진으로 슬라이드를 채운다. 첫 번째 사진은 세월호 사고로 안타깝게 세상을 떠난 단원고 학생들의 중학교 동창들이 찍은 단체 사진이다. "우리 언제 다 같이 모여서 단체 사진 한번 찍자"라고 약속했던 친구들. 그러나 친구들은 꽃 피던 봄날, 배를 타고 먼바다로 떠나 끝내 돌아오지 못했다. 그래도 함께하자던 마지막 약속을 지키기 위해 다른 친구들은 사고로 떠난 친구들의 영정사진을 들고 단체 사진을 찍었다.

두 번째 사진은 대구 지하철 사고로 안타깝게 세상을 떠난 분들의 문자 메시지를 모은 사진이다. 지하철이 불길에 휩싸이고, 객실은 검은 연기가 가득 찬다. 탈출을 시도했지만 문은 열리지 않는다. 아침 열 시 반. 승객들은 사랑하는 이들에게 마지막 문자 메시지를 보낸다.

'오늘아침에화내고나와서미안해진심이아니었어자기야사랑해영원히'

'미안하다. 가방이랑신발못전하겠어돈가스도해주려고했는데…미안…내 딸아.사랑한다.'

세 번째 사진은 호스피스 병동의 사진이다. 환자와 환자 보호자들이 호스피스에 입소하면 수녀님들은 환자 보호자에게 숙제를 내준다. 숙제는 환자에게 하루에 열 번 이상 "사랑해요, 고마워요, 감사해요"라고 말해주기. 숙제를 들은 보호자들은 쑥스럽고 불편해한다.

"병수발 드는 것도 힘든데 이런 것까지 해야 해요? 이런 말 안 해봐서 잘 못 해요. 우리는 말 안 해도 다 알아요."

하지만 수녀님의 계속된 권유로 조금씩 용기를 내어 말하기 시작한다. 그리고 환자가 눈을 감으면 보호자들은 수녀님에게 감사의 말을 전한다.

"수녀님. 숙제로 내주셔서 하긴 했는데, 그렇게라도 할 수 있었던 게 천만다행이었던 것 같아요. 살면서 우리 아빠한테, 그리고 남편한테 사랑한다, 고맙다, 감사하다, 애썼다……. 이런 말 한마디 하는 게 뭐가 그렇게 힘들었을까요. 돈 드는 것도 아닌데, 살면서 미리미리 해둘걸. 참 후회가 돼요."

떠난 이들, 떠나보낸 이들 모두 가장 후회했던 것은 바로 이 말을 하지 못했다는 것이었다. 눈을 감기 전 사랑한다, 고맙다, 감사하다는 말들을 하는 것은 물론 의미가 있지만 바로 오늘, 지금 해보는 것이 더 좋다. 이 말 한마디도 하지 못할 만큼 우리는 짧은 삶 속에서 바쁘게 살아간다. 소중한 것들은 시간을 내서 해야 한다. 물론 낯설고 쑥스러울 수 있다. 어렵다면 짧은 메모나 문자 메시지로 사랑의 인사를 나눠보는 것은 어떨까? 지금 하지 못하면 분명 그때도 하지 못한다.

두 개의 묘비명이 있다.

첫 번째 묘비명은 "괜히 왔다 간다"라고 적혀 있다. 걸레 스님으로 널리 알려진 중광 스님의 묘비명이다. 스님은 기행과 파격으로 걸레 스님으로 불렸다. 스님께서 어떤 깨달음으로 이런 말을 하셨는지 모르지만, 왠지 모르게 삶의 덧없음이 느껴진다.

두 번째 묘비명은 "한바탕 잘 놀다 갑니다"라고 적혀 있다. 그의 생이 어땠는지 알 수 없지만, 기쁜 삶을 여한 없이 누리다 간 것처럼 느껴진다. 이 두 개의 묘비명만 봐도 우리는 그가 어떤 사람이며 어떤 삶을 살았는지 짐작이 간다. 그렇다면 내가 죽는다면 나는 어떤 묘비명을 남기고 싶을까? 어떤 묘비명이 적힐지는 우리가 살아온 모습에 달려 있을 것이다.

 어쩌면 나는 사람들에게 거짓말을 하고 있는 건지 모르겠다. 사실은 죽음보다 삶을 말하고 싶었는지 모른다. 왜냐하면, 우리는 살아온 모습 그대로 죽음을 맞이하기 때문이다. 그래서 나의 수업은 "잘 죽겠습니다"로 시작하고 "잘 살겠습니다"라는 대답으로 끝을 맺는다. 수업을 마치고 교실을 나서며 "잘 살겠습니다" 거듭 인사하시는 어르신들을 보면 죽어가는 이들이 남긴 이야기가 잘 전해진 것 같아 안도의 한숨을 내쉰다.
 그리고 또 하나의 거짓말. 처음에도 말했듯 행복한 죽음 웰다잉 연구소의 목표는 사람들의 행복한 죽음을 돕는 것이 아니다. 죽음을 연구하고 공부하며 실천하는 것도 아니다. 숨겨진 진짜 목표는 강원남이 잘 죽는 것이다. 지금 이 일을 계속한다면, 그래서 앞으로도 웰다잉 플래너로 살아간다면, 잘 죽겠다는 목표를 이룰 수 있지 않을까? 나 역시 다만 살아온 모습 그대로 죽을 것이다. 그래서 죽음을 향해 삶으로, 다시 삶으로 살아나간다.

39 좋은 죽음을 위한 웰다잉 체크리스트

수업 시작 전 웰다잉 체크리스트로 '나는 얼마나 좋은 죽음을 맞이할 수 있을까?'를 스스로 점검해본다. 리스트는 총 열 개의 문항으로 구성되어 있으며, '예'에 해당하는 문항이 많을수록 '좋은 죽음'을 맞이할 확률이 높다. 수업 시작 전 어르신들과 함께 작성하는데, 평균 3~4개 정도 해당한다. 그래서 수업시간을 통하여 준비되지 않은 부분을 함께 공부하며 준비해 나간다. 이와 같은 10가지를 준비한다면, 조금 더 행복한 삶과 행복한 마무리가 이루어질 것이다.

질문	예	아니오
1. 죽음에 대한 성찰과 공부가 이루어졌다.		
2. 삶에 대한 보람과 성취감이 높다.		
3. 용서와 화해가 이루어졌다.		
4. 버킷리스트를 작성하여 실천하고 있다.		
5. 가족과 주위 사람들에게 어떻게 죽고 싶은지 이야기 나눈다.		
6. 무의미한 연명치료에 대한 자기결정이 이루어졌다.		
7. 임종 과정에 발생하는 육체적 통증에 대비하고 있다.		
8. 장례방식에 대한 자기결정이 이루어졌다.		
9. 법적으로 효력 있는 유언장이 작성되었다.		
10. 고독사, 자살로 삶을 마감하고 싶지 않다.		
총계		

1. 죽음에 대한 성찰과 공부가 이루어졌다

죽음에 대한 준비는 나의 죽음을 상상하는 것에서부터 출발한다. 죽음이란 무엇인지, 죽음의 과정에서 어떤 일들이 일어나는지, 죽음 이후에 사후세계는 과연 존재하는지, 행복한 죽음을 위해서는 무엇을 준비해야 하는지에 대해 미리 공부해야 한다. 죽음이 가까워져서 공부를 시작하면 받아들이기 어렵다. 죽음은 벼락치기 공부가 되지 않는다. 평소 죽음에 대해 꾸준히 성찰하고 준비해야 한다. 또한 죽음에 대한 공부는 곧 삶의 공부로 이어진다. 우리는 죽음에 대해 아는 만큼 잘 살고 준비한 만큼 잘 죽을 수 있다.

2. 삶에 대한 보람과 성취감이 높다

삶을 잘 살아온 사람일수록 좋은 죽음을 맞이할 수 있다. 사람은 누구나 살아온 모습 그대로 죽음을 맞이하기 때문이다. 그렇다면 잘 산다는 것은 무엇일까? 돈, 명예, 지위 등과 같은 것들이 반드시 삶의 보람과 성취로 이어지지는 않는다. 죽음을 성찰하면 삶은 단순해지고 명확해진다. 가족 간의 사랑, 사랑하는 이들과의 추억, 고통을 통한 성장, 모두가 함께 행복해지는 나눔과 봉사, 그리고 꿈과 소망. 이처럼 세상을 떠날 때는 마음과 추억만을 가지고 갈 수 있다. "잘 보낸 하루가 행복한 잠을 가져오듯이, 잘 쓰여진 인생은 행복한 죽음을 가져온다"던 레오나르도 다빈치의 말처럼, 우리는 잘 살아야 잘 죽을 수 있다.

3. 용서와 화해가 이루어졌다

죽음을 앞둔 이들은 자신이 어떠한 모습으로 기억될지 고민한다. 그래서 자연스럽게 자신의 삶을 돌아본다. 젊었을 때 내 돈떼어먹었던 친척들, 아직도 생각하면 이가 갈리는 시댁 식구들, 남들도 아니고 어떻게 나한테 이럴 수 있는지 섭섭했던 친구들, 두고 보자 나심하며 용서하지 못했던 이들의 모습이 그제야 눈에 들어온다. 나의 잘못으로 사과하지 못했던 미안함도 마찬가지다.

불편한 감정들은 눈을 감기 전까지 마음을 짓누르고 발목을 붙잡는다. 용서와 화해는 상대방을 위해서도 필요하지만, 궁극적으로 스스로의 마음을 치유하는 과정이다. 그래서 우리는 용서하고 또 화해해야 한다.

4. 버킷리스트를 작성하여 실천하고 있다

버킷리스트라는 말은 중세 시대 교수형에 처해지는 죄인들은 올가미를 목에 두른 뒤 양동이에 올라갔는데, 양동이를 발로 차서 형을 집행한다는 의미 'Kick the bucket'이라는 표현에서 유래되었다. 즉 버킷리스트는 죽기 전에 꼭 해보고 싶은 일들을 적은 목록을 말한다. 버킷리스트에는 큰 꿈들을 적는 것도 좋지만, 작지만 의미 있고 실천 가능한 것들을 적어두는 것도 좋다. 죽음을 앞둔 이들은 '먹고살기에 바빴다, 남들 시선에 맞춰 사느라 자신의 삶을 살지 못했다'며 후회했다. 평소 버킷리스트를 작성하여 내가 좋아하는 것은 무엇인지, 어떤 삶을 살고 싶은지 돌아보는 것이 필요하다.

5. 가족과 주위 사람들에게 어떻게 죽고 싶은지 이야기 나눈다

좋은 죽음을 위해선 스스로의 준비도 필요하지만, 자신의 죽음을 함께해 줄 가족과 주위 사람들의 도움도 필요하다. 죽음은 혼자의 일이 아닌 공동체의 일이다. 주위 사람들의 돌봄과 배려가 있어야 본인이 원하는 모습대로 눈을 감을 수 있다. 사전연명의료의향서, 사전장례의향서, 장기기증 서약서 등을 작성했다 하더라도, 가족의 동의가 없다면 한낱 실현되기는 어렵다. 그러기 위해서는 평소 죽음에 대해 함께 이야기 나누고 약속해야 한다.

6. 무의미한 연명 치료에 대한 자기 결정이 이루어졌다

더 이상 치료가 불가능한 말기 질환일 경우 그래도 끝까지 포기하지 않고 계속 치료를 할 것인지, 아니면 무의미한 연명 치료를 중단하고 죽음을 받아들일지 스스로 결정해야 한다. 무의미한 연명 치료를 중단하고자 한다면 사전연명의료의향서 작성을 통하여 본인의 의사를 밝혀둘 수 있다. 환자의 의사를 알지 못하는 상태에서 가족들에 의해 연명 치료 중단이 결정된다면 환자, 보호자, 의사 모두에게 큰 부담이 될 것이다. 무의미한 연명 치료에 대해 스스로 결정해둬야 좋은 죽음이 가능하다.

7. 임종 과정에 발생하는 육체적 통증에 대비하고 있다

무의미한 연명 치료를 중단하기로 결정한 경우, 말기 질환으로 통증이 수반된다. 통증은 남은 삶의 질을 좌우한다. 따라서 통증, 구토, 호흡곤란, 복수와 같은 통증치료가 이루어져야 남은 삶을 편안하게 마무리할 수 있다. 이와 같은 완화의료를 제공하는 곳이 바로 호스피스다. 평소 호스피스란 어떤 곳이며, 어떤 도움을 받을 수 있는지, 어느 곳에 위치해 있는지 확인해둔다면 좋은 죽음에 한 발자국 더 가까이 다가설 수 있다.

8. 장례방식에 대한 자기 결정이 이루어졌다

자신이 죽고 난 뒤의 장례방식에 대해 스스로 결정해두는 것이 좋다. 부고를 알려야 할 사람들의 명단, 준비해놓은 수의, 종교에 따른 장례방식, 매장 혹은 화장 등과 같은 시신 처리 방식, 납골당, 수목장 등과 같은 유골 처리 방식 등을 사전장례의향서 작성을 통하여 준비해둘 수 있다. 이와 같은 사항들을 미리 결정해둔다면 유족의 혼란을 줄일 수 있으며, 아름다운 작별의 선물이 될 수 있다.

9. 법적으로 효력 있는 유언장이 작성되었다

사망 이후 남겨진 유산 혹은 채무로 유족들의 다툼과 혼란이 일어날 수 있다. 법적으로 효력 있는 유언장을 미리 작성해둔다면 이와 같은 문제들을 미리 방지할 수 있다. 유언장은 유산에 관한 것뿐만 아니라 유품 정리 방식, 혹은 가족들이 파악하기 어려운 개인정보, 금융정보 등도 함께 기재해두면 도움이 된다. 또한 사랑하는 이들에게 마지막 인사를 적어둔다면, 고인을 떠나보낸 슬픔을 위로하고, 앞으로의 삶을 살아가는 데 도움이 될 것이다.

10. 고독사, 자살로 삶을 마감하고 싶지 않다

자살은 한 사람의 고통으로 끝나는 것이 아니라 본인과 가족, 주위 사람들에게 큰 상처를 남긴다. 자살은 웰다잉과 반대되는 비극적인 죽음이다. 또한 1인 가구가 늘어나고 있는 요즘, 고독사 역시 안타까운 죽음의 모습이다. 1인 가구의 경우 왕래하는 가족과 지인의 비상연락망, 평소 가지고 있는 질환, 자주 이용하는 병원의 연락처 등을 적어 쉽게 발견할 수 있는 곳에 올려두면 신속히 대처할 수 있다. 일정 기간 연락이 닿지 않거나, 안부를 확인할 수 없는 경우 주위 사람에게 신고를 부탁하는 것도 고독사를 예방하는 데 도움이 된다.

웰다잉 체크리스트는 좋은 죽음을 돕기 위한 도구에 불과하다. 좋은 죽음은 한 번에 준비되지 않는다. 죽음을 통해 삶을 돌아보며, 어떻게 사는 것이 잘 사는 것인지 고민하는 데서 시작된다. 죽음을 두려워하고 피하기보다, 함께 이야기 나누며 준비할 때 비로소 가능할 것이다.

40 글을 마치며

글을 쓰며 '나 같은 사람이 책을 내도 되는 건가?' 하는 의문이 들었다. 쓸수록 아는 것과 모르는 것이 명확해졌다. 바닥이 드러났고 마음은 두려워졌다. 법정 스님께서도 입적하시기 전 글빚을 남기는 것을 후회하셨고, 결국 모든 책을 절판하라는 뜻을 남기셨다. 죽음을 공부한다 하지만 더 훌륭하신 분들이 많은데, 나 같은 사람이 감히 죽음에 대해 말할 자격이 있을까 싶기도 했다. 오히려 나로 인해 죽음이 미화되거나 비뚤어지는 것은 아닌가 조심스러웠다. 아직 배움도, 성찰도, 경험도 부족했다.

아난다는 부처님이 가장 아끼던 제자였다. 25년 동안 부처님

을 모셨기에 부처님 말씀을 가장 많이 들었다. 그래서 '다문제일
(多聞第一)'이라고 불렸다. 부처님이 열반하신 후 제자들은 부처님
의 말씀을 모으기 위해 결집하기로 한다.

하지만 아난다는 다른 제자들과 달리 그때까지도 깨닫지 못했
으며, 깨닫지 못한 사람은 결집에 참여할 수 없었다. 결국 뒤늦게
용맹정진 하였고, 결집을 하루 앞두고서야 비로소 깨달아 결집
에 참여할 수 있었다고 한다.

베드로는 예수님이 아끼고 사랑했던 제자였다. 예수님이 잡혀
가시던 날, 예수님의 말씀대로 베드로는 새벽닭이 울기 전 세 번
이나 예수님을 모른다고 부인한다. 그리고 새벽닭이 울자 목 놓
아 운다.

두 사람은 성인의 곁에서 가장 오랫동안 진리의 가르침을 들었
던 제자였다. 하지만 많이 들었던 것이 깨우침으로 이어진 건 아
니었다. 나도 역시 오랜 시간 죽음을 들여다봤지만, 깨우침과는
거리가 멀었고 삶으로 이어지지 못했다. 아직 삶과 죽음을 안다
고 하기는 턱없이 부족했다.

그러나 다만 한 가지 확실하게 안다면, 나 역시도 죽는다는 것,
그리고 그 모습은 살아온 모습 그대로일 것이라는 것이다. 그래
서 나의 죽음을 생각하며, 고민하던 것들을 찾아다니기 시작했
다. 나의 이야기보다는 죽어가는 이들이 남긴 이야기를 전하고
싶었다. 그들의 이야기 귀를 기울이면 어떻게 살아야 할지 길이

보였다. 삶은 단순했고, 죽음은 냉철할 만큼 정직했다.

방황하던 20대의 청춘에서, 나는 죽음으로 가는 길을 찾아 나섰다. 사람들에게 길을 물었더니 말하길 꺼렸다. 왜 굳이 찾으냐 묻기도 했고, 무섭고 험난한 길이라며 돌아가라고 설득하기도 했다. 길 따위는 몰라도 상관없다고 했다. 그 길의 끝에 선 이들을 만날 때도 있었다. 그리고 그들의 이야기에 귀를 기울였다. 이야기를 마치자 그들은 다시 떠났다. 헤어짐이 슬퍼 눈물 흘릴 때도 있었다. 하지만 그들은 해맑게 미소 지었다. 한 걸음 한 걸음 천천히 오라고 당부했다. 꽃도 보고, 노래도 부르며, 사람들과 손 잡고 즐겁게 지내다 오라고 당부했다.

덕분에 길을 잃지 않고 나갈 수 있었다. 그리고 삶이 보이기 시작했다. 물론 끝을 알 수는 없었다. 모퉁이를 돌면 바로 끝이 다가올 수도 있었다. 그렇지만 지금까지 걸어왔던 길을 용기내어 적어보았다. 물론 끝에서 바라본 모습은 또 다르겠지만, 지금까지 걸어온 길이 또 다른 길을 찾는 이에게 작은 이정표라도 되지 않을까 싶어 용기를 내었다.

매년 초 버킷리스트를 작성해둔다. 물론 연말에 확인해보면 이루지 못한 것들이 태반이지만, 그래도 하나씩 지워나갈 때마다 보람을 느낀다. 버킷리스트 중 적어놓기만 하고 몇 년간 이루지 못했던 것 중 하나가 내 이름으로 된 책을 출간하는 것이었는데, 이렇게 또 이루게 되었다. 그래서 행복한 죽음 웰다잉 연구소의 목적, '강원남이 잘 죽는 것'에 조금 더 가까워졌다.

인연에 늘 감사한다. 다만 잘 죽으려고 노력하는 일인데, 좋은 일 한다며, 누군가는 해야 하는 일이라며 지켜봐주시고 응원해주시는 분들 덕분에 매일을 살아간다. 가족, 친구, 동료, 지인들. 일일이 열거하기보다 모든 것을 덕분으로 돌리며 두 손 모아 감사의 인사를 전한다.

참 고맙습니다. 감사합니다.
잘 죽겠습니다.
그리고 앞으로도 잘 살겠습니다.

- 2018년 봄날에 행복한 죽음 웰다잉 연구소

웰다잉 플래너 강원남 드림